稍纵即逝的追寻

——2008—2018年延边新闻作品选

于 莉 著

延吉·延边大学出版社

图书在版编目（CIP）数据

稍纵即逝的追寻：2008-2018年延边新闻作品选 / 于莉著. -- 延吉：延边大学出版社，2023.4
ISBN 978-7-230-04666-4

Ⅰ.①稍… Ⅱ.①于… Ⅲ.①新闻－作品集－中国－当代 Ⅳ.①I253

中国国家版本馆 CIP 数据核字(2023)第 058999 号

稍纵即逝的追寻：2008-2018年延边新闻作品选

著　　　者：于　莉	
责任编辑：王晓习	
封面设计：文合文化	
出版发行：延边大学出版社	
地　　　址：吉林省延吉市公园路977号	邮　编：133002
网　　　址：http://www.ydcbs.com	E-mail：ydcbs@ydcbs.com
电　　　话：0433-2732435	传　真：0433-2732434
印　　　刷：三河市嵩川印刷有限公司	
开　　　本：787毫米×1092毫米　1/16	
印　　　张：17.75	
字　　　数：280千字	
版　　　次：2023年4月第1版	
印　　　次：2023年6月第1次印刷	
书　　　号：ISBN 978-7-230-04666-4	

定　　价：89.00 元

作者简介

于莉，女，1974年6月12日生于吉林省延吉市，毕业于吉林工业大学。1996年大学毕业后进入新闻行业，先后在延吉晚报社、延边日报社工作，现任延边日报社总编办主任。

27年来，始终坚持在采访第一线，相继在校对部、专刊部、社会部、经济部工作。从事新闻行业期间，共采写了4000余篇新闻稿件，其中有多篇稿件获得吉林新闻奖、中国地市报新闻奖、全国少数民族地区报纸好新闻奖、延边新闻奖，并在《新闻传播》《东疆学刊》等专业期刊上发表多篇新闻专业学术论文。曾获延边州优秀共产党员、优秀党务工作者等荣誉称号。

自　　序

做燃烧激情的时代记录者

从进入新闻行业的那一刻起，我就给自己定下了目标：做好记者，给读者讲好故事。

27年的新闻职业生涯中，我始终怀揣一颗赤子之心，不忘新闻工作者的职责使命，以饱满的工作热情奋战在新闻工作一线。在我看来，好记者是有理想、有担当、有激情的新闻人，有崇高的理想和追求，坚定的职业操守；有责任有担当，对得起党和群众的信任；有燃烧的激情，义无反顾地做时代的记录者。

爱默生曾说："没有激情，任何伟大的事业都不能成功。"对党媒记者来说，激情特别要紧，当你充满激情地工作时，会感到有一种力量推着自己不断前行。从业27年，我写下了4000多篇稿件、400余万字，感触最深的，未必是当时特别轰动的新闻报道，反而是那些充满荆棘、惊险跌宕的采访经历。

2008年4月29日，和龙市广坪林场因境外发生山火，全线进入防护状态。当时正赶上春季防火的关键时刻，如有境外山火过境，将给延边州森林防火工作带来巨大压力。那天，我正好跟随州长调研企业，忙到傍晚6点才下班。到家后不久，我接到命令，马上返回，跟随州长赶赴广坪林场。当晚8点，我们一行十几人分坐四辆越野车，一路疾行赶赴现场。哪怕进山后，车速也一度超过150公里/小时。由于任务来得太急，我没来得及吃晚饭，坐上车不久，高速行驶的汽车和紧张的气氛使我的胃部开始疼痛，最后甚至痉挛，后背的衣服被一层层的冷汗浸透。3个多小时后，我们赶到了广坪林场。此后的采访过程极为紧张，查看情况，听取汇报，抬头就能看见对面境外山火熊熊。那几个小时过得飞快等所有工作部署完毕时，已经是第二天凌晨3点了。大家这时才有空吃点面包，喝点水。回程返延时，天光已经大亮，我无意间向窗外看了一眼，发现狭窄多弯的山道两侧居然是深达几十米的深沟，回想来时的高速疾行，冷汗瞬间涌出。那一刻，我深切地感受到自己所从事的是一个多么高危的职业，危险离我这么近。

从事新闻职业是我少年时的理想，在近30年追寻理想的过程中，我以赤子之心守望自己的新闻理想。因为热爱所以执著，而这份执著点燃了我生命的激情。

我至今还记得13年前那次惊险的采访。2010年7月28日，延边发生特大洪水。当时安图县两江镇、万宝镇受灾最为严重，我被委派跟随相关部门采访抗洪救灾。在最危急的20多天里，我往返灾区17次，所遇大小危险无数。凭着年轻、体力好和一腔孤勇，我都咬牙挺了过来，圆满完成了报道任务。时隔半年后，我跟随安图县政协回访当时受灾比较严重的几个村屯。那天正赶上下大雪，我们清早出发，花了4个小时到达目的地，挨家走访受灾严重的村民，一直忙到傍晚。此时，雪已经下了整整一天，路面积雪近10厘米。安图县政协的一位工作人员充当司机拉着我先行返程，那一路都是弯道、下坡路，路陡且滑，司机开得小心翼翼。我当时坐在副驾驶位置，平时很少系安全带，那天不知为何偏偏系上了安全带。当我们再次行至一段下坡路时，发现前方约100米处有一辆摩托车滑倒在路中间，车旁倒着两个村民。司机非常紧张，一边踩刹车，一边喊着："刹不住了，刹不住了！"车顺着陡坡一路下滑，冲向倒地的村民。司机匆忙间猛打舵，汽车翻下山坡，扎进路旁的深沟中。幸好雪下得足够厚，也幸好有一棵树阻挡了一下，汽车翻转了一圈后停了下来。司机和我反应过来后立即爬出驾驶室，手脚并用地往坡上爬。冬天的傍晚黑得早，村路上没有路灯，我们又冷又累站在雪地里等了2个多小时，终于等来了救护车。返回延吉时，已经是晚上10点了。这时，我才感觉到浑身疼痛，额头、手肘、膝盖都在渗血，好在没有大伤，也是不幸中的万幸了。

新闻的动力是一种取之不尽的激情，是一种寻找思想追求真实的运动状态。27年来，我时刻感受着工作带来的快乐，并将这种快乐演化成继续奋斗的动力。

2017年9月3日是延边州成立65周年，州庆之前，全国人大常委会法制工作委员会原副主任、第十二届全国政协委员阚珂在延边日报发表了《国家尘封档案中的延边故事》系列文章，委托报社帮助寻找当年的"打熊英雄"王少华和获救的朝鲜族母子。领导将这个重任交给了我。由于距事发已过去整整57年，寻人难度可想而知。在那些尘封了半个多世纪的存报中，我找到了1960年11月12日当天的报纸。文中只提到"打熊英雄"王少华是沈阳军区某部战士，其原籍及复员后去向没提及。金粉玉母子的描述更是有限，只提及事发时出现在和龙镇太平管理区（现龙城镇太平村），是本地人还是途经此地也没有交代。经过反复思考，我决定从党史方面入手寻找线索。在相关部门的帮助下，我在查阅大量党史档案后发现一条记录：1962年2月，"打熊英雄"王少华被选为全军区首届共青团代表大会代表，参加了在沈阳召开的全军区首届共青团代表大会。顺着这条线，我找到王少华的家乡——四川省长宁县新村乡五星村，现已改为长宁县梅白乡白虎村。通过电话，我联系到梅白乡的一位乡干部，对方查实后告诉我，白虎村目前没有王少华这个人。尽管对方非常肯定，我还是再三请求帮他寻找当年的老村民核实一下。最后找到了一位年逾90的老村民，他跟我通话时说，"村里好像有个姓王的娃子去东北当兵，后来复员回来务农"，但早在7年前离开白虎村，跟随打工的儿子在浙江省养老。此后的寻人过程非常考验人的耐心。凭着王少华的儿子从事电力工作这条信息，我在拨打了近百个电话、找寻了数十位相关人士后，终于联系上了王少华的儿子。他知道父亲在延边那段惊心动魄的打熊救人的经历，确认家中存有当年沈阳军区授予父亲的"模范青年战士"及荣立二等功等证书。寻找金粉玉母子的过程相对来说顺利一些。一名网友看到我采写的《"要永远记住'打熊叔叔'的恩情！"》的稿件后，在"延边网"上留言说，自己的婆婆也叫金粉玉，生前隐约提过自己和长子被解放军救过的事。我立即赶到和龙市去见网友提到的大哥申哲浩，经过证实，他就是当年被王少华在熊爪下救下的幼儿。在我的牵线搭桥下，"打熊英雄"王少华和"被救幼儿"申哲浩这两位时隔57年、相距数千里的当事人通过微信视频见了"面"。我见证了这场迟到了半个多世纪的"会面"，老英雄操着一口浓重的四川方言，申哲浩说着半生不熟的汉语，沟通起来非常困难，但两人朴实无华的对话，让人潸然泪下……

从业 27 年，我曾多次面对看起来比较难把控的题材。每到这时，就会有一种激情在心中涌动。越是困难越是想要把它做好。过程也许是煎熬的，但结果往往是快乐的。正是这种挑战，让我永葆内心的那份光和热，让我在做合格新闻人的道路上充满了战斗的激情。

2023 年 3 月 8 日

目　录

消息篇

古稀老人大山深处圆"扶贫梦" …………………………………… 3
小账本折射大变化 ………………………………………………… 4
坚守半个世纪的老人读报组 ……………………………………… 6
延边人就是"活雷锋" ……………………………………………… 8
信用里面有黄金　农民贷款不再难 ……………………………… 9
榆树川20位村民守护英烈34载 ………………………………… 11
老农民尹守臣勇担社会责任 ……………………………………… 13
108名诚信农民喜获拖拉机 ……………………………………… 15
农民买"大件"　政府给"补贴" ………………………………… 16
"农超对接"破解农产品销售难题 ………………………………… 18
延吉市探索试行先行维权赔付制度 ……………………………… 20
珲春工商局有个农民"办事处" …………………………………… 22

暖暖"太平山" 绵绵感党恩……23
抗美援朝的老战友你们过得好吗？……25
河南村民在家门口刷卡……26
花甲老人圆了入党梦……28
这成堆的土豆销给谁？……29
散发着光和热的"四叶草"……31
延边老党员王文海远赴骆驼湾村献发展大计……33
官船村飞出南航俏空姐……36
老党员王文海圆梦骆驼湾村……37
王滋家有个神秘"太岁"……39
银发志愿者传播边城大爱……40
让"那过去的历史"警醒后人……42
孤儿于成志与他的"志愿者"亲人……44
不知道你是谁 但知道你为了谁……45
耄耋老人令人叹绝的"钻石"婚姻……47
半路夫妻患难见真情……49
男儿当自强……50
做"雷锋奶奶"的"盲杖"……52
"奔跑"书记王占华忙碌的一天……53
把帮扶金捐给更需要的人……55

争分夺秒救助珲春市民于贵清……56
社会伸援手助王萍萍重返校园……58
"慈善超市"搭起爱心桥梁……59
"活地图"巡线工金光云……61
不屈的精神 永远的传承……62

通讯、调查篇

年轻社工为何留不住？……67
"365民生驿站"：小平台服务大民生……69
青春染绿乡邮路……73
雷锋精神的传播者……76
金万春的"红色事业"……79
脑瘫小伙：用脚趾敲开希望之门……83
"要永远记住'打熊叔叔'的恩情！"……88
"我这一生最大的荣耀在延边！"……91
"打熊英雄"与被救者相约明年见面……94
"我能如愿考入北京师范大学吗？"……96
延边餐饮业如何续演"加速度"……99
商标战略给延边带来了什么？……101
"筹钱""减负""松绑"……103

延边人为什么敢花钱 …………………………………… 106
"临界"食品拷问商家良心 ……………………………… 107
安图县打造长白山旅游休闲度假目的地 ………………… 110
汽车"以旧换新"为啥突然提速 ………………………… 114
延边餐饮如何"借梯登高" ……………………………… 116
苍莽林海铸丰碑 ………………………………………… 119
我为什么要买保险？ …………………………………… 125
长吉图"前沿"大聚焦 …………………………………… 127
亲人啊，你们在哪里？ ………………………………… 132
七十年往事重现 ………………………………………… 134
"白云"坐在家里写故事 ………………………………… 137
春到"安阳" ……………………………………………… 138
史传梅车祸后的故事 …………………………………… 141
平民诗人的劳碌人生 …………………………………… 144
金秋百草香 ……………………………………………… 146
破解交通拥堵需大力发展公共交通 …………………… 149
如何破解老旧小区物管难题 …………………………… 152
他乡早日成故乡 ………………………………………… 154
让"星星的孩子"不再孤单 ……………………………… 156
开发开放辟新天 ………………………………………… 159

中小企业融资难 亟待"输血"解困 ……………………………………… 163

流浪者，你为什么不回家？ ………………………………………… 165

虚拟世界有真情 ……………………………………………………… 168

公共停车泊位画线收费解难题 ……………………………………… 170

寻找十年的青春岁月 ………………………………………………… 172

构筑民生保障线 ……………………………………………………… 175

让爱留驻人间 ………………………………………………………… 179

公交司机与他的朝鲜族妈妈 ………………………………………… 182

与毛主席合影的瞬间 ………………………………………………… 184

传承朝鲜族民乐的典范 ……………………………………………… 186

十五年风雨情系"毛公山" …………………………………………… 187

春光满眼日日新 ……………………………………………………… 190

永远的"丁爸爸" ……………………………………………………… 195

"奋斗村"老支书奋斗一生甘当公仆 ………………………………… 198

高位截瘫少女李斯雯终圆大学梦 …………………………………… 200

"瓷娃娃"男孩高分考入敦化实验中学 ……………………………… 202

老党员朴钟烈：我要为党工作一辈子 ……………………………… 204

积淀的"道德高度" …………………………………………………… 206

"爱民书记"林松淑：心中有党有民有责任 ………………………… 217

社区心理咨询：居民急需的"心灵驿站" …………………………… 221

评论员文章、时评篇

让政策成为助推发展的"核弹头" ······ 225

遏浪费之风 兴舌尖文明 ······ 226

着力增进民生福祉 ······ 227

伟大的抗联精神 伟大的历史功绩 ······ 228

中华民族精神的光辉典范 ······ 230

实现中国梦的强大精神力量 ······ 231

学习礼仪 弘扬道德 建设美丽延边 ······ 232

用美言美行打造旅游环境塑造旅游形象 ······ 233

让全民守礼内化于心外化于行 ······ 235

有感于"泥瓦匠"挣钱多 ······ 236

为少年扶跌倒老人点赞 ······ 237

占道经营：城市管理的一道难题 ······ 237

自助餐的浪费让人心疼 ······ 238

劝君莫让水长流 ······ 239

根治个人信息泄露"痼疾" ······ 240

让清雪成为习惯 ······ 241

从天而降的垃圾 ······ 242

从老党员交党费说起 ······ 243

孩子咋能"圈养"？ …… 244

出租车"宰客"让文明失分 …… 245

拆除的不仅仅是"违章墙" …… 246

多给老人细致入微的帮助 …… 247

让"陌邻"变"睦邻" …… 248

为公交司机三次停车叫好 …… 248

为延边女性喝彩 …… 249

每个人都有向善的能量 …… 250

单行线逆行凸显文明短板 …… 251

做担当有为的"大市民" …… 252

"广场舞"不该成为"扰民舞" …… 253

把群众放在心上当亲人 …… 254

让"文明停车"成为习惯 …… 255

让斑马线成为安全线 …… 256

从不乱扔垃圾做起 …… 257

让"寒冬送温暖"更有温度 …… 258

不妨把民俗文化当作旅游发展的"破题点" …… 258

发展乡村旅游大有作为 …… 260

假日旅游市场要打好"提前量" …… 261

借生态文明建设东风发展旅游更有利 …… 261

盯准家庭旅游市场这块蛋糕 …………………………………… 262

"抓牢"游客需塑造整体旅游形象 …………………………… 264

相互礼让彼此尊重 …………………………………………… 265

延边开发消夏避暑旅游产品正当时 ………………………… 266

消息篇

古稀老人大山深处圆"扶贫梦"

在延边，有一位有着50年党龄的老党员，虽近古稀之年，却不甘于在家享受天伦之乐、安享晚年，而是每天不辞辛苦，奔波于延边的崇山峻岭，精心播撒自己潜心培育的人参良种，期待着自己今天的辛勤付出会换来日后山里人的脱贫致富。他就是沈阳铁路局原图们铁路分局退休干部王文海。

延边是王文海的第二故乡。1975年，王文海从部队转业至原图们铁路分局。在延边生活近40年，王文海对濒危物种野山参情有独钟。经过20多年的研究和实验，他掌握了野山参的习性，通过仿生学原理培育出接近野山参的参种。从2000年开始，王文海在延边的深山密林深处开辟实验基地培育参种。10多年来，他培育的参种在生态林中长势良好，形态功用与野山参相差无几。

王文海培育参种不是为了赚钱。在他心中一直有一个梦想：希望自己的付出能使山区贫困群众和所有生活困难的人能够脱贫致富。2011年，王文海携带着精心培育的参种开始了撒播征程。他先以图们市为出发点，走遍了市郊周围的深山密林，按照野山参的习性将其撒播在特定的区域内。王文海播撒参种后，定期回访巡视，查看在自然环境下参苗的长势。3年来，王文海的足迹遍及延边大地，一个破水壶、一辆旧自行车伴随他的旅程。

今年3月19日，王文海通过延边卫星广播电台发布信息，免费向贫困群众提供自己培育的野山参参种和种植技术。信息发布3天后，只有安图县二道镇来了2名林场代表来取参种。很多人不相信王文海，不相信会有"免费午餐"。王文海明白，仅有助人的愿望是不够的，必须将好事变成现实。5月1日，王文海带上发芽的人参种子和一套行李，骑着自行车出发了。他沿图们江畔一路向西，经图们市月晴镇马牌村、龙井市开山屯镇和三合镇至和龙市、延吉市帽儿山区，一面播撒参种，一面向林区困难群众无偿赠送参种，传授播种技术。半个月后，王文海播撒完了数千粒参种，总面积达5000多平方公里。他告诉记者，计划用10年时间将培育的参种撒遍延边所有的深山。

3年来，王文海已经在延边大地撒下了2万余粒参种。"我选择的是一项很艰苦的事业，如果成功，受益的人会很多。近些年，政府相关部门给予了我不少支持和帮助，扶持我成立野山参抚育专业合作社，目前专用育参基地面积已达到500公顷，希望在我有生之年能够看到更多的人通过我的帮助走上脱贫致富之路。"王文海对自己的梦想充满信心。

原载于2014年11月21日的《延边日报》，获第24届（2014年度）吉林新闻奖一等奖。

小账本折射大变化

天气晴好时，居住在延吉市建工街道延春社区的张延芬女士喜欢将家中的东西拿出来晒晒，换季衣物、床上用品、书籍资料，当然也包括放在柜子里的那些陈年旧账。"翻翻这些流水账，会有一种恍如隔世的感觉，这种感觉也许就是人们常说的幸福感。"

张延芬是土生土长的延吉人，今年61岁的她是一个精打细算的家庭主妇。谈起改革开放30年来家中的变化，她露出了笑容。"我是从1974年也就是大女儿出生那年开始记账的，当时家里的日子过得非常紧巴。我和丈夫工资低，经常是寅吃卯粮，所以希望通过记账来控制支出。"

张延芬说，以前最怕过年，吃的、穿的样样需要钱。那时家中每月总收入才41块5毛钱，还得抚养两个孩子，常常入不敷出。"现在可不一样了，逢年过节，我们一家七口找个饭店吃顿饭，省心省事，没尽兴再出去练歌，休闲。

别说春节、元旦、中秋这些传统节日，就是什么圣诞节、母亲节、父亲节这些洋节，我们家都过。"张延芬高兴地说。说到家中的物件，张延芬说她最感兴趣的就是数码产品，别看自己60多岁了，前两年学会了用电脑看电影，用MP3听音乐，用QQ和国外的亲戚聊天，还会用手机自拍……

在一个军绿色的日记簿上，记者看到了张延芬家1976年8月至1980年1月的流水账。上面主要记录着米、面、油、盐、煤等日常支出，以及少量服装类的消费支出。从1988年开始，张延芬家的账本开始按照年份独立成册，重心也从食品支出转向服装、家电等消费。

张延芬翻出2001年的账本，那一年大女儿结了婚。上面记录着家里给女儿购买的嫁妆——彩电、家庭影院、洗衣机、电冰箱、热水器、微波炉、饮水机、电饭锅……"这些都是娘家给买的，小两口自己还买了摩托车。"2008年5月，张延芬的小女儿结婚，账本上记录的陪嫁比大女儿更上一层楼："我们送了汽车、电脑、液晶电视、环保冰箱、太阳能热水器、健身器，还有一个20多平方米的车库。"

30年前，张延芬的家庭支出主要集中在食品方面，消费比重占到90%。10年前，服装、家电、教育、住房成为家中的消费主力，食品支出已经占不到50%。在2008年的账本上，记者看到购买汽车，新马泰旅游，办理健身年卡已经成为家庭的主要消费支出。"当年，我和老伴的月工资才20来块钱，现在女儿、女婿的工资都在2000元以上，还嫌不够用呢。"张延芬的脸上露出了幸福的笑容。

记者看到，张延芬家的账本的最后一页一般都记着当年家庭的收支余额。1988年以前基本是负数，从20世纪90年代开始存款额逐年递增，但到2002年，存款额不再变化了。"我们用余钱买了两幢房子，以后留给孩子们。"张延芬一脸幸福地说，"我经常告诉两个女儿，要把记账的习惯传承下去，我们的日子也必将这样一直幸福下去，而且越来越幸福。"

原载于2008年7月31日的《延边日报》，获第18届（2008年度）吉林新闻奖二等奖、第23届（2008年度）中国地市报新闻奖一等奖。

坚守半个世纪的老人读报组

他们年逾古稀，经历了半个多世纪人生的风风雨雨，现在生活得安详而平和。读书读报是他们的共同志趣，每周一次的交流学习，让他们的夕阳生活格外亮丽。

"风声雨声读书声，声声入耳；家事国事天下事，事事关心。"这句话正是延吉市进学街道文化社区老年读报组20多位古稀老人的真实写照。

1957年，20多位朝鲜族退休老人经当时居委会同意成立了一个老年读报组。这一读就是55年。当年的老组长早已去世，她年过半百的女儿依然在为读报组的日常工作忙碌着，全力支持前辈们读报。71岁的第十一任组长金顺姬如今是"读报组"里最年轻的老人。

关心国家大事，关心国家发展，是老年读报组不变的主题。党的十八大精神、改革开放新政策、东北振兴新发展、民族大团结……这些都是读报组成员热议的话题。20世纪80年代中期，老年读报组曾发展壮大至高峰，当时登记的成员超过50人。曾任第三任读报组长的朴惠善还记得当时的情景：当时由于人太多，读报组成员就在居委会旁边盖了一座"偏厦子"。大家挤在一间十几平方米的小屋里读报纸，讨论国家大事，有时意见不统一，还会发生激烈"碰撞"，每个人的心里都充满了希望和热情。2001年末，原来的老居委会合并成文化社区后，依然为老年读报组保留了一间读报室。每逢星期三，老人们就聚在一起，享受快乐的读报时光。朴惠善说："这里提供了沟通交流的平台，大家聚在一起，既开阔了眼界，又丰富了晚年生活，还结交了不少朋友。"

在读报组，老人们讨论的范围很宽，从国内的政治、经济、文化、民生一直谈到国际形势，阅读的报刊包括《人民日报》《吉林日报》《延边日报》《健康报》《老友报》等10多种。除了关注一些当地的大事要闻，如庆祝建州60周年、创建文明城市等，大家也互相交流与自己生活息息相关的消息，比如在哪里给老年人办理优惠卡，老年人怎么保养身体，等等。读报小组让老年人得到了精神上的满足，丰富了老年人的生活，现在不少老年人把每周一次的读报活动看作是生活中不可或缺的一部分。

说起读报小组，文化社区党总支书记李凯凤赞不绝口，连称读报小组帮了她的大忙。"这些老人热心助人、热爱公益，帮助社区和居民做了不少好事。"读报组的老人会利用余暇帮助社区种花植树，清理积雪和楼道内的小广告。他们关心国家大事，关键时刻还主动站出来。在汶川大地震、玉树大地震发生后，阿妈妮们踊跃捐款捐物，奉献爱心。

一起学习让读报小组的成员们亲如一家，谁家若是有大事小情就成了整个读报组的事，老人们都要关心、帮忙。前些日子，有位80多岁的老人在读报结束后回家的路上摔倒骨折了。大家得知后，凑份子买了水果上门去看望老人，考虑到老人在家无聊，大家还一起读报聊天。老人非常感动，说病好了还要回读报组，把落下的"课"补上。

81岁的金姬淑前几年搬到文和社区居住，因为家距离文化社区较远，刚开始落下了几次读报活动。老人总觉得心里像缺了点什么，后来每到读报小组活动，金姬淑都会早早地从家里往社区赶，甚至酷热严寒、大风大雨都赶来参加活动。金姬淑笑称她这是回"娘家"，能和老伙伴们一起读读报，聊聊天，再烦心的事也不烦了。

今年秋天，文化社区搬迁新址，老年读报组的活动场地一时没了着落。老人们为了不耽误读报，就租房继续活动。"我们盼望着有一个安心读报的地方，让生活更充实一些。"金顺姬感叹地对记者说。

原载于2012年12月28日的《延边日报》，获第22届（2012年度）吉林新闻奖三等奖。

武汉粗心人汇错"救急款" 延吉小伙儿用诚信诠释

延边人就是"活雷锋"

湖北省武汉市新洲区市民吴和平，阴差阳错地将一笔3万元的"救急款"转入延吉小伙儿高培龙的账户。武汉与延吉相隔2500多公里，对方又互不相识，如何追回"救急款"？吴和平束手无策。让他意想不到的是，高培龙获知得到"意外之财"后，二话不说，立即将钱款转回吴和平的账户。

近几年，吴和平一直在河北省唐山市承包基建工程。今年1月女儿订婚，他抽空回武汉老家参加订婚仪式。回到家中不久，吴和平接到唐山工程方来电称，工人要提前回家过年，要求马上支付工资。他因暂时回不了唐山与工程方结账，就打算先筹集3万元钱救急，转账给工人，暂时垫付部分工资。

1月7日下午1时40分，吴和平来到当地一家农业银行，准备将3万元转账到自己在河北省唐山市开的账户。当他在ATM机上键入账号时，不小心将数字输错，更糟糕的是忘记核对持卡人姓名就确认了转账。直到拿到转账凭条后，吴和平才发现犯了大错，3万元"救急款"转入了远在数千公里之外的陌生人账户。事后，他通过银行查出持卡人是延吉市民高培龙。吴和平立即拨打持卡人留下的手机号码，发现该号码已经更换了主人，不是原持卡人。

一筹莫展的吴和平想到了向延边当地主流媒体求助。1月14日上午10时，吴和平的女儿吴娟致电本报，讲述了父亲转错钱的经过，并称持卡人是延吉市依兰镇人。记者根据其提供的信息，联系上了延吉市依兰镇兴安村党支部书记叶春涛。"小高的手机号早就换了，难怪你们找不到他。他也正急着找转错账的那位武汉人呢。"叶春涛说。

原来，1月7日下午，正在店铺里忙碌的高培龙接到上海农业银行总行客服电话，称武汉新洲区农行因持卡人失误，将一笔3万元"救急款"汇入他的账户。他随后查卡证实对方所言，立即回拨上海农行客服电话，问怎么交还给对方，客服人员告诉他等武汉持卡人来电即可。这一等就是一周，高培龙非常着急。闻知武汉持卡人正在寻找自己，他当即表示，只要核对确认对方身份，立即将钱汇回对方账户。

1月14日下午3时，吴和平收到了千里外的延吉汇来的3万元救急款，焦虑的心终于放下。他激动地通过电话一再感谢未曾谋面的延吉小伙儿高培龙："我没到过延边，但我现在知道，延边是一片充满诚信的热土，延边人就是'活雷锋'。"

原载于2015年1月19日的《延边日报》，获第25届（2015年度）吉林新闻奖三等奖。

信用里面有黄金　农民贷款不再难

和龙市八家子镇河南村蔬菜种植专业合作社靠信用致富的启示

没有拿房屋做抵押，也没请经济担保人，和龙市八家子镇河南村的蔬菜种植专业合作社却于去年8月从金融机构一次性贷款100万元用于发展经营。"俺们是靠着自己的'信用'贷来了款。这不，今年春节前，俺们合作社把借邮政银行的100万贷款都还上了。"该合作社的组织人孟庆根的声音里透着自信。

原本平平常常的"信用"二字，对八家子镇河南村的农民来说，却是价值千金。

河南村蔬菜种植专业合作社成立于2003年，现有农户成员97个，蔬菜生产基地120公顷，蔬菜保鲜库房3000平方米及7个国家级无公害认证商标。河南村多年来一直被当地金融机构认定为信用村。村党支部书记孟庆根是2008年奥运会我州唯一的农民火炬手，2009年当选为省劳模、州"优秀党务工作者标兵"。就是这个在当地小有名气的农民专业合作社，去年秋天却遇到了发展瓶颈：在收储旺季，合作社因资金短缺无法正常收购蔬菜。虽经多方寻求贷款支持，但是金融机构规定的农户贷款额度小、期限短，难以满足融资需求。

自河南村蔬菜种植专业合作社成立以来，由于抵押担保不足等问题一直无法以"企业法人"身份获得金融机构的有效支持。为了破解这一难题，人民银行延边州中心支行自去年起开展了农村信用体系建设试点工作，摸索出一条"农民专业合作社+征信+信贷"服务模式。在这一信用体系的支撑下，和龙八家子邮政储蓄银行通过"把农民个别信用整合成集体信用，提高信用层次"的方法，在合作社成员自愿的前提下，以 20 名骨干农民的联合信用为担保，仅用 3 天时间就为河南村蔬菜种植专业合作社发放了 100 万元的信用贷款，解决了合作社收储旺季资金短缺的燃眉之急。

讲信用让以孟庆根为代表的农民真正尝到了甜头。有了这 100 万元贷款，河南村蔬菜种植专业合作社顺利地从农户手中收购了 100 多万公斤洋葱，经过深加工后，以高价推向市场，仅这一项合作社就赚了近 60 万元。

一直以来，农民被公认是社会最为忠厚的群体之一，但由于农户与银行之间缺乏合理的信用机制，金融机构担心农民不能按时还款，农民畏惧银行贷款"门槛太高"。基于这种心理，"贷款难"在我州农村相当普遍。"信用联保+信贷"这一农民信用体系的建立，不仅降低了金融机构不良贷款的风险，也增加了农民收入，促进了农业经济的发展。据了解，通过"信用联保"获得我州金融机构贷款的，在我州并非只有河南村蔬菜种植专业合作社一家。珲春市人参协会通过这种"信用联保"方式也申请到了 600 万元信贷资金，成员户人均年收入突破 15 万元。龙井市大酱协会、汪清县绿野人参专业合作社、珲春市板石农机协会等农民专业合作社也都是"信用联保+信贷"信用体系新模式的受益者。

统计显示，去年以来，我州涉农金融机构把农民专业合作社作为信贷支农重点，根据合作社无抵押担保的实际情况，按照成员农户信用情况以小额信用、三户联保、五户联保等方式，为无抵押担保且有条件的农民专业合作社发放数十笔小额信用贷款及农户联保贷款，累计为农民专业合作社及其社员注入信贷资金达 2.7 亿元，占全州短期农业贷款发放额的 17.0%，解决了农民专业合作社生产性、季节性、临时性的资金需求，极大地促进了合作社的健康、快速发展。

河南村人靠信用致富，也使其他村屯的农民看到了守信带来的机遇。人民银行延边州中心支行副行长刘建华对记者说："农民创业需要资金，但农户贷款抵押担保难是一个'拦路虎'。要破解农民贷款的瓶颈，加强农村信用体系建设势在必行。目前我们正在着手建立农户信用档案，这一工程将为农户解决抵押担保难的问题。"记者了解到，目前，我州已为96751户农民建立了信用档案，被评定为信用农民者，可以凭借自己良好的信用得到金融机构的小额贷款支持。

"信用"里面有市场，是八家子河南村蔬菜种植专业合作社致富的经验带给我州农民的启示。目前，全州很多县乡农村都开展了信用户创建活动，其中已经有33223户农民被评为信用农民，其授信额度达到49308万元，累计发放贷款64126万元。

原载于2010年2月26日的《延边日报》，获第25届（2010年度）中国地市报新闻奖二等奖。

榆树川20位村民守护英烈34载

轻轻擦拭纪念碑上的灰尘，一遍遍清扫纪念碑前的落叶。4月3日，记者随安图县石门镇榆树川村的林京淑等20位年过古稀的朝鲜族老人，到村边的革命烈士纪念碑前敬献花篮，祭奠抗美援朝战争中牺牲的18名榆树川籍英烈。34年间，村里的这些老人一直默默守护着革命烈士纪念碑。

榆树川村现有150多户村民，曾有30多位英烈在抗日战争、解放战争及抗美援朝战争中壮烈牺牲。1959年，政府在村头建起这座革命烈士纪念碑，记载了18位牺牲烈士的名字。为保护革命烈士纪念碑，村民在其四周建起一座宽敞的庭院，栽种了松树和柏树。"他们都是榆树川村人，没有他们，就没有我们今天的幸福生活。"村民尹玉善深情地擦拭着石碑。

当天，来祭扫革命烈士纪念碑的老人中，年龄最大的沈钟燮已78岁，最年轻的是72岁的村老年协会会长林京淑。林京淑告诉记者，早在1980年，村民们就开始祭扫革命烈士纪念碑，至今已经34年了。每年清明节、中秋节，无论刮风下雨，老人们都拎着花篮、水果、食物、米酒前来祭奠，每年春天在烈士碑四周种植鲜花，时时除草维护，确保烈士纪念碑周围环境优美整洁。

记者在采访中了解到，长眠于地下的英烈当时多为年轻人，他们绝大多数没有后人，留下了深深的遗憾。当天参加祭扫的老人中只有两位是烈士家属。"我小叔子朴在一就在这里。"尹善玉老人指着碑文说："我嫁到榆树川村时，小叔子已经离家参军，后来才知道在朝鲜战场上光荣牺牲了。革命烈士纪念碑建成后，我年年陪着公婆来扫墓。随着岁月变迁，村里的老人越来越少，年轻人对纪念碑知之甚少，来祭奠英烈的人也越来越少。只有我们这20人还坚持着每年祭扫的习惯，如果我们这代人去世了，希望有人接班，继续守护好革命烈士纪念碑！"

村民李正九家一门四英烈。爷爷李文京、两位叔叔李凤铁、李凤奎及姐姐任英顺都是抗日烈士。作为英烈后人，李正九每年都为先烈扫墓。去年，李正九老人患病离世，从此家中再无后继者祭扫先烈，而这20位老人则成了李正九祭扫先烈的后继者。

原载于2013年4月8日的《延边日报》，获第28届（2013年度）中国地市报新闻奖二等奖。

老农民尹守臣勇担社会责任

春节前夕，记者收到了一份来自敦化市黄泥河镇双泉村下屯的 EMS 快递，里面有一摞厚厚的论文，主题是"木耳发酵室安全用火方法"。这份论文内容翔实，论据充分，逻辑缜密，让人感到不平常的是，作者尹守臣是一位土生土长的普通农民。

尹守臣出生于 1957 年，在双泉村生活了 50 多年。无论从前还是现在，他的品德和学识都是村民心中的典范。尹守臣自幼聪明灵秀，生于农村却好学上进，尤其爱好数理及文学知识。"文革"期间，他白天务农，晚上自学，凭着一股韧劲，学通了初高中的文化课程。1978 年，尹守臣参加高考，以一分之差与东北师范大学数学系失之交臂。此后，他安心务农，挑起了养家的重担。劳作间歇，尹守臣自修了高等数学和基础物理等大学课程，特别钻研了流体力学和空气动力学。

20 世纪 90 年代，尹守臣开始栽培木耳。日子宽裕了，尹守臣没有忘记乡邻。对愿意从事木耳种植的村民，他毫无保留地传授技术，帮助村民种植木耳发家致富。村民敬重尹守臣的品德和操守，更对他成功教养的 4 个儿子赞叹不已。

尹守臣的 4 个儿子都继承了他的聪慧与坚韧。年少时，他们就发现父亲对自己的期望与别的父母不同，虽然身负养家重担，但父亲却舍不得让他们务农耽误学业。儿子们刻苦上进，分外争气，经过十几年的寒窗苦读，长子考入哈尔滨工业大学，硕士毕业后被哈尔滨一家大型国企录取；三儿子考入广西师范大学新闻学专业，毕业后与妻子一同到新疆某国企工作；四儿子更是出息，是上海交通大学硕士生及华东师范大学博士生，毕业后在上海银监局工作；二儿子孝顺父母，高中毕业后回老家赡养尹守臣夫妇。尹守臣对孩子的要求不多，希望他们守礼良善，报效国家。

除了教养儿子，养家度日，尹守臣对社会、对他人也有着一份责任感。他多年研究木耳栽培技术，发现木耳栽培过程中存在一个事故隐患，即耳农在木耳发酵室内如果用火不当，极容易引发火灾。尹守臣研究了近10年敦化市及周边县市木耳专业户发生的多起重大火灾事故，发现了一个规律：在这些损失惨重的火灾中，木耳发酵室用火不当是发生事故的主要根源。

"其实发酵室起火的原因很简单，而且是可以预防和控制的。"尹守臣在给本报发来的论文中附言道。他认为，耳农在建筑木耳发酵室时，多半使用木头架子或铁架、聚乙烯塑料薄膜，再加上草帘子、毡子等材料，这些都是易燃物品。一旦失火，十几分钟或几十分钟内就会蔓延到整个发酵室。尹守臣在论文中建议耳农在建筑发酵室时，将用来提高温度的火龙搭在发酵室中间，用火时人要不离火源，待火燃尽后用砖把火龙门堵好再离开。如果接菌室和发酵室相连，接菌室内不要放太多棉花、酒精等易燃物；对于发酵室内烧锅、烟囱等设置，建议烟囱远离烧锅，在烟囱底部砌一个长方形底座，安上两根瓷管，再用铁线捆牢固定。这样既容易走烟也方便散热。他还对木耳发酵室内用电及电焊等问题进行了细致论述，整篇文章是他经过多年实践后总结所得，论据充分翔实，解决办法简便实用易操作。

尹守臣在论文结尾处说，希望这套"木耳发酵室安全用火方法"能对州内的耳农有所帮助，盼望大家早日致富奔小康。

原载于2016年3月18日的《延边日报》，获第29届（2016年度）中国少数民族地区报纸好新闻二等奖。

延边农村合作银行两年出资250万元奖励诚信农户

108名诚信农民喜获拖拉机

2009年4月19日,在延边州州长李龙熙、延边农村合作银行行长崔赞洙的注目下,108名诚信农民迎着霏霏的春雨,驾着崭新的四轮拖拉机缓缓驶出延边农村合作银行大院。

2008年,延边农村合作银行斥资120万元奖励109位诚实守信农民贷款户和支持该行工作的村干部每人一台四轮拖拉机,成为全国农村信用社系统的一个创举。2009年,该行出资130万元购买了108台四轮拖拉机,再次奖励诚实守信农民贷款户。正如州长在致辞中所说的那样:"这次捐赠活动既是鼓励农民诚信守诺、更好地运用信贷发展农业和农村经济的重要举措,也是延边农村合作银行全面贯彻落实党的各项惠农政策,有效改善农村金融环境,反哺农业,促进农村经济发展的实际行动。延边农村合作银行给农民的这种支持、对农民的这份热情,比春天还温暖,比春雨还金贵。"

作为农村金融的主力军,延边农村合作银行多年来秉承立足"三农"、面向社区、服务城乡的市场定位,为支持延边农业和农村经济发展作出了突出贡献。2008年,该行发放农业贷款47亿元,占全州农业贷款发放总量的96%。行长崔赞洙表示,开展向诚实守信农民贷款户奖励四轮拖拉机的活动,是该行倡导广大农民诚实守信、改善农村金融环境、促进农村经济发展的一个重要举措,目的是在农村掀起诚信之风。通过两年的评选,到该行申请、使用、按期偿还贷款的诚信农民和支持其工作的村干部越来越多,评选的标准也逐年提高。这表明农民的诚信意识正在逐渐提升,农村的诚信氛围日益浓厚。

在发车仪式上,州长李龙熙将车钥匙交到农民代表手中。身披大红花的安图县明月镇农民纪玲亮高兴地说:"这几年,延边农村合作银行不但给我贷款,还为我出谋划策,发展生产,真心帮咱农民致富。今年银行奖励诚信贷款户每人一台拖拉机,咱农民增收的步伐又加快了。"珲春市哈达门乡河山村村民丁相国抚摸着身边的四轮拖拉机,喜悦之情溢于言表:"去年看到村民从农村合作银行开回了拖拉机,俺羡慕极了。这一年来,全家都较上了劲,努力致富,诚信还贷。今天俺也能把拖拉机开回家,让同村的人看看,做诚实贷款户多光荣。"

在隆隆的礼炮声中,胸戴红花的农民朋友们启动马达,驾驶着拖拉机奔向广阔的田野。

原载于2009年4月20日的《延边日报》。

农民买"大件" 政府给"补贴"

"家电下乡"惠民工程走进延边

龙井市三合镇北兴村村民金永烈家最近添置了一台崭新的电冰箱。提起这个"大件",金永烈一脸兴奋:"我听村里人说,现在农民买家电,国家给报销13%,这可是天大的好消息。我们全家几年前就想买一台电冰箱,这回可算称心了!"

自2009年2月1日,国家实施"家电下乡"惠民工程以来,延边农村消费市场刮起了一股强劲的"购买风"。不到三个月,全州累计销售"家电下乡"产品3100台,销售额达600多万元。

"家电下乡"惠民工程到底给延边农民生活带来了哪些变化?农民朋友对"家电下乡"政策还有哪些期盼呢?4月29日,记者带着这些问题对敦化、图们、延吉三市的"家电下乡"进展情况进行了走访。

记者第一站采访的是敦化市"家电下乡"21个销售网点之一的敦化供销批发公司家电城。走进店内,记者首先看到的是一幅标有"政府指定'家电下乡'销售商场"的大横幅。横幅下,一块彩色的公示牌上印着政府"家电下乡"购买流程图及相关补贴政策。按照导示牌的指引,记者来到"家电下乡"专区。敦化市江南镇南关屯农民李立芳正在向销售人员询问"家电下乡"政策中关于彩电产品保修规定和补贴领取办法。经过反复比较，她最后相中了一台标价1298元的海信电视，仔细一算，可享受168.74元的政府专项补贴。李立芳对记者说："这彩电买得合算！国家给补贴，咱农民得实惠。邻居知道我来买彩电，特意让我打听一下优惠政策，回去告诉他们都来买！"

在图们市长安镇广兴村，记者听说村民薛增芹家4月初购买了一台电冰柜。她对记者说："现在国家政策好，农民负担轻了，捂在口袋里的钱也敢拿出来消费了。既然政府给咱补贴，干脆把家里用旧的电视机、洗衣机这些'大件'都换一换。"

走进延吉市朝阳川镇八道村农民金明根家，记者看到室内的家用电器样样齐全，但"服役"期限都超过了10年。前几天，他到延吉市某商场转了一圈，相中了一台新款洗衣机。金明根激动地说："'家电下乡'可是政府给咱农民的实惠政策，一定要好好把握啊。"

延边国贸大厦家电商场经理张莉告诉记者，自开展"家电下乡"惠民工程以来，延吉市、图们市、龙井市等地的农民纷纷前来购买产品。不到两个月，商场就卖出了287台冰箱、彩电和洗衣机。商场为此专门组织了一支"家电下乡"送货队，受到了各乡镇村屯农民的热烈欢迎。"前两天，我们在龙井市三合镇待了两天，卖出了20多台家电。"

青岛海尔集团是此次"家电下乡"中标企业之一，企业把推广"家电下乡"活动看作扩大市场、服务农民的好机会。该集团延边代理商表示：延边农村的消费市场巨大，对于"家电下乡"的供应商、销售商来说是一次难得的销售机遇。

延边州商务局副局长成江告诉记者，从2009年2月开始，延边农民在购买补贴范围内的彩电、冰箱（冰柜）、洗衣机、手机四类家电产品时，将享受销售价格13%的财政补贴。根据有关规定，农民在购买补贴类家电产品时，彩电最高限价为2000元，冰箱（冰柜）最高限价为2500元，洗衣机最高限价为2000元，手机最高限价为1000元，每个农户一类商品只能买一件。"家电下乡"惠民工程将持续到2013年1月末，为期4年。

"家电下乡"这项国家惠民工程，发掘了延边农村市场蕴藏的巨大消费潜力，受到了广大农民的欢迎。相信在政府、商家、农民和消费者的共同努力下，这个"农民得实惠、企业得市场、政府得民心"的好政策会被打出更高分。

原载于 2009 年 5 月 11 日的《延边日报》。

"农超对接"破解农产品销售难题

受国际金融危机影响，2008 年以来，延边农产品尤其是鲜活农产品价格面临较大下行压力，销售形势严峻。

农产品销售如何突破困境？如何实现农产品生产者、经营者及消费者利益最大化？目前正在火热推广的"农超对接"活动为我们提供了一个崭新思路，也促进了延边传统农产品流通方式的重大变革。

迟恩德是和龙市八家子镇河南村村民。2008 年，他和周围村屯的 80 户农民成立了八家子蔬菜合作社，种植、经营有机蔬菜。迟恩德告诉记者："以前我们不怕种地累，就怕卖菜难。忙活了一年，看着辛苦种的菜卖不上价，卖不出手，心里急得没着没落的。"作为延边 2009 年"农超对接"的产品企业之一，八家子蔬菜合作社从 9 月开始与州内几家大型连锁超市"亲密接触"。"实行'农超对接'后，农民不用为卖菜发愁了。我们种的有机蔬菜也能进入大超市，卖出个好价钱了。"迟恩德高兴地说。

据了解，现行的"农超对接"有两层含义，一是指超市直接到农村去采购农产品；二是指农民将农产品直接送进超市。"农超对接"的意义在于突破了我国传统农产品供应链上众多中间流通环节的阻碍，直接使超市与农民"握手合作"。

延边州商务局流通处处长果春柱告诉记者,"农超对接"将实现农民、超市、消费者三方共赢。通过对接,农民合作社可以根据超市反馈的市场需求信息和消费者的愿望,组织农户成员开展标准化生产。在促进农民持续稳定增收的同时,可以对直供农产品建立追溯制度,实现农产品质量从农田到餐桌的全过程监控,给消费者的"菜篮子"系上"安全带"。

记者从2009年"农超对接"销售签订会上了解到,目前延边州内已经有5家大型超市与14家地产企业、农民专业合作社签订了总金额达700多万元的产品协议,种类涉及蔬菜、水果、粮食等200余个品种。

延吉市朝阳川镇的三户农民在与延吉千盛购物广场签订了价值26万元的大米合同后兴奋地说:"我们跟超市合作后,大米卖得好了,价格卖得高了。"龙井市东盛涌镇太平村农民方树成给记者算了一笔账:"以前种粮卖给小商贩常被压价,1公斤大米只能卖2元钱左右。加入农民合作社与超市对接后,家中的大米按质论价,再不用担心卖不上价了。不仅如此,我们还能借助超市打开产品的销路,打响产品的品牌。"

实行"农超对接"后,高兴的不仅是农民,消费者也满意了。正在延吉千盛购物广场挑拣水果的容女士对记者说:"以前在超市买瓜果总担心东西不新鲜,现在好了,超市的瓜果不但新鲜量足,价格也不贵。"

农户满意,消费者高兴,超市也受益。生鲜是超市的灵魂,但其昂贵的运营成本一度被视为"赔本赚吆喝"。延边国贸超市负责人陈绪铎告诉记者,传统的超市零售采购链有4个环节:农民将生鲜产品送到当地批发市场,由商贩转运到本地市场,再经过供应商环节最后进入到购物超市。其间农产品成本增加约30%,有些甚至增加50%。实行"农超对接"后,农产品直接从农民手中送进超市,减少了中间环节,降低了成本。"这部分利润现在由消费者和农民共同分享,超市也因运输成本下降,增强了竞争力。"

在市场这个"无形之手"的推动下,延边州内一些超市纷纷将"农超对接"提上了日程。业内人士认为,"农超对接"使"种什么""怎么种""卖给谁"这个困扰业内已久的"农业三问"有了一个标准答案。在破除了传统农产品供应链上众多中间环节后，城市和农村之间将开始"携手合作"，共同描绘富农蓝图。

原载于 2009 年 9 月 24 日的《延边日报》。

商家讲信用 百姓更放心

延吉市探索试行先行维权赔付制度

去年 3 月 15 日，延边国贸大厦出资 3 万元、延吉千盛购物广场出资 1 万元，在延吉市消费者协会设立"先行赔付"保证金，成为我州商业零售企业主动为消费者维权的典范。转眼一年过去了，"先行赔付"这一新型维权模式到底产生了怎样的影响？对我州消费维权起到了哪些积极作用？记者就此到延吉市消费者协会进行了采访。

"一年来，设在延吉市消协的 4 万元'先行赔付'保证金分文没动。"延吉市消协秘书长赵佰全满意地说。"设立'先行赔付'保证金后，企业为了自身的名誉，会更加自律、守法经营，主动提高责任意识。一旦有了投诉，会主动予以解决。从这个意义上讲，'先行赔付'机制对于企业来说，起到了一种激励警醒与约束督促作用。这也是延吉市加强消费维权的新思路。"

处于我州经济中心的延吉市，目前共有商业、服务业网点 6027 户，其中大型商场 17 家，日客流量达到 14 万人次。商业、服务业十分发达，同时消费维权的形势也较为严峻。据统计，近 3 年来，延吉市消协平均每年要受理消费者投诉案件 220 起，主要集中在食品、服装、通信等领域。大量的投诉案件让消协工作人员身心疲惫，但仍无法遏制消费者投诉不断上升的势头。究其缘由是一些商家责任心不强，不注重自身形象，对侵害消费者的事不愿解决，或者把责任推给生产厂家，厂商之间互相"踢皮球"，使得发生消费纠纷后的消协部门调解率比较低，赔付速度缓慢。

为了探索维权新途径，延吉市消协从2009年初开始率先推行"先行赔付"制度，设立了预赔基金，为想维权又怕麻烦的消费者构筑了一个消费维权的绿色平台。所谓"先行赔付"就是指对侵权事实清楚、赔偿额度认可的消费纠纷，实行由市（商）场开办方或者经营者先行赔付消费者，然后由生产商承付开办方或经销商，以提高赔付速度。先行赔付机制有效破解了消费者"投诉有门，解决无力"的弊端，确保第一时间解决因质量或责任原因引发的消费争议，使消费者的合法权益得到快速、有效保护。"'先行赔付'也是对商业企业诚信的一种考验，因为预赔基金是真金白银的承诺，将改变当前一些商家承诺多、兑现少的情况，消费者也可以依托'消费预赔体系'，获得购买放心商品和完善售后服务的保证。对于诚实守信的商家来说，'先行赔付'还可以使其在鱼龙混杂的市场环境中脱颖而出。"赵佰全说。

在与商家签定"先行赔付"协议后，延吉市消协在延边国贸及其下辖的两家商场、延吉千盛购物广场内建立起消费者投诉站，并指导其受理、解决消费者投诉，每季度对几家商场的消费纠纷投诉档案进行查阅、把关，保障消费者的合法权益不受侵害。签订"先行赔付"协议至今，在延边国贸及延吉千盛购物广场设立的消费者投诉站共受理投诉147起，退赔顾客5万余元。消协部门接到的针对这些商场的消费投诉也由2008年的23起降至7起，而且都获得了圆满解决。

在今年3月15日消费者权益保护日的宣传咨询活动现场，延边国贸大厦出资3万元、延吉千盛购物广场出资1万元与延吉市消费者协会续签了"先行赔付"协议。延边国贸副总经理郑安明自信地说："设立先行赔付保证金，基于我们对商品、服务有着充分自信。没有这一前提，我们不敢这样做，也无法推广这项举措。"

原载于2010年3月23日的《延边日报》。

珲春工商局有个农民"办事处"

在珲春市工商局,有一个被农民称为"办事处"的特别部门——新农村建设办公室。在"新农办"里,有四位业务能力强、经验丰富的"老工商"。他们平均年龄超过了 52 岁,是珲春市工商局局长孙国印从全局工商干部中精选出来的。"新农办"成立两年来,"老工商"们跑遍了全市 9 个乡镇、116 个村,宣传法律、维权知识,为农民合作社办理登记、年检,被农民亲切地称为"工商老大哥"。

春耕在即,珲春市板石镇东兴村的农民们正忙着备耕。一提起工商局,村主任徐基春一脸感激:"这两年每到春耕,'新农办'就挨村挨屯地给俺们讲怎样识别假种子、假化肥,买了假农资怎么维权,他们还请来专家讲致富信息、教新技术,真是俺农民的贴心人啊!"

2007 年,珲春市工商局率先在全省县级工商局中设立了"新农村建设办公室",保护农民利益。每年农忙时,"新农办"的"老工商"们就来到田间、地头为农民年检、验照,免费上门为农民服务。"新农办"成立 3 年来,共上门为 120 户农民免费登记办照,为 60 户农民免费年检,为农户提供法律援助、合同咨询、签约指导 3000 余人次,仅这一项就为农民节约支出 10 万余元。

2009 年初,珲春市工商局为促进农业产业化调整和产业升级、鼓励农村种植养殖业优先发展,出台了多项扶农惠农措施:允许注册资本 50 万元以上的农产品购销、加工企业冠以省级行政区划名称;以涉农企业集团为核心的企业注册资金最低限额,由 1000 万元调整为 500 万元;允许农民办理个人独资企业,不限场地、投资额,并免收注册费用。为了让好政策真正惠民,"新农办"的"老工商"们走进田间地头讲政策,帮助农民登记注册专业合作社。

为帮助农民获得更大的生产效益,"新农办"把工作重点放在了品牌兴农、商标富农上。他们把"商标法律"培训班开在了农民家里,用通俗易懂的语言给农民讲"商标的力量"和"品牌的奇迹"。在他们的引导下,珲春市有 30 多家企业和农民专业合作社申请了注册商标，其中 3 件商标被认定为吉林省著名商标，6 件商标被认定为延边州知名商标。

近年来，订单农业的兴起为农民带来了实实在在的利益，但由于管理不规范、农村信息闭塞，常出现"订单虽好、合同难签"的现象。为了解决这一问题，"新农办"的"老工商"们多次深入订单企业及农户家中调查摸底，并结合当地农民的生产实际，制定了《珲春市农业订单合同示范文本》。他们对合同的标的、数量、质量、计价方式和价款、履约期限、地点、违约责任和争议的解决办法进行了明确的规定，避免了合同纠纷，为保护农民利益上了一道保险。

原载于 2010 年 4 月 27 日的《延边日报》。

暖暖"太平山" 绵绵感党恩

春节前的一天，记者重返洪灾后的敦化市贤儒镇太平山村。前几天，这里刚刚下了一场大雪，满眼银装素裹。村口有几户人家在门前挂起了红灯笼，一幢幢灾后重建的新房矗立在雪中，烟囱上飘着袅袅轻烟，有一种诗画般的感觉。

太平山共有 700 户村民，去年的洪水淹没了全村绝大部分土地，大部分村民的房屋过水，重建新房 34 户，郑忠厚家就是其中的一户。

推开老郑家崭新的防盗门，看到郑忠厚 79 岁的老母亲正盘腿坐在炕头上。"头一年的新房有点冷，但我们心里暖着哩！"老人感激地说。随行的贤儒镇副镇长金龙学摸了摸西屋的炕板，皱起了眉头，"老郑，你家的炕板不太保温啊？""是啊，镇长。我们这几户自建房的炕板都有这毛病，我们打算今年夏天换一换。"谈到开春后种地的事，老郑说："这不，我让媳妇到镇上朋友那儿要玉米籽去了。过了这个年，就把我那块地上的砂石都弄干净，种上玉米良种。

有党有政府，俺啥都不怕，一两年这日子就缓过来了。"

　　转过村角，就看到邹玉兰家门前的大缸上摆着热气腾腾的黏豆包。邹玉兰的三女儿和女婿正在屋里屋外忙活着，看到记者一行，连忙迎了出来。"这新房可比以前那间趴趴房强百倍啊！今年春节，俺家十几口人都到俺娘这新房来过个舒舒服服的团圆年。"邹玉兰的三女儿高兴地说。记者看到邹家东屋的炕上被隔出了一个小间，里面摆着大米、白面、豆油和半扇猪排，三女婿正在厨房里忙着燎猪蹄。"洪水刚把家冲毁那阵，俺们都愁这日子可咋过，是党和政府帮俺们盖起了新房，包保俺村的州法院领导还给重建房的这几户人家送来了2000块钱，让俺们添置些过日子的家什，什么都替俺们想到了！"

　　太平山村最早搬进新房的是田友文一家。金副镇长告诉记者，田友文两口子特别热爱生活，是过日子的能手。话音还没落，我们就看到了田友文家的"与众不同"——门前房后都架起了一座保温棚，室内的温度居然超过了 25 摄氏度。几只芦花鸡在保温棚里四处溜达，窗台上的青蒜已经冒出了绿油油的小苗。田友文的老伴把我们让进屋，招呼着我们上炕坐。老田家的东屋里，十几盆杜鹃开得正盛，大红的对联、烫金的福字散在热炕上，炕边的鱼缸里几条小鱼欢蹦乱跳。

　　说到党的恩情、政府的好干部，田友文打开了话匣子："有这么好的党和政府，我们能不把日子过好嘛！"爽朗的笑声感染了每个人。田友文还告诉记者，入冬前他就把被淹的地都拾掇出来了，今年打算种上经济作物，再养几头牛。田友文盘算着，他的老伴微笑着不住颔首。

　　原载于 2011 年 2 月 3 日的《延边日报》。

抗美援朝的老战友你们过得好吗？

3月14日，年逾古稀的金学洙委托记者为其寻找抗美援朝时共同战斗过的4位老战友。"我希望能在有生之年和老战友见见面，哪怕是通个电话听听他们的声音。"老人眼里闪着泪花。

1951年2月，汪清县的金学洙参加了志愿军，所属部队是东北军区防空部队高炮508团。即将参战的兴奋让他辗转反侧。同年10月，金学洙被抽调到东北军区沈阳整训16团1营，参加班长以上的干部集训班。在这里他认识了同样来自延边的4名朝鲜族战友：和龙的金学哲、龙井的朴在根、珲春的朴秉宗、安图的姜太殷，共同的民族、共同的语言、相近的生活背景，使得5个人在短短两个月的学习中结下了深厚的友谊。

集训结束后，5名亲密的战友都回到各自的连队担任文化教员兼翻译。唱着"雄赳赳，气昂昂，跨过鸭绿江"，奔赴朝鲜战场。当时，金学洙所在的508团驻扎在朝鲜平安北道介川郡原里地区。508团是防空部队，处于战场前线。金学洙和战友们常常一连十几天衣不解带，脚上的袜子和鞋都粘在了一起，虽然同属一个军团，但由于各连队分布在不同地方，他们在近半年的作战过程中没有见过一面。

1952年5月，金学洙所在的508团返回了祖国。5名亲密的战友一个都没少，平安地回到了部队所在地沈阳市。那是一段非常美好的回忆，亲密无间的战友，志同道合的伙伴，有机会就聚在一起，无话不谈。他们一同到文化宫学习，到公园里游玩，畅谈理想、憧憬未来。1954年1月15日，5名亲密的战友在鞍山的一家照相馆合影留念。同年，金学洙被调到长春防空军事学校担任文化教员，从此离开了4名亲密的战友。1955年，他从部队考入沈阳师范学院。在此期间，金学洙还与战友们鸿雁传书，保持着联系。1956年，在沈阳读书的金学洙遇到了正在沈阳新立屯某连当指导员的金学哲。他们开心异常，话离别、谈友情。那一次，是金学洙最后一次与战友相聚。从沈阳师范学院毕业后，他到大连市庄河高中当了一名人民教师。执教23年后，金学洙于1977年回到家乡汪清县继续从事教育工作，直至退休。在此期间，他再也没能联系到4名亲密的战友。

"革命生涯常分手，一样分别两样情。战友啊战友，亲爱的弟兄，待到春风传佳讯，我们再相逢。"这是金学洙多年来心中一直回旋的思念。曾经同生共死6个月，却有半个世纪未曾谋面。金学洙对记者说，他常常在梦里与战友们相遇。他拿出那张发黄的合影，指着照片上的人喃喃地念叨："50多年了，没有战友们的音讯，我真想他们啊！"金学洙说，4名战友都是延边人，他们的亲属也许还在延边，也许知道他们的下落。他希望通过媒体找到老战友，在有生之年和他们一同重温"激情燃烧的岁月"。

原载于2011年3月30日的《延边日报》。

河南村村民在家门口刷卡

和龙市八家子镇河南村源发超市去年10月安上了一台POS机，村民们不再像以前那样，拿着毛八分、块八角的零钱来买油盐酱醋了。只要用银行卡在POS机上轻轻一刷，再输入密码，一切就"搞掂"了。店主许科玉高兴地说："以前，顾客一多，我就手忙脚乱地收钱、找钱，现在村民买啥都刷卡，又省事又安全。"

近年来，河南村大力发展蔬菜产业，建立有机无公害蔬菜基地，全村人均收入超过了8000元。去年，该村被金融部门授予"信用村"，154户农民被评为信用户，全村贷款总额超过260万元，成为名副其实的富裕村。河南村具备诚实守信的信用环境，经上级银行批准，人民银行和龙支行决定在河南村启动农村信用体系和农村支付环境体系。通过普及银行卡，让更多的农民享受到与城市居民一样便利的现代金融支付结算方式。

为鼓励河南村农民刷卡消费，和龙市政府出台了《农民刷卡消费奖励办法》及《特约商户奖励办法》，并专门拨付 3 万元补贴河南村村民刷卡消费产生的费用。人民银行和龙支行、和龙市农村信用社在河南村蔬菜专业合作社及 4 家超市商店里免费安装了 POS 机。农民在家门口就可以刷卡消费，享受现代化支付工具的便利。人民银行和龙支行行长刘奎新对记者说："农民手里有了银行卡，买卖、支取都很方便，既可以避免携带大量现金，又可以防范假币，是一举多得的事。"

记者了解到，习惯了传统现金消费的河南村农民，起初对使用银行卡并不热衷，出门依旧带着里外三层的荷包或手绢，村中的几台 POS 机也成了摆设。为了让农民手中的卡真正"活"起来，人民银行和龙支行抛出了一系列优惠政策吸引村民：只要存 500 元，就会拿到一张 600 元的银行卡，条件是一年内必须刷卡消费 50 次。

这些优惠政策激发了河南村农民的刷卡热情。为趁热打铁，去年 10 月，和龙市政府、人行、农信社再次来到河南村，举办有奖刷卡体验活动。提起那次活动，村民张秀莲非常兴奋："大家在 POS 机上刷一下银行卡，就能得到洗衣粉、太空被、炒锅等各种礼品，真是操作方便又省事！"

河南村实现信用卡消费，在我省农村地区尚属首例。记者从人民银行和龙支行统计的河南村信用卡汇总表上看到：截至 3 月末，河南村农民刷卡总量超过了 1300 笔，金额达 2.4 万元，银行卡刷卡消费金额已经占到全村零售商品总额的 30% 以上。

原载于 2011 年 4 月 26 日的《延边日报》。

花甲老人圆了入党梦

5月19日下午，延吉市进学街道春阳社区会议室里气氛庄严热烈，22名支部党员一致同意王敬文加入中国共产党。65岁的王敬文一手拄着拐杖，一手拿着入党志愿书，因激动嗓音显得有些沙哑："今年是我向党组织递交入党申请书的第8个年头，我加入中国共产党就是为了回报党对我的恩情，在有生之年为党发挥余热。"

1947年，王敬文出生于一个普通工人家庭，7岁时父亲病逝，兄弟三人跟着母亲过日子。作为长子，他小小年纪就承担起了生活的重担，每天跟着母亲拉三轮车、打短工，晚上帮着母亲做饭、照顾弟弟。后来，母亲带着王敬文兄弟改嫁给一名铁路工人。当时一家十口人靠继父一人的工资生活，过得非常拮据。王敬文只上到小学三年级就辍学回家照看弟妹，操持家务。1964年10月，他响应国家号召到延吉市烟集乡兴农五队插队。从那时起，王敬文开始渴望加入中国共产党。1979年，他回城接班，成了延吉市粮油加工厂的一名工人。王敬文始终铭记党恩，信仰不变，向党员看齐。在车间里，他脏活累活抢着干，经常加班加点超额完成工作任务，被同事们称为"没入党的共产党员"。

1999年，王敬文所在企业破产。闲不住的他被选为春阳社区明阳委2组组长，并担任春阳社区巡逻队的队长。2002年延边发生洪灾，为不使居民财产遭受损失，王敬文冒着大雨和社区干部一同修防洪墙、排洪水、清污物，常常忙到深夜才回家。2003年"非典"，他冒着被感染的风险，挨家挨户走访登记外来人口，对公共场所进行消毒。也就是在这一年，王敬文向党组织提出书面申请，希望加入中国共产党。他的入党申请书简明扼要："没有共产党就没有新中国，没有共产党就没有今天的好日子，我要加入这个组织，更好地为群众服务！"

2006年，春阳社区组织为贫困学生开展捐款活动，王敬文从900多元的退休金里拿出500元交给社区党支部书记。书记感动地说："王大爷，您和老伴身体都不好，这钱还是别捐了，留着补贴家用吧！"王敬文觉得，这一生最大的遗憾就是没上几年学，现在生活宽裕了一些，想要尽全力帮助那些贫困学生。

汶川大地震发生后，王敬文在电视上看到在党的坚强领导下，全国人民众志成城抗震救灾，深受感动。他深切地感受到只有共产党才是人民的坚强后盾，才有如此强大的感召力！王敬文再次写下了入党申请书，表达了自己愿意为共产主义奋斗终身的热切愿望。

1999 年至今，王敬文一直担任居民组长。12 年来，没有工资没有津贴，全是义务服务。他至今还住在一间 40 平方米的低矮简陋的平房里，家中除了 20 多年前买的几件家具，就是老两口平时服用的药物。很多人问王敬文图个啥？他说："为党做事光荣，我要以实际行动报答党的恩情！我图的就是这个！"

从去年开始，王敬文的身体越来越差，股骨头坏死、腰椎间盘突出及心血管等疾病越来越严重，加入党组织的心情也越来越迫切。听到社区支部要开会讨论自己入党的消息，他激动不已。在支部大会上，当艳阳支部的 22 名党员全票通过王敬文加入中国共产党时，这位饱经风霜的老人热泪盈眶："组织上批准我加入共产党，是对我人生的肯定。这是我期盼、等待了 30 多年的心愿啊，我要为党奋斗终身！"

原载于 2011 年 5 月 27 日的《延边日报》。

这成堆的土豆销给谁？

安图县亮兵镇是我州土豆主产区之一，也是农业部命名的马铃薯高产创建万亩示范片。土豆是当地农民最主要的收入来源，但是今年进入销售季以来，当地的土豆却遭遇滞销。10 月 13 日，记者来到安图县亮兵镇新胜村。

每年"十一"前后是土豆上市销售的旺季,然而,因为今年销路不畅,新胜村路两旁摆满了一排排的土豆堆,少的四五十袋,多的二三百袋。村民谷教财告诉记者,去年这个时候,外地商贩蜂拥而至,帮着村民装袋、上车,一点儿都不挑剔土豆的品相,而且收购价一天比一天高,最高时达到每公斤1.6元。今年土豆收割时节,进村的收购者却寥寥无几,收购价也低至每公斤0.36元,目前全村大约有80%的土豆没销出去。

村民李兴贵驾驶一辆满载着土豆的拖拉机从记者身边驶过。他停下拖拉机跟记者说:"今年的土豆是'臭'了!都这时候了也没卖出去。"李兴贵家去年种了6亩(4000平方米)土豆,赚了8000多元钱,今年家中多种了4亩(约2667平方米)地。"如果按今年的市场收购价格,连本都合不上啊!"

为了减少亏损,李兴贵存了一半土豆想看看行情,这也是当地不少村民的共同做法。他领着记者来到自家地里,小心翼翼地挖开一个土堆,掀开覆盖在上面的塑料布,里面码着一排排又大又新鲜的土豆。但随着天气一天天变冷,土豆埋在地里也会冻坏,李兴贵担心这样做也扛不了太久。

土豆滞销,村中的合作社在关键时刻发挥了作用。

记者走进新胜村手拍粉专业合作社的场院,看到了堆积如山的土豆。一些村民正忙着从拖拉机上卸袋,称重。正在卸土豆的裴克宝告诉记者,今天他已经往合作社送了5000多公斤土豆,从早晨忙到下午。说起去年的土豆行情,裴克宝现在都觉得像在做梦:"去年土豆收价高、卖得快,今年却说啥也卖不动,要不是合作社给俺们'兜'着,俺家这1万多公斤土豆真不知道咋处理好。"

新胜村是亮兵镇的土豆主产村之一,从20世纪80年代开始,全村173户村民家家种植土豆。2006年,新胜村成立了手拍粉专业合作社,大多数村民都加入了合作社。"成立专业合作社就是为村民增加'抗风险'的能力,如果当年的土豆收购价高,村民就把土豆卖给收购商;如果收购价低,合作社就核算出保底价格,帮助农民'消化'剩余的土豆。"村党支部书记兼村委会主任孙大柱说。

孙大柱告诉记者,近年来,土豆收购价格一路走高,激发了村民种植土豆的热情,很多人都增加了种植面积。今年全村的土豆收成大约七八千吨,但外销不到两千吨。通过对农民种植成本的核算，合作社提出以每公斤5角钱的价格收购，帮助村民"消化"销售不出去的土豆。

新胜村村民常年与土豆市场打交道，可今年的土豆行情变化还是超出了所有人的预料。记者在调查中发现，造成新胜村土豆滞销的最大原因，就是今年国内土豆种植面积增加得太多了，可是村民们对这一市场行情并不了解。

因为前几年土豆市场行情看好，今年国内的土豆产区种植面积普遍增多。以亮兵镇为例，2010年新胜村土豆种植面积约为200公顷，但今年种植面积就达到了300公顷，增幅近50%。附近的会财村、新城村村民看土豆旺销，都开始大面积种植土豆。今年天旱，土豆歉收，按道理价格应该比丰年高一些，可是由于种植面积扩大，每户多种了三五亩，导致亮兵镇的土豆产量整体供大于求，价格不但没上来，反而降了一大截。这土豆种还是不种？种多还是种少？这样的问题，谁也拿不准、说不清。

原载于2011年10月24日的《延边日报》。

散发着光和热的"四叶草"

延吉市进学街道有这样一群人，他们像雷锋一样默默无闻地为居民排忧解难、扶贫济困、传递爱心，他们就是"四叶草"志愿者服务队。

正阳社区位于城乡接合部，流动人员和空巢老人居多。2009年，在卫生部门的帮助下，社区建起了医疗服务站。李宗祥是服务站里唯一的医生，也是一名"四叶草"志愿者。博雅小区的空巢老人沈贞子身患重症，子女出国不在身边。李宗祥经常帮老人检查身体，指导用药。时间久了，周围的居民都把李宗祥当成老人的亲属。2月28日，沈贞子老人因病去世。李宗祥闻讯立即赶到沈家，和社区干部一起帮助亲属料理后事。像李宗祥这样的"四叶草"志愿者，如今遍布进学街道各个社区，他们中有学生、个体老板、打工者、机关干部，也有普通居民。"四叶草"志愿者服务队成立两年来，发展了13支分队，6000多名志愿者。

  3月2日，在数百名居民的见证下，安阳社区"四叶草"志愿者代表宣读了《学雷锋倡议书》："我们要弘扬雷锋精神，传承志愿服务理念，帮助一切需要关爱和扶助的人……"随后，"四叶草"志愿者服务队深入居民当中学雷锋。医疗服务中心的志愿者搭起临时义诊台，为居民免费测量血压，宣传常见病的预防保健常识；延吉市十三中近百名学生志愿者走出校园，利用课间清理居民楼旁的垃圾和楼道广告；深港发廊的志愿者将社区活动室改装成简易美发屋，无偿为群众理发。同一天，进学街道近千名"四叶草"志愿者都以不同形式为群众服务，他们用微笑，用热情，用真诚，传递着爱的暖流。

  黄艳凤是"四叶草"志愿者。2010年5月，她在社区和街道的大力支持下，成立了文汇社区居家养老中心，目前有18位老人在此养老。每天早晨5点，黄艳凤给老人逐个擦身、测量血压、喂饭喂药，中午老人睡觉时，出门买菜张罗晚饭。为方便照顾老人，她夜间在客厅里打地铺，听到老人招唤，马上起身查看。在老人们眼里，黄艳凤胜似女儿："这闺女心善啊，对我们照顾得比自家人还周到。"

  每逢春夏，居民们常看到一位古稀老人，拖着病腿，弓着腰在小区内忙里忙外，侍弄花坛和草坪里的花草。他就是南阳社区老党员徐学哲，一位把"送人玫瑰当作快乐"的志愿者。79岁的徐学哲加入"四叶草"志愿服务队后，主动当起小区的园丁。几年来，他出资五六千元购买花种和树苗，把小区花坛装扮得像个小花园。看着姹紫嫣红的小区，大家对徐学哲的敬佩之情溢于言表："徐老就是生活在我们身边的'活雷锋'，能和徐老做邻居是我们的福气。"

  近两年来，"四叶草"志愿服务队逐渐发展壮大，越来越多的群众享受到了它带来的硕果。志愿者凭借自己的专业知识和特长向群众宣传卫生、教育、政策等知识，他们还定期开展为民服务活动，改善社区环境，宣传政策方针，传播文化知识。

2010年8月，安阳社区开办了"市民大讲堂"。退休干部徐世洲、共产党员徐淑梅等志愿者主动走上讲台，为社区群众讲党史，宣传和谐社会。牙科诊所的志愿者张蕾，经常抽出时间给居民讲解口腔保健知识。一些驻街企业经理、外来务工人员也主动给大家讲创业故事。

"赠人玫瑰，手有余香"是"四叶草"志愿者的座右铭。他们以学习雷锋为宗旨，以雷锋精神为指南，默默行进在志愿服务这个没有终点的大爱之旅上。

原载于2012年3月9日的《延边日报》。

延边老党员王文海远赴骆驼湾村献发展大计

1月10日，沈阳铁路局机关图们地区退休党支部老党员王文海背着精心改良的南瓜、沙棘种子和野山参，风尘仆仆地赶赴河北省阜平县龙泉关镇，沿着习近平总书记走访慰问的路线探访骆驼湾村，和当地村民交流致富经验，为贫困村发展献计献策。

今年67岁的王文海是一位有着50年党龄的老党员。1975年，他从部队转业至沈阳铁路局图们铁路分局机关工作。退休后，王文海把全部精力放在研究特产经济上，在实践中总结出了一些致富经验。在他的提议下，妹妹王文香在辽源市东丰县三合乡创办了黄牛养殖场，几年下来资产超过百万元。王文海还向远在外地的朋友传经送宝，把一些延边特色的经济作物介绍出去，帮助大家共同致富，王文海也因此成为亲朋和熟人眼中"点石成金"的"智囊"。

今年元旦前夜，王文海一家三代共聚一堂，欢欢喜喜地过新年，吃团圆饭。打开电视看新闻联播时，王文海看到中共中央总书记、中央军委主席习近平冒着严寒，深入到河北省阜平县龙泉关镇骆驼湾村和顾家台村干部群众中间，和他们亲切交谈的场景后，激动不已。总书记的亲民情怀、务实作风让他心潮澎湃，同时骆驼湾村的贫困也让他感到震撼。王文海通过电话与阜平县政府办、龙泉关镇政府办取得联系，表达了自己到老区探访的意向，与对方确定了探访时间。

随后，王文海与山东大学、武汉大学的两名大学生藏培宣、曲树利进行了沟通，又同唐山市、内蒙古地区的几个做商贸的朋友及妹妹王文香取得了联系，几个人相约共同到阜平县龙泉关镇考察。临行时，他将自己精心改良的优质南瓜子、沙棘种子及收藏的野山参都打包装箱，希望能把这些特产作物引入贫困村，让更多的人共同致富。

经过5天的长途奔波，一行人来到了阜平县。地处太行山深处的阜平县是革命老区，是当年晋察冀边区政府所在地。在阜平县，王文海结识了来自上海新闻晨报的记者杨育才。听说王文海一行来自延边，奔波数千里为的是帮助骆驼湾村寻找致富项目，杨育才非常感动，和他们结伴从阜平县乘车40多公里赶往地处深山的龙泉关镇骆驼湾村。

暮冬时节的骆驼湾村，到处是残雪，虽然天气寒冷，但村民们仍沉浸在总书记来访的温暖回忆中。村党支部书记顾荣金告诉王文海，骆驼湾村是特困村，村里608口人中有428人为贫困人口，村民主要经济收入是种植业和外出打工，人均年收入不足千元。

来到村民唐荣斌家，王文海看到了和电视中相同的画面。低矮的老屋家徒四壁，寒风透过门窗钻进屋内，整个屋子靠着一个火盆取暖。"总书记在我家待了半个小时，问我够吃不够吃，生活好不好，有几个孩子，住着多少房，一年收入有多少。"唐荣斌向王文海描述着当时的情况，话语间抑制不住激动的心情。

唐荣斌告诉王文海，自己一家七口、三亩薄地，主要以种玉米为生，年景好的时候，一年能收入3400多元（包括养老金）。去年夏天，唐荣斌患上了脑血栓，花了7000多元医疗费，新农合给报销了70%，自己花了2000多元，用光了积蓄。王文海拿出自己千里迢迢从家乡带来的"宝贝",建议唐荣斌试种自己带来的几样种子:"我们延边的很多农村就是靠种植特产经济作物致富的,你们不妨试一试。"

离开唐荣斌家,王文海在村庄周围转了几个小时,仔细地观察附近的山川地貌。随后,他找到村书记顾荣金,谈了自己对骆驼湾村未来发展的几点建议。

顾荣金告诉王文海,退耕还林之前,村里家家地里都种土豆,由于土豆太小,而且产量低,没有技术指导,很快骆驼湾的土豆没了销路,最后变成了村里人的口粮。后来,村里开始尝试种植核桃树,但因为地力差,核桃挂果晚,虽然种植了5年但还没有收成。"你们村的地势这么高,附近的高山沟谷都是风沙岩,能不能尝试着种植沙棘果、山葡萄?"王文海建议。"延边有好多地区种植了沙棘果和改良野山葡萄,都取得了良好的收益。这两种作物经济价值高,对生存环境的要求低,还能改造生态环境,真是一举多得啊。"

面对眼前这位诚恳相待的老党员,顾荣金也说出了自己的发展想法——发展旅游业。"我们周围的山上有2000多种植被,有上百种药材,这些都是我们的旅游资源。我们还可以发展农家乐旅游,村民们都能受益。"王文海向他介绍了延边地区发展生态旅游取得的成果,农民靠生态旅游致富的经验。

王文海离开骆驼湾村时已近傍晚。经过6个多小时的探访,原来心中的许多致富方案被否定了,他决定重新帮骆驼湾村制定一个致富方案。此后的一周,王文海认真考察了阜平县及周围的太行山区的发展情况,写下近4000字的《考察阜平县龙泉关镇骆驼湾村后,发展特产经济改变我国大西北地区的计划》,并把它寄给了河北省保定市人民政府及相关部门。

1月27日,在外奔波近20天的王文海返回图们。回家后,他立即为唐荣斌年逾耄耋的母亲购买了一件羽绒服,同时将200元钱和延边特产黑木耳塞进了包裹。他在给村书记顾荣金的留言中写道:"是党把我们紧紧地连在一起,请您替我这个远在延边朝鲜族自治州的老党员为老人家置办一顿丰盛的年夜饭吧。"

原载于2013年2月26日的《延边日报》。

官船村飞出南航俏空姐

空姐是一个令无数少女向往的职业。年仅 19 岁的延边女孩刘加茹就是一名幸运儿,她在今年 3 月的南方航空公司空姐招选中脱颖而出,以吉林省面试第一名的佳绩圆了自己的空姐梦。

刘加茹出生在龙井市老头沟镇官船村,父母是地道的农民。身高 1.65 米的刘加茹,面貌姣好,仪态优雅,嗓音清脆甜美,目前是延吉市航空学校三年级的学生。她告诉记者,当空姐是她儿时的梦想,为了实现这个梦想她一直在默默努力。

今年 3 月 20 日,中国南方航空集团公司在山东进行春季乘务安全员招选面试。刘加茹从延边千里迢迢赶到初试地点泰安市泰山学院,在考官们面前展示礼仪、外语、才艺等一道道扎实的基本功,轻松地闯过了笔试关、语言关、形态关及表达关,从 3000 多名候选人中脱颖而出,顺利进入第二轮面试。在济南站的面试中,清水芙蓉般的刘加茹以清纯优雅的气质、自信大方的谈吐赢得了众多考官的青睐,最终成为吉林省区面试成绩最好的考生。

南方航空公司是中国飞机架次最多、年客运量最大的航空公司,年旅客运输量连续 30 多年居国内各航空公司之首。到南航当空姐是众多女孩的梦想,为实现这个梦想,刘加茹苦练各项基本功,特别是外语。在延吉市航空学校的 3 年间,她克服了起点低的不利条件,以顽强的毅力攻克了语言难关,熟练地掌握了英语、俄语、韩语和日语。据班主任管恩平介绍,刘加茹的文化课、专业课都是近几届学生中最好的,尤其擅长多门外语,加之出色的形象使她成为学生中的佼佼者。

"我认为当一名空姐除了自身条件要符合标准外,还要不断丰富自己的内涵。在学校的每一天,我都过得很充实,除了把礼仪课、形体课学习好,还加强英语、俄语、韩语、日语及普通话、硬笔书法等文化课的学习,地理、音乐、美术、古诗词鉴赏等课程也让我增长了见识,尽量做到内外兼修。"面对记者,刘加茹略显腼腆。她告诉记者，求学的这3年，她非常刻苦。平时上文化课也会保持正确的坐姿，一节课下来腰又酸又疼。下课时，头上还要顶一本书，两腿膝盖间夹着一张白纸练习站姿，这痛苦中的快乐只有自己才能体味。"我希望能通过自己向全国各地乃至世界的游客展示出延边女孩最美丽的一面。"

孝顺的刘加茹表示，她很重视这次招募的机会，希望自己能飞上蓝天，为父母带去自豪感。

原载于2013年5月6日的《延边日报》。

老党员王文海圆梦骆驼湾村

5月25日凌晨，沈阳铁路局机关图们地区退休党支部老党员王文海乘火车返回图们市，完成了再次走访河北省阜平县龙泉关镇骆驼湾村的圆梦之旅。从祖国边疆小城到贫困革命老区，虽然相隔万水千山，但在王文海心中，它并不遥远，只是心与心的距离。

为实现帮骆驼湾村致富的诺言，年逾古稀的王文海历时4个月收集了10余种延边特有经济物种：长白山七彩野山鸡种蛋、长白山林蛙种卵及野山参、刺五加、五味子、刺老芽种苗和适合造酒的野山葡萄苗等。5月19日，王文海将这些苦心搜罗到的"宝贝"精心打包背上火车，赶赴阜平县。在唐山市，王文海会合了上次一同探访骆驼湾村的赵秀梅女士及其儿子张勇，再次走访骆驼湾村。

今年1月10日，王文海曾背着自己精心改良的南瓜、沙棘和野山参种子，沿着习近平总书记走访慰问的路线探访骆驼湾村，和当地村民交流致富经验，为贫困村发展献计献策。离开骆驼湾村时，他许下诺言，回延边后一定寻找更多的致富信息，帮老区人民富起来。

初夏的阜平县与五个月前大不相同。满山开满了淡白色的槐花，远远就能闻到阵阵清香。王文海一行四人驾车从阜平县龙泉关镇出发，一路颠簸3个多小时赶到骆驼湾村。让王文海欣喜的是，暮冬来访时走过的崎岖山路上，数百名工人正在挥汗如雨地紧张施工抢修，路边的标语上写着"河北省委督建工程"。"骆驼湾村就要铺就一条致富路喽！"王文海激动地对同行的人说。

走进村民唐荣斌家的小院，正在喂鸡的唐荣斌迎了上来，拉住王文海的手往屋里让。王文海发现，唐荣斌家的房舍已经进行了简单的维修，原来用来挡窗户的旧棉布换成了崭新的塑料布，室内粉刷一新，墙壁中央挂着的毛主席、习近平总书记的相片被擦拭得一尘不染。王文海将带来的种蛋、种卵和树苗给唐荣斌留了一部分，并详细地给他讲解如何进行养殖和培育。随后，同行的赵秀梅和张勇将带来的玉米油、面粉、牛奶、水果送给唐荣斌的老伴。

正聊着，村书记顾荣金走了进来。看到王文海拿来的"宝贝"，顾荣金笑着说："您这老党员，真是不忘老区的人民啊！"王文海将延边纯种黄牛养殖培育的经验资料送给顾荣金，建议骆驼湾村尝试成立一个黄牛养殖合作社。"我妹妹家正在做这个项目，如今全村人都跟着她养牛致富了。"

离开骆驼湾村时已接近黄昏。夕阳下，漫山遍野的槐花变成了淡金色，村边的小河也被映衬得波光粼粼，美丽的骆驼湾村沉浸在恬淡祥和的氛围中。那一刻，老党员王文海沉醉了。

原载于2013年6月3日的《延边日报》。

建筑工地捡回"宝贝"小心翼翼珍藏12载

王滋家有个神秘"太岁"

近段时间,家住珲春市靖园小区2号楼的王滋家成了"新闻人物",左邻右舍都在谈论王家有个神秘的"宝贝"。有人说那是传说中的"太岁",也有人说那是个"肉蘑菇",还有人说那是聚财旺家的"聚宝盆"。王滋家一直想知道,珍藏了12年的"宝贝"到底是什么?

6月17日,王滋家带着"宝贝"来到报社,希望记者帮忙找专家鉴别一下。

这个神奇的物体是王滋家在12年前捡到的。2001年6月的一天清晨,他和往常一样去登山锻炼。路过珲春市北山灵宝寺建筑工地时,看到推土机推出的树根泥土中有一个圆柱形的物体。王滋家走近细看,发现这个物体外表呈棕黄色,类似粗糙坚硬的牛皮,翻开外皮一角,里面是白色的牛蹄筋状的物质,很有弹性,抱起来大约有20公斤。王滋家以前曾听老辈人说过"太岁",怀疑自己发现的这个物体可能就是传说中的"太岁",于是脱下外衣将其包好带回家。

回到家后,王滋家将这个物体清洗干净,又买了一个特大号的水桶,将它浸泡其中。过了几天,王滋家发现捡到的物体上边沿出现许多漂亮的裙褶,吸附水分后上秤一称,足足有27kg。这个圆柱形状的物体高约34cm,底部直径45cm,顶部直径51cm,柱体中心有一个直径约4cm的圆洞。"我捡到这个宝贝,放在水中浸泡几个月后,桶中的水依然清澈。大约每隔半个多月,水中会有少量类似分泌物、排泄物的物质。"王滋家告诉记者,他曾将浸泡"宝贝"的水拿到相关检测部门检验,检测结果是:浸泡后的水质菌落总数为900(CFU/mL),高于原始水近10倍,耗氧量4.36mg/L,超过原始水3倍左右,水中的重金属及矿物质与原始水相当。"有人根据水质检测数据判断,这是一种含有细菌、黏菌的生物体,可能就是传说中的'太岁'。"

王滋家非常珍视捡到的这个物体,拿它当宝贝一样收藏着,一直没有公开。12年来,他曾长期饮用浸泡它的水,有时还把从它上面撕下的牛筋状的物质烤化了再服用。今年,王滋家偶尔听朋友说,网上有关"太岁"的介绍与他捡到的物质非常相似,于是也动起了找专家鉴定的念头。"朋友帮我联系了吉林大学、哈尔滨大学生物工程系的有关教授,对方都说无法鉴定,我希望能找到一位专家帮我鉴定一下,让我知道珍藏了十多年的物体到底是什么。"

原载于 2013 年 6 月 18 日的《延边日报》。

银发志愿者传播边城大爱

近年来,延吉市涌现出数十支志愿者队伍,志愿者超过 3000 人。他们是无名英雄,默默地为群众做好事,不求名利,但他们如火的激情与爱心却感动了成千上万的人们。

今年 65 岁的杨丽珍就是这样的志愿者。她从 20 世纪 90 年代开始从事社区居委会工作。16 年间,杨丽珍把全部心血投入到工作中,尽心尽力为居民办实事,深受居民爱戴。2008 年退休后,她仍把为居民排忧解难当成自己的"分内事"。"社区需要帮助的人很多,我自己的力量却有限。如果能组建一支义工服务队,号召更多的人加入,就能为更多需要帮助的人服务。"杨丽珍的脑海中萌生了组建义工服务队的想法。

杨丽珍的想法与延吉市进学街道党工委书记不谋而合。当时,街道正在筹备成立"四叶草"志愿者服务机构,杨丽珍自告奋勇担当起"四叶草"老年志愿者服务队队长。她与一群银发同龄的老人凝心聚力,从身边小事做起,清理居民楼道垃圾、小广告,修葺花坛植树种草,粉刷楼道凉亭。2012 年是延边建州 60 周年,这一年,杨丽珍和她的志愿者服务队参与了阿里郎草坪的铺设,完成了 2300 平方米的草坪工程。朝鲜族民俗园落成之际,他们积极参与清理垃圾、服务客人等志愿服务，延吉银发志愿者成为外地人眼中一道亮丽的人文景观。

　　杨丽珍奉献的同时，也收获了内心的满足，但儿女却更希望母亲有个安稳悠闲的晚年。去年10月，杨丽珍被女儿接到大连市居住。

　　初到女儿家，杨丽珍发现，虽然居住的小区环境优美，但人与人之间的关系却很陌生。一天，杨丽珍看到楼道内墙有多处残损，产生了粉刷楼道的想法。女儿对她说，这里不比延吉市，邻居之间的交往很少，您要刷楼道别人会有想法的。杨丽珍没有听从女儿的劝告，挨门挨户地告诉邻居，她想要粉刷楼道，不需要大家出钱出力，刷到谁家希望能配合一下清理自家门前的卫生。杨丽珍随后买来涂料和油漆，开始粉刷楼道。

　　第一天，楼道里静悄悄的，没人反应，第二天，第三天……看到年逾花甲的老人吃力地爬上爬下地忙碌，邻居们坐不住了，纷纷走出家门，参与劳动。经过10天的奋战，整栋楼的楼道内墙被粉刷一新。随后，杨丽珍一鼓作气，把小区内的花坛草坪也清理出来。从此她成为邻居眼中的"明星"，大家都亲切地叫她"杨妈妈"。大连市西港区八一路街道新兴社区党组织副书记刘华还专程找到杨丽珍，向这位热心老人"取经"。

　　"在我的家乡延吉市，像我这样的'志愿者'或是'义工'有好几千人，大家都为社区、为他人默默地做着力所能及的事，能为社会、为他人奉献是多么愉快的事啊！"杨丽珍向刘华讲起延吉市的志愿者关爱空巢老人、助学捐资、扫雪清运垃圾等热心公益故事，听得刘华热血沸腾。不久，八一路街道新兴社区成立了一支老年志愿者服务队，他们和杨丽珍一样以为人民服务为荣，巡逻小区，栽花种草，服务残障，成为居民眼中的一幅温馨的图画。

　　今年春天，杨丽珍的女儿因工作原因被调至西安市。她跟随女儿一家搬到西安市新西兰小区。在美丽的古城，杨丽珍结识了志同道合的高玉珍、杜子均等老人。几位银发老人结伴开展公益活动，为小区植花种草，清理环境，慰问困难低保户，关爱空巢老人。在他们的带动下，新西兰小区内不少离退休老人纷纷加入到志愿服务队伍中。在杨丽珍的倡议下，这支银发志愿者队伍被命名为延吉市"四叶草"志愿服务分队。

今年夏天，中央电视台播出延边美食节目，小区内邻居纷纷询问杨桂珍会不会做朝鲜族美食。正打算回延边的杨丽珍决定临行前给左邻右舍做一顿朝鲜族冷面。她起大早到市场买回配料，忙活一上午，调制出清凉爽口的冷面分送给邻居。耄耋之年的离休军人唐老夫妇品尝到冷面后激动不已，他们拉着杨丽珍的手说，有机会我们要到延边去看看，看看那里的山水风情，看看像你这样善良的延边人。

原载于 2013 年 12 月 9 日的《延边日报》。

花甲老人收集日本侵华史料 30 年，整理编辑录制成 90 分钟音频，希望教育下一代人牢记历史——

让"那过去的历史"警醒后人

"日本曾经给中国和许多亚洲国家的人民带来深重灾难，但现在日本国内的教育隐瞒了当年的侵略史实，这是不对的。为了正确教育青年人，我才制作了这个音频资料，要让我们的下一代了解历史真相。" 2 月 21 日，延吉市民张成杰来到本报，将自己刚刚录制的一套音频资料送给本报。

今年 60 岁的张成杰出生在吉林省舒兰县上营镇牛头村。他近来非常关注媒体新闻，对日本一些人否认历史的行为感到非常气愤。张成杰说，他永远不能忘记发生在老家舒兰县的老黑沟惨案、杨家屯惨案、十五方屯惨案……"虽然我不是那段历史的亲历者，但从小就听村里的老人给我们讲这些血淋淋的'故事'，被残害而死者的遗孤就生活在身边。如果日本不承认这段历史，中国人决不答应。"

张成杰对侵华日军的了解，源于同村的几位曾被日军强征劳工的村民。有一位姓路的老人经常给村里的孩子讲述当年舒兰县被日军侵占、同胞被残杀的惨痛历史。

"1935年5月29日，日军600余人兵分三路侵袭舒兰县老黑沟。入侵后便开始抓人、杀人。从5月29日到6月5日，日军进行了为期8天的血腥大屠杀，杀害无辜百姓1017人，烧毁房屋千余间。牛头村的路大爷当时目睹了这场血腥的屠杀。村里的人被日本人集中起来后用机枪扫射，再将尸体推到泡子里，鲜血把水都染红了……"老人讲述那段历史时脸上悲愤的表情，牢牢地印在了张成杰的脑海里。

1979年，张成杰离开舒兰到延边落户，发现这里也曾受到过日本侵略者的荼毒。"一起干活的老延边人给我讲过延吉三道崴惨案和海兰江大血案，我才知道日本侵略者在这里也犯下了不可饶恕的罪行。"从那时起，他开始有意识地收集日军侵华的罪证资料。张成杰文化水平不高，收集的史料主要来自广播及亲历那段历史的老人口述，而这些尘封的历史都牢牢记在他脑海里。30年来，张成杰从未间断过自己的"工作"，只是找不到一个好的方式把这些资料展现出来。

去年是日本战败68周年，然而一部以日本二战时期神风特攻队为题材的战争影片《永远的零》在日本上映并走红。今年1月初，张成杰从新闻中看到日本首相对《永远的零》大加赞誉，称"非常感动"。张成杰再也抑制不住满腔的愤怒，决定把自己多年来收集的日军侵华的史料，通过口播录音制成音频，然后找有关部门协助制成相关材料教育国内的年轻人。

春节期间，当家家户户张灯结彩迎大年的时候，张成杰把多年收集到的日军侵略家乡舒兰县、侵略延边的史料进行了整理，然后以讲述的方式进行录音，再编辑制成了90多分钟的音频资料。"我这么做是为了提醒更多的人记住历史，激励后人自强不息。只有民族强大，个人才会强大。"

原载于2014年2月27日的《延边日报》。

孤儿于成志与他的"志愿者"亲人

他是孤儿，可却拥有许多亲人，班主任老师、"代理爸爸""代理妈妈""代理奶奶""代理姐姐"……他的生活也许有缺失，但绝不缺少爱。

2月22日上午，即将离开家乡延吉远赴沈阳上大学的于成志如约来到延边鑫田房地产公司。董事长吴来德将1万元助学金交到于成志手上后，轻轻地拍了拍于成志的肩膀说，"好好完成学业。"于成志身边的"代理妈妈"、延吉市建工街道延虹社区书记杨凤芝帮他把助学金放进行李包，深情地说："成志，有这么多关心爱护你的人，你不会孤单。"

于成志是一名孤儿。两岁时母亲因病去世，父子俩相依为命。不幸的是，在于成志15岁那年，父亲因病去世了，他成了孤儿。失去双亲，又没有任何亲属，于成志不知如何在这个世界上生存下去。班主任老师得知情况后，收留了于成志，让他吃住在自己家里。

2008年，杨凤芝在入户调查时，得知了于成志的不幸遭遇，主动提出给他当"代理妈妈"。此后数年，于成志的吃住问题得到了解决。他或是在杨妈妈家吃住，或是在班主任老师家中生活。为了让于成志顺利完成学业，杨凤芝帮他申请了低保。逢年过节，民政部门还会为他送来大米、豆油等生活物品。

为了不让于成志感到孤单，在杨凤芝的牵头下，社区"七彩虹"花甲志愿者宛慧兰主动要求做于成志的"代理奶奶"，年轻的志愿者汪延茹也承担起"代理姐姐"的责任。这些"志愿者"不但在生活上无私帮助于成志，还在情感上关注他，把他当作亲人。2011年，于成志以优异的成绩考入了沈阳工业大学机械制造及自动化专业。这件喜事让杨凤芝、宛慧兰、汪延茹开心不已，比自己的孩子考上大学还高兴。几个人聚在一起，帮于成志购买各种生活用品，让他能在异乡安心生活学习。

在亲人的感召下，于成志自立自强，每个假期都勤工俭学，做家教赚学费。他把假期打工时间安排得满满的，从早上7点半到晚上10点半连轴转，杨凤芝、宛慧兰都心疼不已。他们知道懂事的于成志是不想给关爱自己的亲人增加负担。每个假期都是于成志最幸福的时刻，他可以自由选择到"代理妈妈""代理奶奶""代理姐姐"家生活。每家都会热情地款待他、照料他，给他准备丰盛的食物。

2013年11月，杨凤芝遇见延边鑫田房地产公司董事长吴来德，不经意间向他提起于成志的不幸身世。吴来德曾资助过多名贫困学生，听说于成志的遭遇后立即决定资助这个上进的青年。

今年1月末，于成志放寒假回到延吉，杨凤芝将这个好消息告诉了他。于成志非常感激，但仍如以往那样打工赚钱。他告诉杨凤芝，自己在学校参加了"创业项目"活动，需要资金购买器械，想通过自己的努力实现梦想。吴来德得知后，在春节前为于成志送来1万元助学金，让他安心过年。"孩子，你虽然不幸失去父母，但幸运的是你身边有这么多关心爱护你的亲人，好好飞吧。"杨凤芝拉着成志的手动情地说。

原载于2014年3月4日的《延边日报》。

不知道你是谁 但知道你为了谁

我州"隐形慈善"人群做好事不留名

在延边，有这样一群人，他们低调地做着善事，只捐钱、不交流，只救急、不露面，甚至连家人也不知道他们做了善事。他们被称为"隐形慈善"人群。

3月24日，龙井市第四中学体育教师李兆录致电本报，说有一位私营业主资助本校两名足球队员2000元现金。据他所知，这位资助者之前还资助过学校中的多名贫困学生。"他是一位非常低调的人，每学期或春节前都会委托慈善部门把钱送到学校，从不和受助者见面，我们只知道他是一个砂厂老板。"

记者按照李老师提供的线索，几经周折终于"发掘"出这名爱心人士。通过电话，这位赵姓老板告诉记者："不想被宣传，也不想得到回报，只想力所能及地帮助那些需要帮助的人。"

还有一些捐助者，他们甚至没有留下任何个人信息，连接收善款的单位都不知道他们是谁。

在州红十字会的捐助者登记明细中，记者发现有一位署名"个人"的捐款人，于去年4月两次捐款10.5万元。"她看上去年过半百，衣着朴素，一周内来了两次，每次捐款都不肯透露姓名。"州红十字会工作人员告诉记者，他们无法推断这位爱心人士到底是谁，最后只能用"个人"这个符号来代表这位爱心人士。

在州红十字会的爱心公益名录上，记者还看到了各种各样的"爱心代号"："爱心人士"捐赠2000元，"爱心奉献群众"捐赠1700元，"情系延边"捐赠1300元，"无名氏"捐赠300元……

"为社会献爱心，个人的能力有大有小，无论从哪个方面看，这种只做好事不留名的行为，都是值得钦佩和赞许的。积小善聚大善，是中华民族的传统美德。"州民政局副局长、州慈善总会副会长孙国对记者说，这些不留名的隐形慈善者，他们的高尚情操值得尊敬，隐形慈善人群的不断涌现，是一座城市文明程度的表现，反映市民的社会责任感在不断提升。

"爱心延边"是州内的一个慈善组织，通过会员捐助开展扶贫活动。每到月末，就会有部分会员聚在一起捐资购买生活用品，然后送到受助者家中。这个爱心组织目前有200多名会员，会员之间很少知道彼此的真实姓名，受到他们资助的人也不知道他们是谁。年轻的协会组织者说："大家都是为了做好事而来，不会特意打听同伴的身份和背景，因为助人者是谁不重要，关键是帮了谁。"

一个月前，延吉市民尹东奎家发生意外，年仅20岁的儿子突发脑梗住进医院。尹东奎身患残疾，妻子几年前离世，他与儿子相依为命。为了尽可能帮助尹东奎家，一场"为爱募捐"的活动开始了。3天里，215位爱心人士捐资了1.5万元，没有人留下姓名，只留下了无尽的祝福。有位捐资的市民说得好："既然是爱心，就要悄悄地给。"

的确，在慈善面前是否留名，并不是一个太值得计较的问题。让慈善不断延续更重要，因为它的生命力就是爱的传承。随着我州"隐捐"的普通人越来越多，我们看到了民间慈善的强大力量和生命力，是他们在默默无闻地托举社会的道德脊梁。

原载于 2014 年 4 月 4 日的《延边日报》。

耄耋老人令人叹绝的"钻石"婚姻

在延吉市新兴街道民泰社区，有一对耄耋夫妇，他们结婚 60 载，相敬如宾、举案齐眉。在相继失去了一双儿女后，两位老人相濡以沫走过了半个多世纪，用朴素的感情缔造了令人叹绝的"钻石"婚姻。

5 月 18 日，记者来到两位老人的家。不到 60 平方米的小屋内，物件摆放得整整齐齐，屋内空气清新，充满温馨。83 岁的牟桂兰正在"哄"80 岁的丈夫徐继服药，眼角眉梢都是温情。说到延续了 61 年的婚姻，徐继感慨地说："老伴老伴，老了相伴这是一种幸福啊，你们年轻人现在是体会不到的啊。"牟桂兰告诉记者，她和老伴没有轰轰烈烈的爱情故事，有的只是相濡以沫、风雨同舟的相伴相随。

徐继和牟桂兰原籍山东省，1953 年两人结婚。在那个父母之命、媒妁之言的年代，他们与其他人一样订婚、结婚。谁也想不到一个简朴的婚礼，成就的却是一段历久弥新的美满婚姻。

结婚之初，徐继和牟桂兰的日子过得非常艰苦，除了几件必要的家什，可谓家徒四壁。结婚第二年，女儿徐俊莹出世。为了让妻女过上好日子，1954 年，徐继离开家乡闯荡东北。凭着一手水暖绝活，他很快在延边立了足，有了一份稳定的工作。随后的几年间，徐继的父母因病相继去世。他因为工作太忙，没能回老家为父母尽孝送终，家中的一切事宜都是妻子操办的。1963年，不幸降临到这个家庭，不到10岁的女儿突然患上肺炎，因为错打青霉素导致过敏，失去了幼小的生命。牟桂兰悲痛欲绝，无法承受失去女儿的痛苦，也无法忍受邻居异样的目光，于是，徐继把妻子接到了延边。

　　丧女之后，夫妻俩原想再生一个孩子，但因牟桂兰身体原因而放弃。1965年，他们领养了一个男孩，取名徐宏博。对于养子，两人视如己出，衣食住行关爱备至。一晃十几年过去了，三口之家过得既平静又幸福，就在儿子24岁那年，命运再次展现残酷的一面。聪明孝顺的徐宏博突患重疾离开人世。这次无情的灾难，几乎打垮了徐继与牟桂兰夫妇。徐继因承受不了失去儿子的痛苦一病不起。经历了两次丧子之痛的牟桂兰肝肠寸断，但看着悲痛的丈夫一天天衰弱，只能鼓起勇气，支撑起这个家。

　　由于过度悲伤，徐继患上了胃癌，一次次手术，一次次化疗，牟桂兰不顾自己病痛，始终陪伴在丈夫身边安慰他、鼓励他。徐继的胃切除了4/5后，高血压、糖尿病、肺心病等疾病相继而来。干不了体力活，吃药如吃饭一般，徐继的生活完全靠牟桂兰一手照料。"这些年多亏了老伴照顾我，给我喂药，给我熬粥，没有她，我早就支撑不下去了。"徐继告诉记者。身旁的牟桂兰拦住话头："老伴，其实我明白，你能挺到今天还不是为了我，怕我一个人活着孤单。要不，儿子去时你就想跟着走了，对不？"两位满头华发的老人泪眼相对。

　　靠着退休金，徐继与牟桂兰尚能丰衣足食，平时两人没有什么爱好，最大的乐趣就是一起看电视新闻。近几年，老家的亲人、朋友相继过世，远在延边的夫妻俩打消了回乡的念头。"我们喜欢在延边生活，这里的民风淳朴，人又善良，虽然没有亲人，但邻居和社区的年轻人都非常关心我们，逢年过节都来看看我们，陪我们说说话、聊聊天，也不觉得太孤单。"

　　原载于2014年5月21日的《延边日报》。

半路夫妻患难见真情

陈光弟和再婚妻子吕桂芹登记结婚仅8个多月后，突发脑血栓导致瘫痪在床，生活不能自理。7年过去了，亲生儿子未能尽到孝道，吕桂芹与继子一家却把陈光弟当作亲人不离不弃。

吕桂芹自丈夫去世后，一直把精力放在照顾家庭上。2006年7月份，热心的邻居介绍吕桂芹和陈光弟认识，并希望促成两个独居老人的婚姻。吕桂芹开始挺犹豫，后来在邻居的劝说下，考虑到可以为子女减轻负担，又能老来有伴，于是两位老人于当年10月登记结婚。婚后两人过着普通平静的生活，可上天注定要给这对半路夫妻一次考验。

2007年6月的一天，生活在吉林市的老两口遛弯时，陈光弟突发脑血栓。医生告知吕桂芹，住院、打针等各项费用预计7000元，且脑血栓后的病人需要人照顾。吕桂芹先是找到了陈光弟的儿子，对方称拿不出医疗费。看着病榻上痛苦不堪的老伴，她心中只有一个信念："这是我的丈夫，就是砸锅卖铁，我也得管他！"于是，吕桂芹开始四处筹钱。

陈光弟住院后，总是不停地流泪，吕桂芹安慰他："你放心吧，咱们在一起虽没多久，但也登了记，你现在有病了，我怎么能撇下你？"这话不仅是安慰老伴，也是她的心里话。此后两年，陈光弟一直在治疗，治疗费及医药费达到3.2万元，都是吕桂芹和继子高雁一家承担的。吕桂芹除了微薄的养老金没有什么收入，继子高雁做水果代销生意，起早贪黑，挣钱很是辛苦。一些邻居劝吕桂芹别管陈光弟了，照顾一个瘫痪老人谈何容易？她听到这些话也不反驳，该如何还是如何。高雁更是坚决："陈叔已经和母亲登记了，就是我的家人！他儿子不管，我们管！"

突发脑血栓后，陈光弟的右手一直没知觉，右侧身体活动不利索，医生说必须多活动。吕桂芹就每天用药酒为他按摩，促进血液循环，还经常扶着他散步。功夫不负苦心人，陈光弟的手慢慢有了知觉，身体也能简单地活动了。

为了照顾陈光弟，吕桂芹凡事亲力亲为，伺候饮食，端屎端尿，从无怨言。她甚至好几年没逛过商场，没为自己添置过衣物。74 岁的陈光弟每次想到这些年老伴和继子一家的付出，就不停地流泪。

为了减轻吕桂芹的负担，高雁夫妇将两位老人接到家中照顾。儿媳为了让母亲和继父吃得更健康，托人从农村买来土猪肉，水果蔬菜从不间断。陈光弟和吕桂芹在他们的照料下，越来越舒心，身体也健康起来。

虽然是半路夫妻，虽然是没有血缘的继父，但他们付出的爱是实打实的。8 年时间，吕桂芹和高雁母子用实际行动印证了"亲情"二字。

原载于 2014 年 5 月 23 日的《延边日报》。

男儿当自强

26 岁，如花一般的年龄，可生活却给了徐涛太多坎坷：从小患先天性肌张力障碍，四肢蜷缩，不能自主伸展；母亲在他 18 岁时死于家庭暴力，肇事的父亲引咎自杀。照料他的外婆年逾古稀，患有严重心血管疾病，做过大手术……面对如此多的磨难，他没有被打垮，始终与命运抗争。

7 月 4 日，记者来到位于延吉市进学街道文汇社区的徐涛家中。不到 60 平方米的出租房内，没有一件像样的家具。破旧的沙发和铺在地上的床垫是房主留下的，因长年缺少阳光，室内阴暗潮湿。躺在垫子上的徐涛，双手蜷缩在胸前，两腿扭曲在身体两侧。失去双亲后，他由年迈多病的外婆许桂琴照料，心理和生理面临双重压力，病情更加严重。

徐涛所患的是脑瘫病的一种，智力正常，但全身肌肉紧绷，四肢无法自控，只有入睡后才能像正常人一样放松下来，一旦清醒全身肌肉会再次蜷缩。一天夜里，徐涛睡着后，手被压到背后，怎么也挪不回来。他不想打扰外婆休息，强忍着疼痛一直坚持到第二天清晨。许桂琴流着泪说，这孩子太懂事了，心疼我，怕我担心难过，身上疼也不肯告诉我。徐涛因为身体原因极少出门，整天闷在家中，从不抱怨。

7年来，在许桂琴的悉心照顾下，徐涛渐渐从失去双亲的悲痛中走了出来。有空闲时，他就跟着姨妈学识字，聪明的他没用多久就可以自由浏览新闻，从外界获取知识和信息。目前，徐涛的生活依靠低保和外婆每月600元的养老金维持。千余元的收入还要拿出一半交房租，剩余的钱大都用于徐涛的医药费，生活非常艰难。

为了分担外婆的压力，这几年来，徐涛一直尝试做些活计帮衬家里。他曾经在网上开过淘宝店，经营话费充值。为了能做好这份工作，他每天都要查资料学习如何开店、如何操作软件。这些工作对于普通人来说易如反掌，但对于肢体完全不受大脑控制的徐涛来说，真是千难万难。由于长时间守着电脑边，他的精神高度紧张，体能极度消耗，累得瘫倒在床上。这样勉强干了3个月，徐涛最终因体力不支，放弃了网店生意。

身体上的痛楚时时折磨着徐涛，只能依靠药物放松神经。药物缓解疼痛是暂时性的，副作用极大，严重影响记忆力。这些困难都没有阻挡徐涛的创业热情。他在网上搜索到一些很有创意的视频，认真研究制作过程，自学了编辑、处理视频的技术。为学技术，徐涛克服了常人无法想象的困难，上网找视频教学软件，浏览各种论坛。双手和手臂使不上劲，他就用嘴叼着筷子练习打字，用下颌拨动鼠标……

徐涛乐观地告诉记者，"等我掌握了视频编辑处理技术，就能做兼职赚钱了。我不怕吃苦，想帮着外婆养家，把这个家撑下去！"

原载于2014年7月9日的《延边日报》。

做"雷锋奶奶"的"盲杖"

"我愿意做金凤淑奶奶的'盲杖',陪着她一路播撒爱心,帮助更多的人;我愿意做金凤淑奶奶的'盲杖',在奉献中'索取'精神上的满足,感悟正义的幸福……"今年11月,在延边人民广播电台举办的第五届《生活漫笔》征文活动中,延吉市"老年雷锋班"成员、建工街道延春社区"七彩虹"志愿者朴哲源的《盲杖感悟》荣获大奖。这篇征文写的是朴哲源与延吉市"老年雷锋班"盲人班长金凤淑之间的感人故事。

日前,朴哲源将3000元奖金赠送给金凤淑:"我知道,奶奶一定会让这笔奖金发挥出最大的'功效',让更多人受益。"

在延边,很多人都听说过延吉市北山街道"老年雷锋班"班长、盲人金凤淑的感人故事。金凤淑在年届古稀时创立了"老年雷锋班",十余年间从微薄的退休金中节省出8万余元资助他人,因此获得"延边好人"、道德模范等诸多荣誉。

今年78岁的金凤淑虽然孑然一身,但身边不乏关爱她的亲人。这些亲人愿意陪伴老人度过黄昏岁月。金凤淑有3个"女儿",多个"孙子""孙女",朴哲源和妻子金凤善更是认她做姑姑。去年春节,金凤淑家不到30平方米的小屋里聚集了20多口"亲戚"。有日常照料她的朴哲源、金凤善夫妇,"女儿"崔惠淑、金明姬、许爱子,受她资助完成学业的"孙女"金玉善、姜艺兰等。大家一起炒菜做饭、腌泡菜、包饺子,其乐融融。朴哲源拿出相机,留下了一家人珍贵的合影。

金凤淑一生历经坎坷,丈夫、女儿等亲人相继离世,她因悲伤流泪而双目失明。这位本需要被人照顾的残疾老人,心存大爱,济贫助困。十几年来,金凤淑省吃俭用,用微薄的退休金资助了20多名贫困学子完成学业。汶川地震时,她将珍爱多年的婚戒捐赠给灾区……

2008年,年逾花甲的朴哲源与妻子金凤善听说金凤淑老人的感人事迹后深感敬重,特意到老人家中探望。见面后,夫妻俩把金凤淑当作家中长辈一样孝敬，相处得和家人一样。为照料金凤淑的生活，朴哲源每隔一天，骑着自行车往返数公里，到老人家中探望，帮助老人做家务，测量血压，处理事务。为让金凤淑加强保健，朴哲源每次来都携带一桶5升左右的矿泉水，送了5个多月，直到有爱心人士帮老人安装了净水器。金凤淑非常信任朴哲源，经常和他商量策划"雷锋班"的爱心活动，有什么心事都愿意向他倾诉。

朴哲源有写日记的习惯，日记上经常提到"雷锋奶奶"奉献爱心的故事："3年前，'雷锋奶奶'的退休金涨到1600元，她资助捐款的额度也随之'水涨船高'。2012年捐款7500元，2013年捐款12200元，2014年捐款19200元……儿童节捐给贫困儿童500元，云南鲁甸地震捐款2000元，老年节捐赠5000元给州老年人协会……"朴哲源说，他愿意做金凤淑奶奶的"盲杖"，愿意把"雷锋奶奶"的感人故事详细记录下来，让人们知道，有这样一位老人，她热心公益、心系他人，有一颗金子般高尚的心。

原载于2014年12月19日的《延边日报》。

"奔跑"书记王占华忙碌的一天

1平方多公里的小社区居住着4156户居民，作为社区的"当家人"，延吉市进学街道南阳社区书记王占华被辖区居民誉为"奔跑"书记，因为她工作节奏快、效率高。1月22日，记者来到南阳社区，感受王占华忙碌的一天。

早上7时左右，王占华已坐在办公室里接"热线"了：居民李大娘把钥匙锁在屋里，需要社区帮着联系开锁公司；低保户杨玉山肺病治愈，需要社区出面结账办理出院手续；外来务工者小宋夫妇要打零工，孩子假期没人带，要送到社区托管……

这是一个与往常一样忙碌的清晨，一个接一个的求助电话不停地响着，王占华沉着冷静地处理着一件件突发事件，根本看不出刚熬了通宵的模样。昨天夜里，家住朝阳街的居民于善子睡梦中被漏水惊醒，发觉屋顶天棚漏水如注。老人惊慌失措，连忙拨打手机中存储的王占华电话号码求救。她立即打车赶到于善子家，看到室内的积水已达十余厘米。此时已经凌晨1时，王占华没有打电话召唤同事帮忙，而是一面联系楼上居民回家查看漏水原因，一面挽起裤腿开始淘水。于善子见到她后定下心来，这才想起应该找儿子过来帮着淘水。经过近3个小时的忙碌，王占华和老人的儿子把室内积水清掏干净，楼上的漏水点也被控制住了。看着王占华疲惫的模样，于善子心疼地说："王书记，这一宿你被我折腾得够呛，真是过意不去。我一遇到麻烦第一时间想到的就是你，连自己儿子都忘了。"

至上午9时，王占华把该处理的活计都忙完了。她匆匆换上大衣，叫上民政主任一起处理低保户杨玉山的难题。

杨玉山是南阳社区的低保户，一名精神病患者。他被亲人弃管后发病，警方将他送到收容站，收容站又将他送到社区。为了控制杨玉山的病情，王占华和同事送他到延边脑康医院治疗，费用由王占华向残联、红十字会等部门争取，再加上低保费勉强维持。去年，杨玉山感染了肺炎住进结核病医院，每个季度需要万余元的治疗费用，都是由王占华与社区民政主任出资先行垫付，年末由医保报销。"他是我辖区的居民，和我的亲人没什么两样，能帮的我会尽全力地帮助他，这些都是应该的。"王占华说。

王占华办好杨玉山的转院手续时已经是傍晚了，简单吃了口饭，按照原计划继续走访几名朝鲜族留守儿童。她和孩子们一起聊天，听他们倾诉思念父母之情，又和孩子们一起给家长们写家书、包饺子……夜幕渐渐降临，王占华带着一身疲倦往家走去。

寒风凛冽，但王占华的心却是暖暖的。这一天虽然忙碌，但对她而言却是充实而快乐的一天。

原载于2015年1月28日的《延边日报》。

把帮扶金捐给更需要的人

抗美援朝老兵崔基顺婉拒威远公司继续资助

1月26日上午，79岁的抗美援朝老兵崔基顺殷殷叮嘱女儿朴成玉，一定要代自己感谢延边威远实业有限公司多年的帮扶资助。同时转告董事长蔡国君，从2015年开始，不要再给自己"发工资"了。"威远已经帮扶我这个老兵整整12年了，现在我的生活条件好些了，告诉蔡总把帮扶金捐给更需要的人吧！"崔基顺说。

受崔基顺委托，延吉市进学街道南阳社区当天将一面印有"热心帮扶情深似海，感谢威远情系老兵"的锦旗送到延边威远实业有限公司，同时转达了崔基顺母女对董事长蔡国君的谢意。

崔基顺是土生土长的延边人，16岁参军入伍，18岁入党。她参加过抗美援朝战争，在战场上出生入死，两次荣立三等功。退役后，崔基顺回到家乡朝阳川镇，结婚生子，一家人过着平淡的生活。崔基顺育有一子二女，丈夫是一名教师。20世纪90年代，崔基顺的长子因事故高位截瘫，丈夫患病卧床不起，全家靠崔基顺不到200元的优抚金生活，日子过得非常拮据。2002年夏天，崔基顺参加南阳社区党员座谈会，在会上认识了延边威远实业有限公司董事长蔡国君。

当时威远公司成立不久，处于起步阶段。作为辖区党员，蔡国君积极支持街道社区工作，当他了解到社区内一些参加过抗战、抗美援朝战争的老兵生活窘迫时，当即决定对这些贫困老兵进行帮扶。他将崔基顺、李德才等老兵聘为公司"编外员工"，每月定期给他们发"工资"。当时，崔基顺的优抚金每月约170多元，威远公司决定每月资助她200元，崔家的境况因此宽裕不少。

这份"工资"崔基顺一领就是12年，许多和她一样受到威远公司帮扶的人都是如此。除了发"工资"，蔡国君逢年过节还会带着慰问金、生活用品去看望贫困老兵、老党员。蔡国君认为，这是自己义不容辞的社会责任。

听闻崔基顺婉拒帮扶,蔡国君深受感动。他感慨地说:"崔阿迈这个老党员、老功臣觉悟高啊,我们尊重老人的意愿,把帮扶资金捐给更需要帮助的人。"

原载于2015年2月5日的《延边日报》。

为争取宝贵的救治时间,在500多公里的行程里,10多位好心人伸出援手——

争分夺秒救助珲春市民于贵清

一起意外灾祸让珲春市民于贵清身受重伤,手掌断裂。为争取宝贵的救治时间,高速交警为他护送开道,电台广播为他联系医院,长春、吉林两市好心人等在城郊为他指引道路……这是一次"特殊行程",随处都有好心人施以援手,让争分夺秒的救助演绎成一场爱心接力。

2月3日下午2时左右,56岁跑长途的司机于贵清同往常一样开着满载木材的货车,从珲春林业局青龙台林场向珲春市里进发。货车行至马滴达乡五道沟村时,他听到一声闷响,刹车后立即下车查看,发现车前右侧轮胎起火。于贵清从身边抱起一堆雪撒向起火点。当手接近车胎的刹那,车胎突然爆炸,他被一股强大的气流推出老远。等于贵清醒过来时,左手疼痛难忍,除了拇指,其他手指及手掌都被炸飞。他强忍剧痛,拨通了车主于发启的电话求救。

就在这时,货车轮胎的火已蹿进驾驶室,眼看一车木料要毁于一旦。千钧一发之时,春化林业派出所副所长左春阳途经此地。他一边拦车救护于贵清,一边向消防部门报警救火。塔子沟交警中队执勤民警宋伟东等3人闻讯后赶来灭火、指挥交通。一位不知名的好心路人开车将于贵清送到珲春市医院。但珲春市医院无法进行接掌手术,建议立即转往延边医院。此时,车主于发启夫妻赶到,立即拉载于贵清直奔珲乌高速公路。

为了争取宝贵的救治时间，于发启的妻子向正在高速路口执勤的珲春公安检查站交警李松涛求救。听明缘由，李松涛立即向上级部门汇报。上级领导指示他与交警姜平平驾驶警车为于贵清一行开道。与此同时，高速交警特勤中队接到指令，在珲春至延吉方向高速路段巡逻保证路面畅通；勤务三中队接到指令，在延吉收费站处疏导往来车辆；综合中队负责疏导延吉收费站至延边医院路段的车辆，同时联系延边医院救治……一条与时间赛跑的通道开通了，于贵清一行仅用 45 分钟就从珲春市赶到延边医院急诊室。

然而，延边医院也不能对于贵清进行接掌手术，一行人又匆匆奔向长春市。此时，延广交通台得知于贵清的遭遇，通过电波与吉林市、长春市两地电台取得联系，当地的热心市民积极为于贵清联系医院救治。当于贵清一行下了吉林市高速路口，一辆黑色私家车早已等候良久，车主引导他们奔向吉林 222 医院。医生查看了于贵清的断掌，建议他到长春市吉林大学第二医院救治，于是一行人火速赶赴长春市……当晚 10 时左右，于贵清被推进吉大二院手术室，手术一直持续到次日凌晨 3 点。

2 月 5 日，记者与于发启取得联系。他告诉记者，众多好心人的帮助，为于贵清赢得了宝贵的救治时间。但由于其手掌断裂的切口处碎裂严重，目前一次手术不能解决接掌问题。于贵清躺在病床上接通了记者电话，他激动地说："这一路，让我真正感受到了人间真情，那么多的热心人无私地帮助我。我不知道他们是谁，但我知道他们为给我赢得宝贵时间所作出的努力，这份恩情，我会永远铭记。"

原载于 2015 年 2 月 10 日的《延边日报》。

社会伸援手助王萍萍重返校园

为照顾瘫痪在床的耄耋祖父，伺候身患"脑梗"的父亲，呵护9岁的妹妹，安图县万宝镇前进村14岁少女王萍萍用柔弱的双肩扛起了四口之家。

王萍萍曾有一个幸福的家庭。父母都是前进村农民，勤劳淳朴，赡养着年近九旬的祖父，姐妹俩乖巧懂事，好学上进，家中虽不宽裕，但过得很和睦。天有不测风云。2011年，王萍萍的母亲被诊断为癌症，医治4个月后撒手人寰，留下丈夫王仁国和两个年幼的女儿。母亲去世后，年仅10岁的王萍萍接下了母亲的担子，既要做饭、洗衣，照顾年迈的祖父，还要打理父亲和妹妹的日常起居。即便如此，王萍萍的成绩在本学年中仍名列前茅，还担任了班级的物理课代表。

2月10日，王仁国突发脑梗死。入院抢救后虽保住了性命，却丧失了行动能力，生活不能自理。王萍萍的身上又压上了一副重担。她整天忙得焦头烂额，身心疲惫。转眼3月，学校开学，而病重的父亲和祖父身边又离不开人，王萍萍只能向班主任请假。

开学两个星期后，妹妹王梓玲的班主任郑贵华家访时，得知了他们一家的情况。郑贵华当即联系村干部和王萍萍所在学校，通告此事，并在微信朋友圈发了一条言辞恳切的求助信息，希望能帮助王萍萍一家渡过难关。这条信息被诸多爱心人士转发，从3月20日开始，全州各地的爱心人士纷纷涌进前进村。安图县爱心协会志愿者给王家送来食品、衣物及卫生用品；敦化市民池增龙及友人共同捐赠给王萍萍9000多元现金；延吉市民甘宝昌捐赠3100元现金；一位远在非洲的安图籍男士王聪（音译）看到微信后，特别打来长途电话，向王萍萍要银行卡号为其汇款……

得知王萍萍的困境，万宝中学校长及其班主任赶来看望她，表示一定帮助王萍萍重回校园读书。

3月23日傍晚，前进村村干部及万宝镇民政办一同召集王萍萍的亲属召开了家庭会议，讨论如何赡养老人、监护王家两姐妹及让王萍萍复学等事宜。

最后商定，王萍萍即日起返回学校读书，白天照顾祖父及王仁国的工作由伯母暂时承担，民政部门将在短期内为王仁国招聘一名日间护工。考虑到爱心人士欲为王萍萍捐款，万宝镇民政办和村委会打算为王萍萍申请账户。

3月24日，王萍萍重返校园。面对老师和同学们关切的目光，她的心里涌出无限温暖，表示一定要好好学习，不辜负政府和爱心人士对自己的帮助与关爱，不辜负病重的父亲和天堂里深爱自己的母亲。

原载于2015年3月26日的《延边日报》。

"慈善超市"搭起爱心桥梁

今年7月，延吉市新兴街道历时近一年筹备创办的"慈善超市"正式开业，通过向低保户和低收入家庭发放慈善卡、零利润销售日常生活用品、向贫困群众无偿捐赠等方式搭建起全新的慈善救助平台，开辟了一个全新的慈善救助模式。

近年来，延吉市新兴街道不断探索社会救助新模式，街道党委班子群策群力，因地制宜地筹划创建"慈善超市"，希望在社会各界爱心组织、爱心人士与贫困群众之间搭建起慈善救助平台。

新兴街道慈善超市设立在民盛社区北侧参花街康安胡同内，占地450平方米，由一个废弃的锅炉房改造而成。超市内设有日用品售货区、免费捐赠区、洗衣房、爱心接收站和爱心传承教育基地等功能区。超市的服务对象为延边州及延吉市内的低保户、残疾人、低保边缘家庭和其他困难人群、街区居民。

该慈善超市借鉴了各地慈善超市的先进管理模式并加以改进，从单纯的旧物循环发展为双重价格售卖全新商品。从商业运营到爱心运作，对困难群众给予更多的物质及人文关怀，让爱心更加纯粹，让更多百姓受益。慈善超市的商品价格实行双轨制，即对普通居民实行相对较低的零售价格，对持有慈善卡的贫困居民实行慈善价格，即无利润或微利销售。街道严格规定了慈善卡的办理手续，即延边州及延吉市内的低保户和残疾人可凭低保证和残疾证到慈善超市免费办理慈善卡；低保边缘家庭和其他困难人群可到社区开具困难证明并办理慈善卡；爱心人士和居民到慈善超市购物消费累计500元以上可免费办理爱心卡。持有慈善卡的居民购物可以享受慈善价格优惠政策，另外持有慈善卡和爱心卡的居民有机会参加慈善超市组织的专项活动。

目前，新兴街道慈善超市的惠民区以平价食品、日用生活必需品及韩国商品为主，面向大众销售；慈善区以企业及居民捐赠、上级下拨物品为主，积极发动社会力量参与慈善服务；公益区设置洗衣房，内有洗衣消毒熨烫设备，街道社区志愿者无偿开展旧衣翻新及赠送等公益活动。

慈善超市开业后，新兴街道办事处十分重视超市的管理工作，对物资的采购接收发放，受助对象和救助标准的确定等，均有明确规定，并严格执行，形成了"统一管理、专款专用、定期公开"的管理原则。开业3个月，慈善超市共为897户低保户发放了慈善卡，为100名困难群众捐赠了毛毯，为100名困难群众捐赠了代金券，为朝阳川镇光华小学送去了300套新校服，为延吉市爱心园的53名孤儿送去了价值2000元的牛奶、早餐饼等食品。

为了让更多贫困群众受益，新兴街道慈善超市改变了传统的"你捐我受"的被动救助方式，着重解决过去慈善捐赠非所需的弊病。超市具备经营功能，可进行"自我造血"创造利润，基本实现了进货、销售、盈利、再救助的良性发展新局面。在慈善超市的内外墙及窗户上，都贴有"一份消费，一份爱心"的标语。除销售商品外，超市还履行款物募集、困难群众救助、志愿服务等慈善功能。

新兴街道设立慈善超市的做法，深得贫困群体的欢迎和青睐，各县市纷纷前来参观"取经"，称赞慈善超市是慈善救助的好平台，是党和政府以及社会各界联系关心弱势群体的"爱心桥梁"。

原载于2015年10月20日的《延边日报》。

"活地图"巡线工金光云

国网延边供电公司安全监察队副队长、53岁的共产党员金光云，曾获中国好人、省劳动模范、吉林好人、吉林好人标兵、第四届吉林省道德模范、国家电网公司优秀共产党员、国家电网公司"最美国网人"、国网吉林省电力有限公司劳动模范等荣誉称号。为人谦和的他，不大喜欢谈荣誉，却牢牢记得入党时在党旗下宣誓的场景："从那一刻起，我就决定永远跟党走，当一名合格的共产党员。"

金光云18岁时接了父亲的班，成为电力企业的一名巡线工人。为了提高技艺，他每天早上第一个到班组，苦练工作技能，碰到难题虚心向老师傅请教。从值班员到班组安全员、班组仓库保管员、班长，金光云走的每一步都是扎扎实实的。

"在一些人眼里，做一个普通工人是没有出息的。但我认为，当好新时期产业工人一样能有作为、有价值，受人尊重。"凡是跟金光云巡过线的同事都见过他亲手绘制的巡线手册，那是他的"宝贝"。延边电网163条66千伏及以上线路，哪里有山谷、河流，经过什么村屯，铁塔状况如何，他都了然于胸，也因此被称为巡线"活地图"。

2003年9月22日，傍晚时分突降暴雨。220千伏江敦线在两江山谷里倾倒压在导线上。金光云得知后，带着工人赶来抢修。当时天色已晚，高空作业非常危险。出于安全考虑，他主动承担了作业任务。当最后一根树枝被锯断脱离导线的同时，紧绷的导线突然将他弹出4米高，在安全绳的作用下，又迅速回弹下来。地面上的同事看着金光云飞上飞下，命悬一线，紧张得不知所措。直到他荡至低点时，才缓过神，冲过去将他拉住解除了危险。金光云解开安全带时，腰部的肌肤被生生磨掉了一层皮。

作为一名巡线工，常常一走就是几十公里。35年来，金光云日复一日、年复一年默默地工作着，从来没有因私事耽误工作。"党的形象要靠大家维护，我会时刻提醒自己是一名共产党员,必须兢兢业业地工作。"

每到班组分配工作任务时,金光云总是利用"职务之便"挑拣最苦、最累的活计。每次巡线,金光云都背着 10 多公斤的工具包和食物包翻山越岭。一年夏天,天气炎热,他和几个年轻同事一同巡线,不久就喝光了随身携带的矿泉水。金光云一边巡线一边找水源,饥渴难耐,最后竟然俯下身子,吮吸地上牛蹄坑里的积水。在场的年轻同事惊诧不已,金光云笑着说:"还是冬天好,虽然冷,至少有雪解渴,含在嘴里像砂糖一样舒服。"

2010 年,延边电网遭受百年不遇的特大暴雨突袭。金光云在巡检时,发现 220 千伏平延线 335 号杆塔防洪堤受到山洪冲刷严重损坏,立即向上级部门报告险情。接到报告后,上级部门紧急启动应急预案,将这场重大事故解决在萌芽状态。在这次洪灾中,金光云加班加点巡视,仔细检查了 20 多处防洪重点地段。他对所到之处都详细地记录下水文信息,拍摄电子照片,为日后运行工作留下了宝贵的第一手资料。面对公司的表彰,金光云说了一句感人至深的话:"我是一名共产党员,我的愿望很简单,就是永远跟党走,尽心尽力地做好每一件事。"

原载于 2016 年 6 月 30 日的《延边日报》。

不屈的精神 永远的传承

抗日英雄金明柱烈士女儿忆父母

10 月 22 日,记者采访了抗日英雄金明柱烈士的女儿金真玉。她讲述了当年父母在延边大地上抗日斗争时的故事,感慨地说:"虽然硝烟散尽,但精神长存。"

金真玉的父亲金明柱、母亲徐顺玉是延边地区早期参加抗日斗争的革命者。

金明柱烈士正是延边工人文化宫（原艺术剧场）前"延吉监狱抗日斗争纪念碑"中手持斧头浮雕雕像的原型。

1920 年春，9 岁的金明柱随家人从朝鲜境内迁至延边安图地区。19 岁时，他因火烧地主家房屋和粮食垛的嫌疑，被日伪政府以"危害民国"罪关押到延吉监狱。当时，延吉监狱党组织的核心领导人是金勋。在金勋等人的引导下，金明柱逐渐成长为一名有坚定信念的抗日斗士。

后来，金勋被敌人杀害，监狱中党组织的领导重担落到了金明柱身上。他牢记烈士的嘱托，暗中策划，组织狱友集体越狱。1935 年初夏，日伪计划在端午节开运动会，只留少数狱卒值班。金明柱与党组织其他成员抓住时机，举行暴动。在他的指挥下，狱友们顶着岗楼上日军机枪的扫射，冲出了监狱大门。金明柱等人越狱成功后，兵分两路，投奔延边地区的抗日根据地。

金明柱领导的延吉监狱越狱斗争，在延边及东北地区产生了巨大影响，极大地鼓舞了人民的抗日斗志和胜利信心。2000 年 6 月，金明柱的儿女们在有关部门的支持下，出资建造了"延吉监狱抗日斗争纪念碑"。"红军在进行艰苦卓绝的长征时，我父亲在狱中与日本人进行战斗，他们都是为民族独立和人民解放作出贡献的先烈先辈，他们身上那种不屈的精神，值得后人永远传承。"金真玉激动地说。

金真玉告诉记者，母亲徐顺玉与父亲在抗战部队里相识，因抗战而结缘。"父母从小教育我们要忠于信仰、献身理想。他们的高尚品格，是我们这一代人的精神银行，是指导子女走好新的长征路的保证。"

从 2000 年开始，金真玉兄妹开始收集整理父亲当年抗日革命的事迹资料。除了建造"延吉监狱抗日斗争纪念碑"，他们还在金明柱战斗过的地方原和龙县富兴乡（现和龙市龙城镇富兴村）修建了红旗河战迹地遗址纪念碑。金真玉退休后，多次应关工委、学校、部队、街道社区之邀，宣讲父亲金明柱当年的抗战事迹。

10 月 16 日，金真玉接受中央人民广播电台民族之声栏目组约稿，将父亲金明柱的事迹写成朝鲜文文稿刊发。"我现在要做的是传承父母的革命理想，将他们不怕牺牲、排除万难、争取胜利的坚强意志，与敌人决一死战、克敌制胜的英雄气概作为一种精神，传承下去，让更多的人记住共和国的今天——我们的幸福生活来之不易。"

原载于 2016 年 10 月 28 日的《延边日报》。

通讯、调查篇

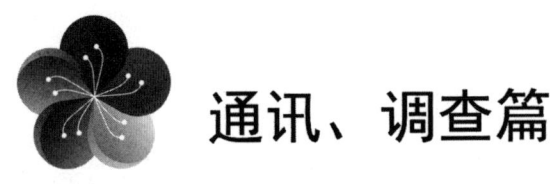

他们有才华，为社区建网站、微信群，绘制民情地图，服务居民方法多样，尽显聪明才智；他们很无奈，干得多，拿得少，成长空间有限，不得不"逃离"这个行业，另谋出路——

年轻社工为何留不住？

近几年，全州各县市社区换届选举呈现出很多新特点，其中社工队伍"年轻化、高学历"是最为突出的变化。截至去年底，我州绝大多数社区都有"80后"甚至"85后"社工，大专以上学历占七成。

社区工作者是和普通百姓走得最近的人。大到扶贫济困、就业援助，小到邻里纠纷、天雨屋漏等，他们都默默"包揽"。

这批年轻、有活力、有文化的社工穿大街走小巷，服务基层居民。他们的生存状态如何？工作开展得顺利吗？遇到了哪些困境？近日，记者对这一群体进行了采访。

说起社区工作者，很多人还停留在过去"居委会大妈"的认识上，工作内容无非是些婆婆妈妈的事，哪里需要就往哪里奔。随着年轻社工充实到社区干部队伍中，现实情况已经发生了改变。这些年轻的社工拥有不同领域的专业知识，接受新生事物快，学习能力强，在日常工作中时常能想出一些效果好、受欢迎的好"点子"。

延吉市建工街延春社区副书记王亮是一名"85后"，2011年来到社区工作。王亮毕业于吉林省白城师范学院，专业是管理学。为了服务好居民，去年，他花费了不少时间绘制出了一个电子版的"民情地图"，用不同颜色和符号注明了辖区范围、居民户数、人口数，困难党员、低保户、残疾人分布情况等，整个社区的大小"民情"尽收眼底。

在汪清县某社区干了3年的大学生助理小宋，很受居民喜欢。大家对她的评价是"年轻有活力，工作负责任"。去年，小宋建了一个微信群，把社区贫困、病弱、空巢等居民加到群里。哪家有了困难和麻烦，在微信群里"招呼"一下，她就跑过去帮忙。

还有一位在我州某社区工作了近10年的社工，为居民做了很多实事。居民都觉得他"巧"，会干活。同样为入住社区的外来人员提供政策解读、便民服务等信息，他用电脑做出图解，或下载图片形象说明，让人一看就懂。

"大学生社工有科学的工作方法、与时俱进的思维方式、敢想敢做的激情冲劲，他们常常能打破常规、跳出框框想方法，为居民雪中送炭。"延吉市进学街道党工委书记韩迪表示，这些年轻的社工正在迅速成长，为社区挑起大梁。

作为社会活跃细胞，我州年轻社工已迅速进入了角色，服务手段与时俱进，在扶贫济困、残障康复、就业援助、纠纷调解等方面，越来越多地扮演城市"润滑剂"和"减压阀"的角色。

另一个不争的事实是，年轻社工面临待遇偏低、价值难以体现等诸多"成长的烦恼"。他们频繁调动、离职，给社区建设带来了不小的影响。

延吉市的一名社区书记告诉记者，他们社区曾碰到这样的尴尬情况：有个新入职的社工，第一天上班就没来报到。原来，这位新人录取后一打听，工资待遇与"心理价位"相差甚远，直接走人。有不少较高学历的年轻社工一进社区就直接"放话"：我把这儿当跳板，最多干一年。结果也是如此，这些人一般不满一年就离职了。

这并非个例。很多年轻人并没有将社工视为一份稳定的工作。记者了解到，从2014年到2017年，我州招聘的年轻社工已有100多人离职，他们中有50%左右考上了公务员或事业单位。面对社工流失造成的人手不足，我州的很多社区书记一筹莫展："现在的问题是招社工不难，但工作一两年后想留人，就太难了。"

社区为什么留不住人？记者调查发现，主要是工作辛苦、薪酬待遇低、上升空间有限三个原因。

现在不少社区把担子压给年轻社工，他们要负责劳动保障、城管、计生、消防、助老助残等多方面工作。每天还要开各种会议，写各种材料，做台账，调解居民纠纷……

"我所从事的工作，付出与收获不成正比。"王亮对记者说，她现在每月的工资是2400多元，与同学比相差不少，心理有落差。她每天处理的都是琐事，几乎没有时间学习提升自己，看不到未来。

如何解决我州年轻社工流失问题，业内人士建议，提升社工工资保障，吸引更多的人到社区工作。我州社区工作者平均每月工资2000元，这样的薪酬确实很难吸引优秀高校毕业生。毕竟，社会工作是一个职业，不是单纯奉献爱心，每个人都有选择更好生活的权利。要吸引高校优秀毕业生加入社工行列，提高薪酬待遇自然是当务之急。另外，增强社工行业的社会认同度，加大对社工行业的宣传力度，也是长久吸引更多优秀年轻人留在社工岗位上的手段，让他们对自己从事的事业产生自豪感和价值认同感。

原载于2018年3月30日的《延边日报》，获第28届（2018年度）吉林新闻奖二等奖。

"365民生驿站"：小平台服务大民生

今年6月，和龙市文化街道文汇等四个社区推出民主听证制度。由社区干部、辖区单位代表、人大代表、政协委员、居民代表等组成听证会，对社区内事关群众切身利益的低保、廉租房、大病救助等事项进行听证，使事件置于群众的监督之下，实行阳光运作。这一做法无疑是社区"365民生驿站"服务民生的又一创新举措，也是和龙市基层党组织服务民生工作体系功能的扩展。

如今，和龙市党组织民生服务中心已遍及11个街道乡镇，"365民生驿站"贯穿88个村屯社区，专（兼）职工作人员达177人。哪里有群众的呼声，哪里就有党组织的回声；哪里有群众需求，哪里就有党组织服务。

服务民生是党务工作的重中之重

和龙市现有城乡低保对象15902户、28144人，民生问题压力较大。下岗职工的艰辛、百姓的难处，时时牵动着和龙市委、市政府领导的心。

去年10月，和龙市召开全市深化创先争优活动推进服务民生工作会议。市委书记韩先吉在会上号召广大党员干部，一定要把关注民生、服务民生作为根本职责，要立足岗位，倾听群众的呼声、群众的诉求，把服务群众作为最自觉的追求。

和龙市委把党组织服务民生工作体系定位为察民情、解民忧、传民声、聚民心，发挥基层党组织的组织、沟通、协调作用和在服务民生工作体系中的模范带头作用。他们将和龙市政务服务大厅中涉及民生的部门加以整合，成立了一个综合性的党组织服务民生指导中心；在乡镇、街道党组织设立民生服务中心，负责收集、办理辖区内民生问题；在村屯、社区建立"365民生驿站"，代办各类民生事务。

"365民生驿站"成立以来，以政策咨询服务岗、人大代表政协委员联络岗、党员管理教育岗和理论知识传播点、党内事务承办点、民生服务践行点等"三岗、三点"为载体，通过设立和公开民生热线，向党员群众提供有关党建工作典型经验及案例、党员发展教育管理工作的各类政策咨询209次。在楼栋、小区、集贸市场、村屯和工业集中区设立"民生信箱"95个，收集民情民意1547件。开展党代表、人大代表、政协委员民情恳谈、下基层、建言献策等活动，受理、反映、协调、解决党员群众的具体困难和问题809件，反映基层意见建议26件，为市委、市政府决策提供参考依据。

5月18日至24日，光明街道乐园社区民生驿站牵头民政办为辖区内老弱病残、低保对象发放日常医疗救助卡，社区内的96名城市低保对象获得救助。被救助者如患慢性病和常见病，仅需吃药打针而不需要住院的，可以凭救助卡到定点医院和定点药店进行划卡购药。这一服务民生举措出台后，受到群众的热烈欢迎。

方便实惠是服务民生的重要标准

5月12日，文化街道文兴社区居家养老服务站入驻仪式正式启动。自此文化街道4个社区都建立了居家养老服务站。据了解，居家养老服务站是文化街道各社区"365民生驿站"的服务项目之一。在文盛社区居家养老服务站，目前已入住7名老人，平均年龄73岁，都是儿女在外、身患疾病的高龄老人。社区安排5名护理员照顾老人的日常起居，陪老人谈心，让他们生活无忧。居家养老服务站宽敞的大厅里有书籍、棋牌、乐器等供老人娱乐、锻炼。老人们开心地说："这里比家还好！"

光明街道的各社区有一句大家都熟悉的话：有困难找"365民生驿站"。每个月末，民生驿站邀请街道各职能科室的工作人员走出机关，走进社区，变上访为下访，为社区居民现场解难答疑，能解决的当场答复，不能解决的逐一登记，向有关部门反映协调，一周内给出反馈结果。

目前，和龙市各社区、村屯根据群众的实际需要，设定了巡逻岗、绿化岗、教育岗、家庭教育岗，社区在职党员、流动党员、无职党员组成志愿者服务队，在各民生驿站中发挥主力作用。八家子镇海兰河下游的一座木结构吊桥年久失修，为保障居民出行安全，5月30日，八家子镇党员志愿者服务队对其进行了维修，更换了桥面断裂的木板，加固了桥身损坏的护栏，为群众修建了一座坚实的"连心桥"。

从去年开始，和龙市文化街道文兴社区的"365民生驿站"新添了一项"黄旗救助"服务，为辖区内行走不便的老人特制了"黄旗"和救助联系卡。社区巡逻队每天巡逻时，如果发现谁家窗前或门前挂起小黄旗，就立即向求助人实施救助。4月27日，社区内的独居老人玄银子家挂起了"黄旗"，救助队立即来到玄银子老人家中，发现屋内有漏电现象。社区立即派出精通电路维修的社区党员志愿者冒雨检修线路，更换室内破损老化的电线，彻底地消除了故障和隐患。

民生服务要常态化制度化

和龙市委组织部部长沈龙哲说："以往做民生工作，常在节日、受灾、取暖等特殊的时间做得多一些，这是必要的。可现在群众更需要的是一种长效化、常态化和制度化的关怀。我们民生工作站要在形成一种长效运行的机制上下功夫，把服务民生作为常态化的和制度化的工作来抓。"

目前，和龙市"365民生驿站"，都落实了首问责任制、接待登记制、情况通报制、服务承诺制、限时办结制、办理回访制等制度；民生驿站每天对群众反映的民生意见和问题做好记录，坚持一事一记，跟踪记录办理结果；联席会制度，根据工作需要，适时组织区域内企事业单位召开服务民生联席会，共同研究解决区域内民生问题。

光明街道龙兴社区党委书记刘惠说："民生工作站形成工作机制，好处太多了。以前社区内的事情都找我一个人，应付不过来。现在，社区内党员各司其职，怎么干，谁来干，每个单位都清楚，得实惠的是老百姓。"

据了解，"365民生驿站"将督查指导列为制度。市委组织部成立了指导组，负责联系和指导各地各系统开展工作，在全市形成了一级抓一级、一级带一级、层层抓落实的良好局面。

对深受群众欢迎的民生驿站，和龙市委不断探索创新服务民生工作的有效途径。在组织形式上，总结推广在居民楼宇、商务楼宇、专业街道、产业链条建立党组织的经验；在活动方式上，探索完善党员服务队、党员志愿者等党内服务组织的经验；在制度机制上，进一步健全落实首问负责制、服务代理制、服务承诺制等制度，确保基层党组织服务民生工作深入开展。

如今，一个由"党委领导、政府负责、社会协同、公众参与"，全方位、多层次、立体化、区域联动的服务民生的长效机制，正在和龙市形成。

原载于2011年7月6日的《延边日报》，获第21届（2011年度）吉林新闻奖三等奖。

青春染绿乡邮路

——记全国邮政系统劳动模范、安图县两江镇乡邮员王会明

28年,每年至少300天,在孤寂的深山峡谷里踽踽独行。

28年,行程30多万公里,可围绕地球赤道8圈。

28年,用坏8辆自行车,穿漏150多双鞋。

28年来,没延误一个班期,没丢失一封邮件,投递准确率100%……

一个人,一辆自行车,一条路。这就是王会明28年来的人生轨迹。

他是把党和政府的温暖、时代发展的声音、外面世界的变迁传送到村屯的"绿色信使"。为了一个崇高的使命,他在大山深谷之中穷尽韶华。

没有承诺的执着坚守

安图县两江镇距县城100多公里,农业人口占85%。时至今日,连接两江镇与各村屯之间的仍是泥土路、牛车道。每逢雨季,两江镇到各村屯的道路交通就会中断;每逢冬天,大雪封山,百鸟飞绝。

就是在这样艰苦恶劣的环境里,王会明一走就是28年。

1981年,17岁的王会明从父亲手中接过破旧的邮政自行车。从那一刻起,他与乡邮结下了不解之缘。

穿行在深山老林的邮路上,年轻的乡邮员王会明感受到了艰辛。每周三个班次,每个班次往返50多公里,翻越两座海拔上千米的大山,蹚过八条冰凉刺骨的大河,途中还要夜宿,直到次日中午才能返回镇里。不到一年,王会明就患上了类风湿性关节炎和严重的胃病。

1983年秋季的一天,刚刚下完一场大雨。王会明将邮件送到地处深山之间的二级电站时天色已晚,由于道路崎岖,往返时间长,王会明只好在二级电站留宿。

第二天一大早,王会明就启程往回赶。走了三四里山路,王会明发现前面有个黑影在不紧不慢地挪动着。想到在这深山老林中能遇上个伴儿,王会明高

兴得加快了脚步。当走到距离黑影不足 20 米的地方，他才发现对方竟是一头高大的"熊瞎子"。"熊瞎子"嗅到了生人的气味，转过身来盯着他。王会明吓得屏住呼吸，一动也不敢动。"熊瞎子"朝着他站的地方挪了几步，又不动了。就这样，双方僵持了大约十多分钟。最后，"熊瞎子"不耐烦了，掉转头钻进了密林中，王会明却双脚一软，瘫在地上。

像这样的危险，王会明在 28 年里不知遇到了多少回。但为了让乡邮路上的千家万户能够及时了解到党的政策、外界的信息、亲友的音讯，王会明执着地坚守着。

"我是一名共产党员，送信就是为党做事，为党做事就不能害怕困难。"这些从心窝里流淌出来的炽热的话语，他翻越的大山可以印证，蹚过的大河可以印证，路过的每棵树、每块石头都可以印证。

责任如山担在肩

王会明至今还记得父亲把邮包和邮车交到他手上时的嘱托："走上这条邮路，干上这份工作，咱就得肩负起这份职责。"

1985 年的一天，王会明接到一封从山东寄来的信，收件人地址栏上只写着两江镇。两江镇一共有 1.6 万人，要想在这么多人中找到收信人无疑是大海捞针。整整 6 天时间，王会明逢人就打听，终于在东江村六队找到了收信人。当他把信送到赵大娘手中时，老人激动得热泪盈眶。这封信是她失散 20 多年的兄长寄来的，赵大娘激动地说："我终于能在有生之年和家人团聚了！"

2004 年的冬天，雪特别大，邮路上的积雪平均超过二尺厚。太阳偏西了，村民看到王会明从山坡上蹒跚走来，一身的泥雪，一脸的冰碴。"不就几张报纸、几封信嘛，你攒几天一块送来不行吗？""这样的天你也敢出来，真的不要命了！"王会明理解村民的善意，憨憨地笑道："习惯了！报纸一到我手，就想快点送给你们，可不能让邮件在我手里耽误啊！"

东江五队的孙大嫂有一次问王会明："看你每天干得那么起劲儿，还以为能挣多少钱呐，没想到风里来雨里去，一天才挣 12 块钱。"

如果仅仅是为了一个饭碗，王会明的邮路之行早就坚持不住了，因为王会明有一手修理柴油机的技术，在延吉开汽修厂的堂哥多次邀请他去帮忙，并开出了一年两万的高薪。镇上的人寿保险公司经理也多次找到王会明："小王啊，到我这干吧。一个月底薪400元，凡以你名义发展的业务提成都归你。你的名字在镇里就是'品牌'，你要好好利用啊。"

面对"诱惑"，王会明很坚决："邮路上的乡亲们离不开我，都盼着我给他们带去亲人的消息和党的声音呢。打工只是为了我自己，可我的这个工作是为党和人民服务啊！"听者无言以对。

党的信使为人民

东江村有一位80多岁的李爷爷，一直订阅《老年报》。老两口因年迈多病不能经常打扫卫生，屋内总有一股怪味，村里人甚至他们的子女也很少登门。王会明每次把报纸送到李爷爷手中后，都会帮老两口整理房间，打扫卫生。老人逢人便说："这些年什么都在变，唯独小王为咱群众服务的热心没变哪！"

一次，王会明在一份杂志上看到某个玉米良种的产量比两江镇的玉米产量多两倍的致富信息。他将这个致富信息推荐给东江村农民张德林。

第二年春耕，张德林委托王会明购进了一批玉米良种，结果大获丰收，亩产达500多公斤。王会明帮张德林家玉米增产的事在乡亲中间传开后，东江六队、永红村的农民纷纷找到他寻求帮助。那一年，王会明帮乡亲们订购了600多公斤玉米和黄豆良种。

每天晚上7点以后，王会明的电话铃声总是响个不停，其中大多数是乡亲们的咨询求助电话。大家捎东西、交电话费、往外寄土特产都找他这个"流动邮局"。王会明的邮袋里除了报刊、信件外，还装满了乡亲们需要的货品。

"农忙时，我兜里常装着十几把乡亲家的门钥匙，口袋里放着上万元的货款。"后来，王会明干脆用妹妹补贴给他的钱买了一辆三轮摩托车，专门用来给乡亲们无偿送货。

两江镇的人都说，王会明有一颗金子般的心。王会明说，我的心换来的是百姓金子般的情。

1993年夏天，乡亲们听说王会明正为家中盖房子缺钱缺材料的事发愁，纷纷解囊出力。你家送车砖，他家送水泥，硬是帮王会明家盖起了三间新瓦房。1997年，王会明的岳父病逝。邮路上的乡亲们知道消息后，有的赶马车，有的骑摩托，从几十里甚至百里外赶到镇上。出殡那天，送葬的乡亲们挤满了小镇，很多不知情的人，还以为是哪家"大人物"办丧事呢。"我只是尽了一名乡邮员应尽的责任，没想到乡亲们却这样厚待我，我觉得自己很幸福。"王会明流着热泪说。

王会明是幸福的，他的幸福来自他的工作，来自他与人民之间血脉相连的深厚感情，更来自他那崇高的理想信念。

原载于2009年4月9日的《延边日报》，获第24届（2009年度）中国地市报新闻奖二等奖、2009年度中国少数民族地区报纸好新闻三等奖。

雷锋精神的传播者

在延吉市，有这样一位年逾古稀的老人，经常奔走在大街小巷，穿梭于街道社区，以收集、采写雷锋式的典型人物，宣传雷锋精神作为自己的夕阳事业。他就是延吉市北山街道丹春社区党总支宣传委员仲跻祥。8年间，他采写雷锋式的典型人物300余人，创办、采编《雷锋报》50余期，被人们誉为雷锋精神的传播者。

采写身边"活雷锋"

仲跻祥原是延吉市三道中学校长。退休后，他致力于收集、整理身边的学雷锋先进典型。2003年，仲跻祥从三道镇搬到延吉市北山街居住。他主动找到丹春社区领导，要求以志愿者的身份为社区分忧。

每天，仲跻祥早早来到社区，和社区干部、居民聊天，从他们口中了解身边的"雷锋"和"爱心故事"。发现先进典型后，他就找到当事人进行面对面采访，挖掘他们身上的闪光点。晚上回到家，仲跻祥不顾疲惫，加工整理采访收集的事迹材料，撰写出一篇篇感人肺腑的文稿，再投到各级媒体上。

随着作品陆续发表，"编外记者"仲跻祥的名气越来越响，渐渐成为延吉市各街道社区的"常客"。只要发现有感人的人物或事迹，大家都愿意找他帮着写一写。仲跻祥越来越忙，有时为了赶稿子，常常写到下半夜。

2004年，延吉市北山街道创建了"雷锋班"，仲跻祥的写作素材更丰富了。他以"雷锋班"为题材，采写了《北山街的雷锋潮》《雷锋在吉兴村落户》等40多篇稿件，先后在《延边日报》《吉林工人报》及《老友报》上发表。他采写的韩武吉、陆东春、范永玲、金钟华等学雷锋先进典型成为居民心中的道德楷模。据统计，在社区担任志愿者的8年间，仲跻祥共在各类报刊媒体发表稿件400余篇，报道了近300名雷锋式的好人，是一位名副其实的雷锋精神传播者。

为了将雷锋精神传播得更广，仲跻祥不甘心做一名"编外记者"。他在北山街道的支持下，创办了《雷锋报》。为了寻找素材，仲跻祥的足迹踏遍延吉市的大街小巷，虽然年逾古稀，但干劲十足，大家都赞叹："仲老的勤奋与敬业，让人汗颜啊！"

比着"雷锋"做好事

除了用笔来颂扬身边的"雷锋"，仲跻祥也身体力行学雷锋、当"雷锋"。

20世纪90年代初，仲跻祥在延吉市三道中学当校长时，就留下了"五让住房""两让职称"的美谈。当时由于学校的教职员工多、住房少，每当分配住房时，身为校长的仲跻祥都把上级分给自己的住房让给其他教师居住。这样让来让去，直到学校大部分教师都有了住房，仲跻祥一家才算居有定所。为鼓励一线教师，他两次让出高级职称，直到退休仍是中级职称，退休工资比相同资历的其他教师低了千余元。忆起往事，仲跻祥笑着说："当时有人说我是学雷锋，我还真没那种感觉。总觉得大家都很不容易，自己是党员，遇到好事让一下没什么。"当上社区志愿者后，仲跻祥更是一边宣传学雷锋典型，一边做好事、善事。

仲跻祥一家三口，全靠他的退休金维持，再加上老伴患高血压、女儿有残疾，家中用度常常捉襟见肘。在采访中，仲跻祥常会遇到一些贫困家庭、孤寡老人及残疾人，总是时时给予接济。街道社区每次组织捐款，他也一次不落。他对家人说："帮助别人、快乐自己。咱们紧一点，能让更多的人活得好一点，值得。"

去年 11 月，龙井市老头沟镇官船村特困低保户王德法因病住院。北山街道组织志愿者帮王德法家搞秋收。仲跻祥知道这个消息后，立即跑前跑后地跟着张罗，又协调联系进学街道春阳社区、老年书画协会等 8 家单位的 56 名老人来收玉米。热火朝天的劳动场面，深深地感染了仲跻祥。在忙碌了一天的农活后，他写下了《延吉市 56 位老人帮助特困户秋收》一文，书写了新时代学雷锋的赞歌。

身兼数"职"为民忙

在很多人眼里，仲跻祥是一个大忙人。早上 8 点多钟到社区报到，然后穿街过巷地采访、照相，再回街道编辑报纸，或者到报社投稿。有时一天下来要奔波六七个地方，常常累得筋疲力尽。老伴心疼他，劝他在家颐养天年。仲跻祥闲不住："人活着就要体现价值，我只有在为他人付出的时候最快乐，你说我能闲下来吗？"

除了担任北山街道《雷锋报》的编辑，仲跻祥还是《延边日报》《吉林工人报》《老友报》《广播电视报》等多家媒体的通讯员。他身兼数"职"，忙得不可开交，还常常往自己身上"揽活"。仲跻祥写得一笔好字，每年街道社区慰问贫困户，他都要担起写春联的"差事"，常常一写就是一百多副。

每月，社区的黑板报都要更新，仲跻祥当仁不让。他画的板报图文并茂，还符合当前时政，吸引了居民的眼球，宣传效果一流。

去年末，丹春社区秧歌队的鼓手因故离队，40 多名秧歌队员因没人伴奏无法正常活动。仲跻祥听说后，主动请缨为秧歌队当鼓手。有了他的加入，秧歌队的 40 多名老人又有了健身、娱乐的机会。

为了迎接三八妇女节，丹春社区从今年 2 月末开始排练一台文艺节目。3 月 1 日，记者在社区会议室里见到了仲跻祥。他创作的歌曲《"三农"政策就是好》,三句半《咱把丹春社区巾帼赞》、天津快板等节目正在现场彩排。"我是一个不用扬鞭自奋蹄的人,不管是采写、宣传雷锋式人物,还是在社区做公益事业,我都觉得非常快乐,因为我在奉献中找到了人生价值。"仲跻祥的脸上洋溢着幸福的笑容。

原载于2012年3月5日的《延边日报》,获第27届(2012年度)中国地市报新闻奖三等奖。

金万春的"红色事业"

在安图县,金万春很有名。这位有着43年党龄、30年军龄的老人退休后,将全部精力和时间用在了发展"红色事业"上。在过去的2000多个日日夜夜,他踏破铁鞋、八方走访,整理出1030位革命英烈的事迹资料,将尘封的历史清晰地展现在人们面前。

"一个懂得尊重革命先烈,善于用英雄事迹和精神教化后人的民族,是赢得世人尊重的民族,是有发展的民族。"金万春为自己热衷的"红色事业"画上注脚。

红色的震撼

金万春1948年8月出生在和龙县,1968年1月入伍,1997年从安图县人武部转业,任安图县政协副主席,2007年退休。

30年的军旅生涯锻造了金万春坚定的政治信念和忠诚报国的责任使命。2006年,金万春到乡镇调研,途经石门镇仲坪村时,看到一位老人与施工人员发生争执。原来,施工单位在这里挖沙取土,危及到村旁的两座烈士墓,老人极力阻止。看到这一幕,金万春对老人肃然起敬,立即找到施工单位,要求停止挖沙。

两位烈士叫什么名字，怎么牺牲的？决不能让烈士的事迹湮没在历史长河中。一种深深的责任感涌上心头，于是，金万春到民政部门查找资料，翻遍烈士档案，但仍没找到关于两位烈士的只言片语。他不死心，再次来到仲坪村，终于在 78 岁的老村党支部书记那里找到了答案。原来，这两位烈士是一男一女，男烈士叫朴京都，是当时地下党支部的宣传委员；女烈士叫许真，是抗联的干部。1934 年，许真因长期在深山密林中工作患病，朴京都护送她到仲坪村的父母家看病，不幸被叛徒出卖。敌人把他俩抓到村头示众，他俩宁死不屈，被日寇杀害。金万春带着翔实的调查资料找到民政部门，把两位烈士的名字写进了英名录。

作为民政部认定的"革命老区"，安图县有着非常厚重的革命历史。老百姓中流传着这样一句话："村村皆抗日，屯屯出英雄。"战争年代，安图县有 3000 多人参军参战，1000 多人献出了生命，但这些烈士 90% 以上葬在异国他乡，家人亲友不知道何处青山埋忠骨。金万春决心为这些烈士们著书立传，让他们的事迹永传。

2007 年，金万春退休后，把安图县现有的 770 份烈士档案分期分批借回家，一份一份地研究、整理。为了"赶工"，金万春每天工作十几个小时，饿了吃泡面，困了在沙发上打个盹。

在调阅历史档案时，金万春发现，一些历史档案对史实的记载不够准确和全面。为了掌握翔实资料，真实地记录历史，这位头部、腰部受过重伤的老军人，背起小型的复印机和纸张，踏上了寻找革命烈士历史足迹的艰辛征途。

为节约经费，金万春自带伙食，徒步前行，借住亲属家，一年内跑遍了省内、州内所有相关部门。他查阅、记录、归纳、复印了 100 多种史典资料，积累了 50 多万字的文史资料、800 多幅历史图片、100 多册历史资料和书籍，在安图县原有 770 名烈士的基础上，又收录了 200 多名安图籍烈士信息。

红色的征途

2008 年 4 月，金万春在走访烈士家属、收集档案信息过程中，结识了金玉莲阿迈。这位 80 多岁的朝鲜族老人，丈夫在朝鲜战争中牺牲，留给她的只有一个烈士证和一张老照片。她告诉金万春，自己今生最大的心愿就是能够知道丈夫是如何牺牲的。

这件事让金万春陷入了沉思。如何再现烈士由生到死的全过程、展现他们用鲜血与生命谱写的壮丽历史诗篇呢？金万春给自己定下了新的目标——在准确真实的基础上，让每一位烈士的事迹都丰厚起来。

从2008年开始，金万春把工作重心转向外出踏查。一次，金万春整理辽沈战役攻打锦州战斗中牺牲的13名安图籍战士档案时发现，档案中除了烈士名字，没有记载任何其他资料。他奔赴锦州辽沈战役纪念馆，从"烈士英名录墙"上找到了其中11人的名字及相关事迹。

在1948年2月的长春外围战争中，安图有90多位烈士牺牲。为查寻这段历史，还原烈士的英勇事迹，金万春先后四次走访吉林孤店子战场遗址，找回了许多不为人知的史料档案，并绘制了战斗示意图。

为了解辽沈战役黑山阻击战中安图籍烈士的英勇事迹，金万春三次赴黑山寻访，在黑山阻击战纪念馆，查阅到13名英烈的重要历史资料。他还寻访了当年的战场——塔山101高地，感受当时激战的情景，并挖掘了1000多克沙土背回家，准备为日后建立革命烈士纪念馆时使用。

在解放湖北黄冈团风渡江战役中，延边有43人牺牲。2010年11月30日，金万春参加了全国革命老区促进会成立20周年表彰大会，并荣获"全国优秀老区工作者"称号。表彰会结束后，金万春当晚就坐上了赶赴黄冈的火车。当金万春风尘仆仆地来到团风时，发现镇里的烈士档案中只记录了16名延边籍烈士，其余烈士名单在20世纪50年代的水灾中遗失了。金万春立即返回延边，查阅八县市的烈士档案。经过一个月的苦战，终于在1.5万多人中找到了43名曾参加团风渡江战役的延边英烈名单。

新中国成立后，为缅怀先烈、激励后人，安图建起了数十座革命烈士纪念碑，记录着延边儿女为中华民族解放事业而献身的壮丽史诗。为让烈士的英灵得以安息，金万春和退休老干部金镇国结伴同行1500多公里，逐镇逐村踏查烈士纪念碑，拍摄了400多幅图片。随着踏查的深入，金万春的心情愈加沉重：

一些烈士碑旁盖起了牛棚，搭起了狗窝，有的被堆积如山的垃圾覆盖，有的碑身断裂，被荒弃山野。有一次，金万春找到一处烈士碑。为了记录碑文，他趴在墓碑前，扒开杂草，艰难地辨认墓碑上的碑文。前夜下了一场秋雨，墓碑附近积满了水，金万春的衣服被雨水浸湿了，却依然趴在冰冷刺骨的地上抄录。回家后，金万春腰伤复发，躺了3天不敢下地。

几个月后，一份《安图县革命烈士碑现状调查报告》形成，引起了安图县委、县政府的高度重视，下拨资金50万元，对全县9个乡镇39个村屯的纪念碑进行修缮，建立档案，指定专人负责管理维护。2009年9月，安图县39座革命烈士纪念碑焕然一新。洁白的碑体，红色的五星图案和碑文题字，周围鲜花翠柏，恢复了往日的庄严肃穆。

3年来，金万春的足迹遍布祖国各地，东起延边，西至重庆，北至齐齐哈尔，南至湖北。经过实地走访和踏查，金万春搜集整理革命烈士历史资料30多万字，并绘制了《安图县革命烈士牺牲地分布图》《安图县革命烈士生前从东北进关南下行军万里作战路线图》《安图县革命烈士分布图》《安图县9个乡镇92个有烈士村（屯）分布图》《抗美援朝保家卫国战争革命烈士作战牺牲地分布图》《吉林孤店子战役示意图》《辽宁黑山阻击战示意图》《湖北团风渡江战役示意图》等。尽管如此，金万春对自己的工作还是不满意："到目前，我才完成所有工作的1/3，得与时间赛跑，做更多的事情。"

红色的传承

"这几年，我寻访烈士足迹时发现，在有些地方，英烈被淡忘，革命传统被丢掉。如果不加强宣传教育，革命传统和革命英烈就可能被慢慢遗忘。"金万春说。

金万春退休后担任了安图县关工委主任。从那时起，金万春就萌生了创建爱国主义教育基地的念头。特别是在收集、整理烈士资料过程中，金万春感到：每一次震撼心魄的回顾，就是一次净化心灵的洗礼，身上的责任很重。

为早日建成爱国主义教育基地，金万春四处奔走，动员各方面力量把自己的想法付诸实践。他借用安图县朝鲜族学校闲置的2000多平方米的校舍当展厅，进行了布展，并拿出积蓄制作了 1000 余幅反映安图县革命烈士事迹史、抗日战争史、抗美援朝史、建党建军史的图版。

2009 年 10 月 28 日，安图县爱国主义教育基地建成并对外开放。金万春激动不已："今天的中小学生，将成为明天国家的建设者，要让烈士的精神像种子一样，播撒在一代又一代人心中，激发他们热爱祖国、建设祖国的热情。"他主动当起解说员，给学生们做讲解，因为所有资料都是亲手整理出来的，内容熟记于心，金万春的讲解生动活泼、通俗易懂，深受学生喜爱。安图县爱国主义教育基地创建以来，接待社会各界群众 2 万人次。

去年 8 月 13 日，金万春在安图县长兴河畔展示了以"三面红旗（党旗、军旗、国旗）的记忆"为主线的 700 余幅有关党史、军史、建国史等历史图版。这些资料是金万春近年来收集整理的历史文献资料。参加过抗美援朝保家卫国战争的老兵李浩查看了整整一个星期资料后找到金万春，他激动地说："这些天，我像是重新回到了战场，往事又浮现在眼前。"

"烈士，一个民族不屈的脊梁。这些年，我做这件事，就是让先烈英名永驻、丰碑永存、精神永生。为了这个目标，我愿意付出自己的一切，包括生命。"这就是金万春，一个在"红色事业"征程上谱写绚丽篇章的老军人。

原载于 2013 年 1 月 22 日的《延边日报》，获第 26 届（2013 年度）全国少数民族地区报纸好新闻评选二等奖。

脑瘫小伙：用脚趾敲开希望之门

27 年前，一个备受亲人期盼的生命降临人间，他就是关鑫。从出生开始，他就与别的宝宝不一样：不会抬头，不会翻身，不会爬，不会坐，不会走……终于有一天，一份可怕的医生"判决"摆在了心急如焚的母亲李桂华面前——

关鑫患上了脑瘫。更令她绝望的是，儿子所患的脑瘫是最严重的一种，不但完全丧失运动功能，身体姿势异常，而且语言能力尽失。数百次的求医问诊，医生告诉她：这种病没有治愈或好转的可能。

"向阳花"，告诉世界我来过了

我们往往需要提醒才会想起，活着是多么幸福的事，而对一些人来说，活着是一件多么勇敢的事，比如关鑫。在他的日志中，有这样一句话："当你抱怨没有鞋子穿的时候，有些人可能连脚都没有；当你抱怨工作压力太大、生活琐事太烦的时候，有些人只能无奈地躺在床上什么都做不了……可对于他们来说，仍要认真地活着。"

1月6日，记者来到敦化市民主街道林源社区的一幢旧楼里，见到了李桂华、关鑫这对相依为命的母子。一张由木板、软垫搭起的床上躺着面色苍白、瘦削的关鑫。见到记者，关鑫嘴里发出含糊的声音。"你们来了，他可高兴了，他向你们问好呢。"李桂华一边让座，一边给记者"翻译"儿子的特殊语言。

虽然采访前知道关鑫是一个脑瘫患者，但想着能在3年里创作30多首歌曲的人，怎么也无法与眼前这个人联系在一起。匍匐在床板上的他，身体以奇怪的方式扭曲着，躯干和肢体不规律地颤动着。这就是那个谱写出优美动听旋律的阳光青年吗？身边的李桂华看出了我的犹疑，"您是奇怪这样的孩子怎么学会作曲的吧？是天赋，但更多的是他自己的努力。"李桂华的话中有着几分自豪，她向记者讲述了关鑫的一切。

关鑫出生时李桂华难产，经医生全力抢救保住了生命。儿子的出生为全家带来了无尽的快乐。没多久，李桂华发现，儿子不会翻身、爬行、坐立，总是老老实实地躺着不动。到医院检查，医生诊断关鑫是重度脑瘫。没有哪个母亲愿意接受这种"判决"。十多年间，李桂华带着儿子跑遍了省内各大医院，都没有解决办法。在这期间，李桂华与丈夫离异，成了关鑫唯一的依靠。

关鑫在十几岁时，开始跟着母亲认字。这是一个非常艰辛的过程，普通孩子几分钟能掌握的生字，他却需要几天才能理解学会。有时候，好不容易记住的一个字，转眼就忘得一干二净。后来李桂华发现，关鑫的身上有一块肌肉可以受到大脑的控制，那就是右脚的拇趾。她开始训练关鑫用脚撕纸拼字。回忆起那段艰难的岁月，李桂华的眼里闪着泪花。靠着那唯一能受大脑指挥的脚趾，关鑫不知扯坏了多少张纸，终于能摆出简单的汉字。一天，李桂华下班回家，发现炕上有一排拼摆得歪歪扭扭的字，"我是一只折断了翅膀的大雁，我是一匹不能奔跑的野马，每天伴随我的只有劳累不堪的妈妈……"看着倒在一旁熟睡的儿子，小脸上还有未干的泪痕，她既心疼又骄傲。

早年李桂华上班时，给关鑫留下一台收音机和一个儿童玩具琴。他喜欢听音乐，有时用脚趾拨动琴键，渐渐地竟然弹奏成一些连贯的曲调。关鑫虽然能用脚趾敲击琴键，但力度总是掌握不好，一不小心就把玩具琴按倒或把琴键敲坏，发出的声音也不和谐。李桂华发现关鑫的爱好后，用微薄的工资给他买了一架小型电子琴。叮叮咚咚，关鑫的世界在那一刻豁然开朗，开始尝试谱曲。如果灵感来了，他先用那架小型电子琴试弹，等母亲回家后，让她帮助自己记下来。靠着这种笨方法，关鑫谱写了《向阳花》《未来》《三字经》等30多首歌曲。

在关鑫的日志里，记者倾听了他作曲的《向阳花》。这是一支清新欢快的乐曲，它像清泉流淌进人的心田，诉说着谱曲者的心声，向世界宣告，一个不肯向命运低头的人生。

昂起头带着笑容过好每一天

疾病，使关鑫的人生行驶在一条崎岖的道路上。当一个人只能控制唯一的脚趾时，他还能做什么呢？

关鑫用这根脚趾写日志、谱曲作词，以音乐和文字激励自己与朋友。如非亲见，没人想象得出那些优美的乐曲和流畅的文字，是以怎样艰难的方式出现在电脑屏幕上的。记者在现场看到这让人震撼的一幕：李桂华把关鑫的右脚放在鼠标上，再将他那个能控制的拇趾固定在按键上，随着他缓慢地由外向内移动脚趾，在屏幕键盘上点出一个个拼音字母，确定了自己要表达的字后，用脚趾点住鼠标的位置，接着再去打第二个字……

从2009年开始，关鑫开始学习使用电脑，用脚趾推开了被命运锁住的那扇门。灵感来了，他记下曲谱后，通过电脑软件编辑，选择各种乐器播放，随听随改，效率大大提高。很多人听了他创作的歌曲，读了他写的日志非常感动，成了关爱他的朋友。关鑫则希望健康的人们能从他的音乐中感受到生命的力量，珍惜自己拥有的幸福。

听说记者要从延吉市赶来采访，关鑫让母亲早早打开电脑，花费3个小时用脚趾敲打键盘写下了一段文字。"记者姐姐，您那天问我，是什么激发了我的创作的灵感？我想，应该是对亲人的爱和对生命的渴望。比如谱写《平凡的感动》时，我想起了爱我的妈妈、姐姐和曾经给我温暖的朋友们。在爱与祝福中，我获得了新的人生。"

1月2日，关鑫创作了歌曲《站起来》——"站起来，站起来，一步一步站起来，向前走，不要怕，你是最棒的。相信自己一定能行，不到最后别说放弃。这条路，很难走，会有风和雨，风雨之后又是艳阳天，未来就在前方等你。"这首歌是关鑫从一档电视节目中听到的。节目里，一个护士扶着一个脑瘫的孩子，在特制的床上，孩子努力地向前爬着，一边爬还一边唱着这首歌。当主持人问孩子还想说点什么，他说：谢谢你们！说完孩子哭了……看了这个故事，关鑫非常感动，当时就把这首曲子，记在心里了。弹琴的时候很自然地就把这首曲子弹出来了，又经过几次的改进，填词，终于完成了这首歌的词曲创作。

在关鑫创作的歌曲里，记者发现抒发情感的歌曲特别多。其中有一首《朋友》，歌曲的旋律悠长绵绵，让人听后难忘。网友们在关鑫的主页里倾听他创作的歌曲，都深深地被感动。特别是当他们得知原创者竟是一个重度脑瘫患者时，欣赏变成了敬重。关鑫制作了一个音乐网站，将自己近5年间创作的歌曲推出来，点击率非常高。很多网友都成为他的忠实"粉丝"。

网友"溪水"在他的网站上留言："孩子，我进入了你的空间。看到你灿烂的笑容，我感到很震撼。你有这样一个好妈妈在陪伴着你，还有这么多人关心你，你是幸福的，快乐的。坚强的孩子，让我们共同拥抱美好的生活吧，昂起头，带着笑容过好每一天。祝你天天快乐，开开心心每一天。"

母爱像月光照在儿心上

没人知道，命运为何选择一个如此热爱生活的青年来遭受这般痛楚。用李桂华的话说，"这都是命，该着了"。这位 58 岁的母亲在过去的 27 年里，经历的折磨是旁人无法想象的。她以柔弱的双肩和一颗伟大的慈母心，托起了儿子的生命和梦想。

虽然不能支配自己的身体，但关鑫还是想尽办法来表达对母亲的爱。身体状况略好，心情也好时，关鑫会将纸片撕扯成各种形状，拼出花样让母亲高兴。李桂华 48 岁生日时，关鑫用碎纸片拼成了一幅生肖鸡的图案送给母亲，感动得母亲热泪盈眶。他还制作了一幅腾飞的巨龙纸贴画，李桂华帮助他上了色，贴在家中的显眼处。

随着采访的深入，记者发现关鑫是一个情感非常细腻的人。李桂华给我们讲述了 10 年前的一个故事，那时她还在敦化市林业局小学任教。有一天早上，李桂华出门上班后不久，关鑫不小心从床上滑到地上，无论怎么努力也爬不上床。想到母亲回家看到他倒在地上，一定会伤心自责，关鑫决定无论如何都要赶在母亲回家前回到床上。他没有力量指挥自己的躯体，一次次攀爬努力都化为泡影，汗水将全身浸湿了。关鑫想起家中有几个海绵垫，于是爬到其他房间里四处寻找，终于找到了四个垫子。他用头把垫子聚拢在一起，然后凭借着它们形成的坡度一点点挪动身体向床边靠。这一过程整整持续了 3 个多小时，当他用尽力气挪上床时，母亲刚好下班回家。看到关鑫浑身摩擦出的道道血痕，李桂华非常吃惊。听到关鑫用特有的"语言"自豪地描述自己爬上床的"壮举"后，她泪流满面。

关鑫对母亲爱得深沉。在他创建的"乐动我心"音乐网站上，他发表了好几首写给母亲的歌曲。其中有一首叫《母恩》的歌曲。"母爱像月光，照在儿的心上，任凭岁月匆匆过，您的恩情似海深，为儿撑起家，再苦您也无悔，这份恩情这份爱，让我如何报答，这份恩情这份爱，让儿如何报答。母爱像月光，照在儿的心上，任凭岁月匆匆过，您的恩情似海深，为儿撑起家，再苦您也无悔，让儿如何报答。"

2013年8月，李桂华入围"敦化市好榜样"候选人，关鑫非常开心，在网上四处"活动"，联络朋友帮母亲投票。李桂华获得的奖牌和证书，关鑫如获至宝，放在枕边拍了几十张照片，发到网上向朋友们"炫耀"。他用脚趾写下这段话：我一直寄生在母爱里，我一定要为母亲留下些什么，让她为我感到自豪和骄傲。

原载于2015年1月9日的《延边日报》，获第28届（2015年度）全国少数民族地区报纸好新闻评选二等奖、2014—2015年度吉林省残疾人事业好新闻二等奖。

[系列报道之一]

57年前，"打熊英雄"王少华救下的朝鲜族幼儿如今已近耳顺之年，母亲金粉玉临终时的殷殷嘱托犹在耳边——

"要永远记住'打熊叔叔'的恩情！"

建州65周年在即，为表达对家乡的思念和祝愿，全国人大常委会法制工作委员会原副主任、第十二届全国政协委员阚珂近日在本报发表了《国家尘封档案中的延边故事》系列文章。其中《战士王少华舍身救朝鲜族母子》一文中写道："半个多世纪过去了，当年的年轻战士、现在已过古稀之年的王少华如今怎么样呢？被救的朝鲜族阿妈妮您现在好吗？被救的儿童应该快到耳顺之年了，你在哪里？我很想知道你们的消息。"

岁月匆匆，弹指一挥间。57年过去了，当年的"打熊英雄"和被救下的朝鲜族阿妈妮、幼儿今安在？他们还记得那段惊心动魄的经历吗？

8月21日，记者有幸辗转找到了当事人之一——当年被救下的朝鲜族幼童申哲浩。

"当年《延边日报》报道的《徒手战黑熊，舍身救母子》中的朝鲜族妇女金粉玉是我的母亲，我是那个被救的幼儿。"当59岁的申哲浩听闻记者求证当年那段"打熊英雄"救人的故事时，抑制不住心中的激动。他说，我母亲临去世前，还嘱托我不要忘记那段恩情，可惜她最后没能知道当年恩人的名字和去向。

当年事发时，申哲浩不到两周岁。对于那段遇险被救的经历，他主要是听母亲和姐姐们反复讲述。"我的童年和青少年时期，母亲一遍遍地给我讲当年的事，让我牢记恩情，有机会找到救我们母子的英雄。可惜时过境迁，这个愿望一直未能实现。"

申哲浩的三姐申春淑事发时已满6岁，她还记得那段故事的前后因果。"我父亲申贤仁当时是和龙县运输公司的一名司机，那天（1960年10月12日）被公司派到南坪出差。我姑姑家住和龙镇太平管理区，母亲经常带着一岁多的弟弟去太平周边山上挖野菜。那天，他们和往常一样搭父亲的车去太平山。之后遇黑熊突袭受伤，被解放军叔叔救命的事，都是母亲回家后讲给我们的。"

申春淑说，母亲金粉玉是一名传统的朝鲜族家庭妇女，不识字也不太会讲汉语，只知道当时救下她和弟弟的是一位姓王的年轻的解放军战士，其他信息都不知道。事发时金粉玉33岁，一直到79岁去世前，她都记得这件事，并将当年的事情一遍遍讲给申哲浩姐弟听。

记者查阅了1960年11月12日出版的《延边日报》，上面刊登了《徒手战黑熊，舍身救母子》一文，文中详细报道了王少华救护朝鲜族母子的事迹。

1960年，正值全国困难时期，粮食供应紧张。当时，王少华所在部队的官兵常常以野菜充饥，部队经常发动战士捕鼠夺粮。事发时，王少华和战友们在田埂边挖老鼠洞。他隐约听到附近山腰上有人呼救，便立即冲去查看。当王少华赶到半山腰时，看见一只毛茸茸的大黑熊正扑在一个背着幼儿的朝鲜族妇女身上，发出"嗷嗷"的吼声。千钧一发时，这个刚满20岁的解放军战士抡起手中的铁锹冲向黑熊，用尽平生的力气击打高出自己好多的猛兽。由于用力过猛，铁锹头在拍打黑熊时被震飞，王少华手里只留下了一尺多长的木把。情况危急，他一边用朝鲜语大声呼喊让那对母子逃跑，一边继续与黑熊搏斗。黑熊挨了沉重的一击后，发狂般怒吼着，丢下了金粉玉母子转身扑向王少华，压在王少华身上又咬又扯又抓。此时的王少华已是赤手空拳，与黑熊厮斗时身体被尖利的熊爪抓下了一道道血沟，直到力气用尽，昏了过去。

王少华从黑熊爪下解救下来的金粉玉以最快的速度跑下山求救。山下一所学校里的老师、学生及当地社员闻讯后立即冲上山救人。在附近挖鼠洞的战友们也闻声赶来，大家一起挥舞着手中的棍棒、铁锹齐声大喊，吓走了发威行凶的黑熊。当人们将昏迷倒地、浑身血污的王少华唤醒时，他依然在关心金粉玉母子的安危："那位大嫂受伤了，快去治一治，我没有关系。"王少华的伤势极重，当即被送到延吉市医院抢救。昏迷七天七夜后，他才苏醒过来，住院治疗近一年后康复出院。

王少华出院后，被调回沈阳军区。1963年，金粉玉一家落户和龙县头道镇，此后近20年的时间里一直生活在农村，彻底失去了英雄王少华的音信。

"这么多年来，母亲常挂在嘴边的是不要忘了救咱们的王叔叔。"申哲浩说，母亲一辈子生育了6个子女，事发时4个姐姐均已记事。自己和后来出生的幼弟则是听家人反复讲述牢牢地记住了当年的情景，虽然没有见过救护自己的英雄，但王少华已经成为他们一家人心中永远抹不去的记忆。

金粉玉教养的子女都非常正直善良，懂得感恩。4个女儿无论务农、经商，还是教书、行医都踏实本分，勤勤恳恳。长子申哲浩高中毕业后在和龙镇政府办当通讯员，后来成为和龙市不动产登记中心的职工，一直奉养、孝顺母亲，直至2006年79岁的金粉玉老人去世。次子申哲洙夫妻更是勤奋优秀。两人早年毕业于白求恩医大，在延边医院工作几年后，双双攻读博士后，现为北京某知名医院的医生。

8月17日，本报刊登了《战士王少华舍身救朝鲜族母子》的报道后，申家姐妹立即在延边网微信平台留言。当记者找到申哲浩时，他激动不已："我当时太小了，而母亲只知道救人的战士姓王，看了延边日报刊登的文章后才知道恩人的名字。57年过去了，我们一家人都牢记'打熊叔叔'的恩情，不知道这位英雄是否安在？"

原载于2017年8月23日的《延边日报》，获第30届（2017年度）中国少数民族地区报纸好新闻奖三等奖（系列报道类）、第9届（2017年度）延边新闻奖一等奖。

[系列报道之二]

他是延边人民心目中的英雄，熊口下英勇救人；他是战友眼里的楷模，累累军功风光无限。退伍后，他返乡务农，支持家乡建设。即使在最困难的时刻，他也从未向党组织提过任何要求。回想当年往事，"打熊英雄"王少华对第二故乡充满了怀念——

"我这一生最大的荣耀在延边！"

20世纪60年代初，"打熊英雄"王少华勇救金粉玉母子的事迹在延边大地传扬。57年过去了，当年的年轻战士已是耄耋老人，他生活在哪里？过得好吗？他还记得延边这片洒着自己热血的土地吗？8月21日，记者几经周折找到了"打熊英雄"王少华，听老英雄讲述半个多世纪以来的前尘往事。

经历了1960年10月12日那个徒手斗黑熊的惊险下午，伤痕累累的王少华被送到延吉市医院救治。他的头部、胸部、腿部等13处负伤，特别是头部被凶残的黑熊抓掉了一大块头皮，左腿膝盖处的脚筋被生生咬断。王少华昏迷了七天七夜后才苏醒，住院治疗近一年才返回部队。

王少华英勇救人的事迹上报到沈阳军区后，时任沈阳军区司令员的陈锡联专程赶到医院慰问他。部队首长称赞他是"人民的英雄,为民族团结作出了贡献",还专门带给他两大片猪肉,让他安心养伤,争取早日回到部队。当时正是物资匮乏时期,病中的王少华没有食用那两片从沈阳专程带来的猪肉,而是将其赠送给连队战友。沈阳军区党委随后在全军区开展向王少华学习的活动,并发出号召:"每个共产党员、共青团员、革命军人,都要学习他听党的话、埋头苦干的精神;学习他为公忘私、舍己为人的崇高风格;学习他临危不惧、机智果敢的战斗作风。"

1960年12月24日,沈阳军区《前进报》以醒目的标题"王少华斗熊救母子"对王少华的事迹进行了长篇报道。当时,延边的小学课本中还专门增加了一篇"打熊英雄"的纪实报道。长春电影制片厂派人到延吉市医院拍摄了一段英雄王少华的专题纪录片。

王少华康复出院后,调回了沈阳军区。1962年2月,他被选为全军区首届共青团代表大会代表,参加了在沈阳召开的全军区首届共青团代表大会。当时参加会议的代表有500多人,雷锋同志也在其中。雷锋同志在会上作了报告,讲述了自己苦难的童年和在党的教育培养下的成长历程。会后军区代表拍照留念,雷锋与王少华单独合影,并留下了一张珍贵的照片。这张照片,他一直珍藏着,成为他人生中不断前进的精神动力。同年,王少华被沈阳军区授予"模范青年战士"荣誉称号,并荣立二等功。

部队领导考虑到王少华的身体状况,安排他从事一些体力较轻的工作。他当过炊事员、通信员,养过马,喂过猪,种过菜,看过仓库。不论在什么岗位、做什么工作,王少华都勤勤恳恳,兢兢业业,样样干得好做得精。他因为养马出色而荣立个人三等功。在王少华的档案中有一份《模范青年战士王少华的事迹》材料。材料这样评述他:保持荣誉,处处起模范作用;主动工作,干哪行爱哪行;热爱连队,助人为乐;虚心学习,永远向前。

1964年,王少华光荣退伍。组织曾为他提供了两个选择:一个是到成都市某县当干部,另一个是回家乡长宁县烈士陵园工作。这两个选择在当时都是令人艳羡的,但王少华却没有"珍惜"。他告诉记者,当时正是国家困难时期,他觉得自己文化少，能吃苦，应该回家乡务农种粮，用实际行动为国家作贡献。

此后的半个多世纪，王少华一直在家乡四川省长宁县梅白乡白虎村（原新村乡五星村）生活劳作，娶妻生子。据他回忆，刚回乡时，家中的房屋已经垮塌，他谢绝了村里安排的住房，寄住在亲属家中。后来，王少华自己动手搭建了一间简陋的木房，与村民一起参加集体生产劳动，不久担任了村民兵排长。

20世纪60年代末，王少华一家过得十分艰难。家中房屋破败了，他拖着病体自己动手修补；旧伤复发需要医治，他向亲属村民借钱住院……即使在最困难的时候，王少华也从未因自己是英雄向政府提过任何要求，没有向人炫耀过自己的军功，村民只知道他是一名老战士。村小学的校长知道王少华的事迹后，给部队写信反映他的困境。1976年春，部队派人到白虎村慰问王少华，帮他解决了许多生活困难，并协调当地政府为他办理了特级伤残军人待遇。

王少华的妻子于2004年离世，当时几个儿女都在外地打工，他独自一人住在白虎村。2010年，在浙江省打工的长子王坪将他从老家接出奉养。从那时起，王少华就跟随儿子一起生活在浙江省温州市的柳市镇。王坪告诉记者，父亲身体不好，旧伤时常发作，耳朵也聋得厉害，记忆力明显减退。但老人仍记得在延边当兵的那3年多时光，闲暇时与儿女谈起当年打熊救人的故事。"我父亲说，他喜欢延边那片土地，喜欢淳朴善良的延边人。在延边当兵的3年里，他深切感受到延边各族人民拥军爱军的情结，那是他生命中最美好的一段岁月。"

听闻记者找到申哲浩时，老英雄王少华激动不已："能不能将当年那个被救下的孩子近照发给我？50多年了，不知道那孩子现在什么样子。我想看看他的模样，我也想看看延边现在的发展变化。在那里，我做了一件解放军战士该做的事，那是我一生中最荣耀的时刻。"

原载于2017年8月24日的《延边日报》，获第30届（2017年度）中国少数民族地区报纸好新闻奖三等奖（系列报道类）、第9届（2017年度）延边新闻奖一等奖。

[系列报道之三]

"打熊英雄"与被救者相约明年见面

8月24日,"打熊英雄"王少华与被他救下的申哲浩通了电话。57年后的这次通话,让两位当事人激动不已。电话一端的王少华操着浓重的四川方言,申哲浩这边则是不甚熟练的汉语,两人交流起来异常困难,双方情绪激动异常。

王少华耳背多年,他知道打来电话的是当年自己救下的孩子后非常激动,虽然听不太清对方的话,但单是那一声"叔叔",就让老人热泪盈眶。记者守在十分激动的申哲浩身边,他患有严重的糖尿病、心脏病,说了几句话后开始眩晕,无奈之下,两人暂停通话。

"我很惭愧,时至今日才知道当年救下我的人身在何地。这么大的恩情怎样才能报答?"申哲浩哽咽着。坐在旁边泪流满面的姐姐和妻子不停地安抚着他的情绪。随后,两人向记者讲述了金粉玉与申哲浩被救后的那段生活。

20世纪60年代初,申家居住在和龙县。父亲申贤仁是和龙县运输公司的一名司机,勤劳朴实,不善言谈,工作上一丝不苟,经常被单位派外出差。申哲浩出生前,家中已经有4个姐姐。

1960年的秋天正值国家困难时期,为了多贮存些过冬食品,金粉玉经常背着不满2岁的儿子到周边山上挖野菜。10月12日那天,因申贤仁被公司派到外地,途经太平管理区,金粉玉就带着儿子搭车去挖野菜。母子俩在太平山附近下了车,和往常一样上了山。随后发生的事,对于申家来说时至今日依然非常模糊:母子俩被黑熊袭击、解放军救人、下山呼喊求救……这些事情,申家从来就没有过一个清晰的脉络。

当时的金粉玉身体柔弱,背着牙牙学语的儿子,蹲在地上挖菜。黑熊扑过来时,她把申哲浩调转到身下,用身体护住幼子。王少华冲过来救人时,金粉玉已经被吓蒙,呆呆地看着一名身着军装的战士与黑熊搏斗。当她意识到那个战士陷在危险中后，一头冲下山喊人来救。正在附近挖鼠洞的战友闻讯赶来，与金粉玉找来的村民一同上山救人。从被黑熊袭击到被解放军救下的过程，对于33岁的金粉玉来说是一个非常可怕的噩梦，回到家后就倒下了。三女儿申春淑当时已满6岁，还记得母亲当时病得不轻，孩子们守在她身边懵懂无措的情景。"我们只知道妈妈和弟弟遇到了熊瞎子，但具体经过，如何获救，却不太清楚。妈妈当时神志模糊，躺在炕上高烧不退。"

后来，金粉玉的状况好些了，打听到救自己的解放军战士在延吉市医院住院后，曾从和龙赶去探望。不久，申贤仁被下放到头道镇的农村，全家在那里一待就是二十几年。在头道镇农村生活期间，金粉玉的身体一直不好，精神恍惚，甚至不能下地做农活。清醒时，她向年长的孩子讲述了当时的经历，让她们记住恩人，但因为她不懂汉语，不认识汉字，最终也没有说清楚救下母子的解放军姓名，隶属于哪个部队。

"我们一家人不知道恩人叫什么名字，是哪个部队的解放军战士，更不知道打熊的叔叔的英雄事迹曾刊登在报纸上。"申哲浩的妻子回忆说，结婚后，婆婆金粉玉一直卧病，神经衰弱几十年，后因心脏病过世。"母亲是一个传统的朝鲜族妇女，善良柔弱，也懂得感恩。金粉玉教育6个子女要正直做人，报效国家。母亲时时记得当年救她的解放军战士，让儿女们也记住这段恩情。可当时信息太闭塞了，对一直生活在农村的朝鲜族家庭来说，找恩人报恩实在是太难了，这个遗憾一直跟随着母亲直至临终。"

申哲浩激动地说："没能早点找到打熊的叔叔，对于我来说是一个很大的遗憾。"他在农村生活了30多年，此后一直奉养卧病在床的母亲，对母亲的遗憾感知更深。进入中年后，申哲浩被病魔困扰，患上了严重的糖尿病、心脏病。近年来，他因糖尿病并发症、眩晕症不得不从工作岗位上退下来，在家中休养。记者在申哲浩家，看到他身高170多厘米，体重却不足百斤，因长年失眠，体力非常弱。

申哲浩得知记者找到了当年救他的"打熊英雄"后，泪流满面。他拨通王少华的电话后，哽咽着说着"谢谢"。随后，二人加了微信。通过视频，申哲浩看到了面容沧桑的老英雄，老英雄也见到了自己当年在熊爪下救下的幼儿。

申哲浩表示，希望能早日见到恩人。王少华知道，申哲浩现在的身体状况不佳，让儿子劝阻他暂时不要过来。明年4月恰逢王少华八十寿辰，王家父子要回老家四川省长宁县梅白乡白虎村。"那时春暖花开了，等你的病好些了我们再聚。好孩子，知道你一家都好，我就放心了。"

原载于2017年8月29日的《延边日报》，获第30届（2017年度）中国少数民族地区报纸好新闻奖三等奖（系列报道类）、第9届（2017年度）延边新闻奖一等奖。

敦化高位截瘫女孩李斯雯在高考中获得658分的高分，但因身体原因，她有些担心——

"我能如愿考入北京师范大学吗？"

658分的理科高考成绩，能否如愿进入北京师范大学心理学专业？敦化市江源镇寒葱沟村民李影辉、杜桂芳夫妇近日为女儿李斯雯有些担心。李斯雯是敦化市实验中学高三20班学生，今年参加了高考。6月23日高考成绩公布后，全家人惊喜异常，随后又忧心忡忡。李斯雯和其他考生不一样，她是一个因患急性脊髓炎而高位截瘫的女孩。

18岁的李斯雯是一个阳光少女，青春美丽的脸上总是洋溢着温暖的笑容。1997年，李斯雯出生在寒葱沟村，父母都是农民，家中土地不多，农闲时靠打零工维持生活。5岁那年，她突然发病，被医院诊断为急性脊髓炎。面对突如其来的噩耗，李影辉、杜桂芳夫妇不甘心，背着女儿到国内各大专科医院救治，几年内倾家荡产，女儿还是没能摆脱高位截瘫的命运。从那以后，年幼的李斯雯白天独自留在家中，父母四处打工挣钱还债，攒钱为她治病。生活虽然艰辛，但父母发现，女儿聪慧灵秀，非常好学，是一个读书的好苗子。2003年，李斯雯进入村小学就读，学习成绩始终位于全学年第一。上初中后，母亲杜桂芳陪着她到江源镇就读。初中3年，母女俩历经辛苦。李斯雯在学校上课时，杜桂芳就在镇上打零工，日子过得很清苦。2012年，李斯雯以620多分接近中考满分的成绩考入敦化市实验中学。

班主任贾复娟至今还记得第一次见到李斯雯母女俩的情景。当时学校通知她，将有一位高位截瘫的女孩就读于她的实验班。就在这时，贾复娟看到了操场上一位坐在轮椅上、脸上洋溢着阳光般笑容的李斯雯。"她们母女俩一样的清瘦苍白，脸上都带着微笑。"从那一刻起，贾复娟决定要像对待自己女儿一样，爱护这个女孩。出乎她和全班同学意料的是，看上去柔弱的李斯雯，性格十分坚韧。

3年来，李斯雯每天都第一个到班级。每天早上6点半以前，母亲杜桂芳背着她来到教室，安置好后就去打工。中午时分，母亲给李斯雯送午饭，背着她如厕。晚自习前夕，母亲再送来晚饭，直到晚上9点左右再接她回家。李斯雯每天平均要在教室里待上15个小时，除了吃饭、如厕，都坐在课桌旁看书学习。为减少如厕次数，高中3年期间，李斯雯从未在学校里饮用过一滴水。老师和同学们看着心疼，劝她不要苛待自己，大家都愿意帮助她。李斯雯笑着道谢，之后一如既往地坚持着，不饮水，少吃东西。

在班主任贾复娟心目中，李斯雯是一个让人心疼的女孩。"除了上肢和头部能自由活动，她身体其他地方没有知觉。高中3年，我从未见她趴在书桌上休息过，她总是在埋头苦学。"贾复娟每次跟别人说起李斯雯都要流泪，她打心眼里心疼这个女孩。3年前到敦化实验中学实验班上学时，当母亲背着柔弱的李斯雯走进教室时，全班同学震惊不已。贾复娟告诉同学们，要帮助爱护李斯雯同学。3年间，这个柔弱的女孩凭着坚韧不拔的毅力，赢得了全班乃至全校师生的尊重。

实验班通常聚集着最优秀的学生，每个人都自信满满。当他们看到一个高位截瘫的柔弱女孩所作的努力时，深为震撼。高中3年，李斯雯的成绩一直名列前茅，也成为同学们心中的一面镜子。每次考试成绩公布后，同学们都暗自与李斯雯对比一下，寻找自己的差距，对李斯雯的感情也从开始的同情变成了欣赏和亲近。不管多疼多累，李斯雯始终是面带微笑地坦然接受，用柔弱的身躯迎接着各种挑战。除了做好自己的课业，李斯雯还尽力帮助同学。谁有了难解的问题来求助，她会像小老师一样耐心解答。她还细心观察老师，等同学们都问完了问题再去讨教。李斯雯个性坚韧，教养良好，深受同学们爱戴。大家觉得，这个柔弱的女孩与自己没什么不同，她的能力比健康的人还要强大。

李斯雯不能上体育课、课间操，学校有时安排班级到其他教学楼上课，这给李斯雯带来麻烦。为保证她的安全，贾复娟在同学中"招募"了4名身强体壮的男同学，帮助她抬轮椅。她的同学赵健翔、李桐旭、李国民、王学敏"幸运"地被选中。高中3年，4个大男孩每次抬着李斯雯上其他教学楼上课时，小心翼翼又颇为自豪，生怕出了差错，被同学们戏称"专业的护花使者"。

为方便往返学校，李斯雯母女在学校附近租了一间房，每年租金8500元。迫于经济压力，杜桂芳打了两份工，即使如此，除了交房租和日常家用，她们的生活仍捉襟见肘。平时，父亲李影辉在老家寒葱沟村种地，农闲时打零工补贴给李斯雯母女。考虑到夫妻年迈后无法照料女儿，李影辉、杜桂芳在李斯雯9岁时生下了小女儿。小女儿非常懂事，从小就跟着母亲陪姐姐四处读书。五六岁时开始帮助母亲照料姐姐的起居，还知道等父母老了，自己就是姐姐的依靠。

高考成绩公布后，李斯雯一家人仍然焦虑。摆在他们面前的问题很多，658分的成绩可以报考很多重点大学。但李斯雯担心，自己身体状况特殊，不知能否被心仪的高校录取。她一直希望学习心理咨询或财经专业，因为她高位截瘫的肢体，能够适应这两类专业日后的就业。"我可以坐在轮椅上给患者提供心理咨询，希望学成后尽快就业，以减轻家里的负担。"李斯雯把想法告诉了贾复娟。两人用了3天时间研究如何填报志愿，最终选定报考北京师范大学心理学专业。贾复娟知道，李斯雯的考试录取分数没问题，但担心她因身体状况被拒。她与去年刚刚考入北京师范大学心理学专业的毕业生取得联系，咨询相关招生信息。"我们非常希望李斯雯如愿以偿，这么优秀的学生应该找到适合她的专业。"贾复娟说。

除了烦恼去向,李斯雯一家还在忧虑学费、家人陪读等问题。杜桂芳担心女儿考上大学后,她与小女儿势必要陪读。那么小女儿的入学及一家人到异地后的就业与生活来源都成了大问题。面对家人的担忧,李斯雯也忐忑不安:"我现在真的希望能被北京师范大学心理学专业录取,这是我最大的梦想!"

原载于2015年7月2日的《延边日报》,获2014—2015年度吉林省残疾人事业好新闻一等奖。

延边餐饮业如何续演"加速度"

餐饮业是延边第三产业中尤为重要的传统服务行业。近年来,延边餐饮业在经历了改革开放起步、数量扩张、规模连锁和品牌提升四个阶段后,取得了突飞猛进的发展。

记者了解到,延边餐饮业零售额已经连续10年保持10%以上的增速。2007年延边餐饮业零售额为2.37亿元,比上年增长18%。截至2008年10月,全州餐饮业从业人员达2.7万人,占全部批发零售业、住宿餐饮业从业人员的27%左右,成为拉动内需、扩大消费、吸纳就业的重要力量和渠道。

餐饮业的快速发展为延边经济持续增长和居民收入增加提供了有力支撑。个性化的特色经营、假日市场和旅游休闲蓬勃发展,对延边餐饮业也有明显拉动作用,形成了全方位的市场竞争格局。当前,延边餐饮业主要呈现出四大特点:第一,餐饮业的集中度较低。延边缺乏大型的餐饮企业集团,主要以中小企业及个体户为主。截至2007年底,全州营业额超过2000万元的餐饮企业集团不足30家。第二,民营企业主导餐饮业发展。目前,全州共有餐饮企业4643户,其中民营企业占90%以上,其营业额所占比重超过90%。随着市场经济的不断发展，国有餐饮企业呈日趋缩小之势，非公有制经济企业所占市场份额逐渐扩大。民营企业无论是企业数量，还是销售总额，均占绝对主导地位。餐饮业竞争重点已由前几年的民企与国企竞争，发展到现今的民企之间竞争。第三，餐饮企业做大主要靠品牌、靠特色。从州内几家规模较大的餐饮集团来看，大部分是从事商务餐饮，走高端服务思路；另一部分则是直接面对居民日常消费，以经济实惠为主。第四，境外大型餐饮巨头对延边的投资与扩张不断增加。2005年8月，肯德基快餐集团强势登陆延边。半年之内，肯德基快餐店在延吉市已经扩张到3家，在全州范围内更是多点开花，营业额不断攀升。

与国内其他发达地区比较，延边餐饮市场还存在着较大差距。主要表现为经营理念落后，从业人员的文化素质和技术水平偏低，缺乏品牌营销意识，产品创新能力不足及现代企业制度未能完全建立等问题。记者认为，要推进延边餐饮市场持续健康发展应做到以下几点：

首先，更新经营理念，树立"顾客第一"思想。如今，餐饮行业已经进入买方市场阶段，消费者求新、求异、求个性，吃特色、吃氛围、吃环境、吃文化，企业之间的竞争从价格竞争发展到质量竞争、品牌竞争，甚至是文化竞争。只有改变那些旧的经营理念，树立"顾客第一，顾客满意"的经营思想，才能赢得顾客的青睐，扩大发展空间。

其次，突出服务个性，挖掘产品特色。近几年，延边餐饮服务的消费结构发生了很大变化，老人、儿童、妇女等消费群体规模不断增长。不同消费群体对餐饮业提出了不同的要求，使得餐饮服务的个性化和产品的特色化成为必然选择。针对各类消费群体的特点和要求，经营者要及时调整经营策略，划定相应的目标市场，在服务方式和餐饮产品上尽量满足顾客对个性化和特色化的需求。

第三，注重餐饮人才的培养。餐饮企业应加快人才的教育培训，不断提高从业人员的综合素质。对于从业人员，要实行在岗学习和离岗培训相结合的原则，保证胜任本岗位。对于高级管理人才，要定期组织其赴外考察学习或到高等学府进修，不断更新观念，丰富知识，吸取经验，以适应餐饮业发展的潮流。

第四，实施品牌战略，发展集团经营和连锁经营。推行品牌战略是餐饮企业提高产品竞争能力的需要，是社会消费水平提高的需要，也是参与竞争的重要条件。在延边，"金达莱""丰茂"等知名餐饮企业发展迅猛，就是成功推行品牌战略的结果，应该认真加以总结和推广。

广阔的市场空间，良好的发展契机，决定了做大做强延边餐饮业的重要性与必要性。延边餐饮行业应抓住机遇，乘势而上，充分挖掘行业的发展潜力，续演"加速度"神话，为拉动延边经济快速增长再出一份力。

原载于 2008 年 10 月 31 日的《延边日报》。

商标战略给延边带来了什么？

近年来，延边州委、州政府提出实施商标战略，特别是《延边州"十一五"期间培育认定驰名著名商标工作推进方案》实施后，延边州的商标战略开始进入实质性发展阶段。

一件普通商标在延边经济生活中能起到什么作用？一件著名、驰名商标会对地区经济发展产生什么样的影响？商标战略的实施到底能为延边带来什么？记者在调查中发现，一件驰名、著名商标，一个良好的品牌，不但是企业的无形资产、地方经济的宝贵资产，还是社会的共同财富。这些商标看似不起眼，却在一定程度上影响着延边经济发展的深度和广度。

2007 年，延吉卷烟厂的"长白山"卷烟商标被认定为中国驰名商标。企业的知名度因这个驰名商标而不断提升，当年销售额达 57.1 亿元，比 2006 年同期增长 27.4%。敦化市在 12 件商标被认定为吉林省著名商标后，经济总额当年跃居全省 61 个县（市）、区之首，凸显出了商标战略对促进县域经济发展的巨大作用。

延边三汉物产有限公司是一家以生产、收购、加工、出口农副产品为主的企业。近年来，企业在工商部门的扶持下，不断加大对农产品商标的投入力度，采用"公司+基地+农户+商标"的经营模式，实现了农业产业化、企业和农户双赢的良性发展。2008年，延边三汉物产有限公司凭借著名商标的优势，顺利完成了4910吨的出口任务，总产值突破5600万元，创汇760万美元。

商标成为农民增收的摇钱树。记者从延边州工商局了解到，2008年全州商标管理工作以支持农产品走品牌战略为重点，帮助农民和涉农企业走上商标致富之路，形成了"一个商标，带动一个产业，搞活一地经济，富裕一方农民"的格局。

敦化雁鸣湖工贸有限公司从2000年开始，不断加大对"雁鸣湖"商标的品牌投入。在当地工商部门的支持下，"雁鸣湖"被认定为吉林省著名商标。品牌叫响后，企业的有机农产品远销日本、韩国及欧美等国家，成为深受当地人欢迎的中国农产品。雁鸣湖工贸有限公司效益提升后不忘带领当地6000户农民致富。企业每年向农民发放农产品种子，并统一收购农产品，帮助农民人均年收入增加近千元。

延吉市工商局在对周边农村调研考察时发现，依兰镇的各村屯每年生产大酱300多吨，由于没有一个叫得响的商标品牌，产量虽高，产值一直不多。他们根据依兰镇的地区特色，为农民注册了"依兰沟""豆满江""得来村"等农产品商标。有了商标的依兰大酱身价倍增，产品远销韩国、日本，年产值一跃突破500万元，年利润达60万元。

如今，创造政策环境，引导企业发展商标事业，已成为延边各级政府的共识。2008年4月，延边州政府出台奖励政策，对被认定为"中国驰名商标"的企业一次性奖励百万元，对"吉林省著名商标"奖励5万元，"延边知名商标"奖励1万元。企业的算盘拨得更精准：有了驰名商标、著名商标，不但可以发挥品牌优势，占有市场份额，还能吸引投资者加盟，使企业向更高层次发展，何乐不为？

记者从延边州工商局了解到，目前延边州注册商标已达2000多件，其中

"中国驰名商标"2件,"吉林省著名商标"47件,"延边州知名商标"73件。延边的商标事业虽然取得了可喜成果,但与发达地区相比,还存在着总量小,驰名著名商标少,体现民族、区域、特色优势不够,对经济发展的贡献率不高等诸多问题,还远没有达到商标兴州的目标。

专家指出,从延边州商标工作的进展情况看,还要加大推进力度,尤其是宣传力度。在商标战略制定和实施方面,作为企业,在商标注册、注册类别、注册区域方面应该考虑得更全面,不再"替人作嫁衣";作为工商部门,应一手抓商标培育,一手抓商标专用权保护,让商标这块"无形"资产带来"有形"效应;作为政府,要利用延边的区域和资源优势,帮助企业正确运用商标战略,做好品牌打造工作,使商标成为延边经济发展的新增长点。

原载于 2008 年 11 月 28 日的《延边日报》。

"筹钱""减负""松绑"
——延边州工商局帮助企业应对金融危机纪实

企业面临经济寒冬,延边工商部门继出台"一规、两制、三扶、四免、五鼓励"等扶持企业发展政策后,近日再次出台四项惠民举措,为企业"筹钱""减负""松绑",帮助企业渡难关。

帮企业"筹钱"

让"死"股权变成"活"资金,是此次出台的四项扶持政策之一。

前不久,记者了解到,为帮助企业解决当前资金短缺、融资难等问题,延边州工商局出台政策,对于股权权能完整、资金有困难的企业,积极支持其采取以股权出资、出质等多种方式,充分运用股权权能,向银行申请贷款。按照这一规定,延边州内的公司股东只要和公司法人一起向股权公司所在地工商机关提出股权出质设立登记申请，并提交相应资料，就可以办理股权登记手续，将持有的股权用作贷款担保，让股东持有的"死"股权变成"活"资金，帮助企业缓解资金紧张的局面。

2008年11月，韩国一家在延边注册的投资公司欲进行一项投资，由于暂时没有具体可操作的抵押物，只好将这一投资计划搁置。后来，公司得知工商部门鼓励股权出质，遂将其拥有的延边某滑雪场有限公司的3600万元股权抵押给银行，延边州工商局当即为其办理了股权出质登记手续，锁定了登记信息中将出质的股权。这家投资公司凭借手中的股权获得了280万美元的贷款。

为落实好股权出资、出质这项帮助企业融资的好政策，延边州工商局针对窗口服务人员进行了培训，同时升级业务软件，简化登记程序。据统计，延边州工商局自开展股权出质登记以来，短短几个月内为十多家企业办结了股权出质登记，股权出质数额达7000多万股，融资金额达3500多万元。

给企业"减负"

为了更好地帮助企业"减负"，延边州工商局对首错企业实行不处罚、不追缴、不吊销的政策。

在经济严冬里，仅帮助企业融资是不够的，他们还想方设法为企业提供宽松的发展环境。2008年下半年，延边州工商局出台了《规范执法行为"十轻十重"规定》，对违法行为人在规定的合理期限内改正的十种违法行为从轻处理，实行首错不罚制度。《规范执法行为"十轻十重"规定》中提出，包括以谋生为目的从事经营的下岗职工、高校毕业生、城镇复转军人、农民、处于摆脱困境的企业，以及外来投资者所实施的轻微违法行为；经营者开展自我宣传、推销自己产品和服务中广告用语不当，并非蓄意虚假宣传、欺骗消费者的一般性违法行为，都将适用"三不"的宽松政策。

从事应用软件开发及技术咨询、市场服务的延边某科技有限公司是"十轻十重"政策的受惠企业之一。2008年，这家公司为北京奥运会开发了一款软件，由于业务繁忙，企业法人常年在外，忘记了年检。延吉市工商局本着支持企业发展的原则，对其免予行政处罚。《规范执法行为"十轻十重"规定》出台后，延边工商系统共办理首错不罚案件 775 件，涉案金额 1000 多万元，未实施罚款 138 万元。

为企业"松绑"

2007 年 11 月，某水利水电勘测设计公司在延边成立。这家公司在工商局登记注册时承诺，在 2008 年 12 月末前，将剩余的 70 万元注册资本金缴付到位，然而由于种种原因，该公司 70 万元剩余注册资本金迟迟没有到位。一直到 2009 年 2 月 18 日，公司才到工商局提出分期出资申请。

"像这种情况，企业出资的期限到了，资金却没有到位，属于虚假出资，应该依法对企业处以注册登记资本金 10%—15%的处罚。"企业处处长王林告诉记者："为了给企业'松绑'，鼓励企业创业发展，我们为这家公司办理了延长出资期限手续，让企业有时间把资金充实到位。"

为给一些因资金暂时无法到位的企业一个喘息的机会，延边州工商局出台扶持政策，放宽了企业注册登记期限：对于 2008 年 7 月 1 日以后出资期限到期的无违法记录的企业，因资金紧张无法按时缴付出资的，只要企业提出申请，工商部门将允许其延长出资期限至 2009 年底；对于需要调整经营方向的企业，工商部门支持企业利用现有经营条件，开展相关项目的经营，为企业办理经营范围变更登记；对成立后超过六个月未开业，或者开业后自行停业连续六个月以上的企业，工商部门允许其延续至 2009 年底。

当企业遭遇发展寒潮的时候，当企业面临普遍性风险的时候，延边工商部门把保护企业、保护市场主体当作第一选择，给了企业抵御严冬的底气，对促进企业发展起到了重要作用。

原载于 2009 年 5 月 6 日的《延边日报》。

延边人为什么敢花钱

到过延边的人，感受最深的就是延边人"敢花钱"。让我们来看一组数字：2008年，延边社会消费品零售总额超过180亿元，同比增长26%。2009年以来，金融危机席卷全球，世界各地消费水平普遍下降，然而2009年第一季度，延边社会消费品零售总额依然超过47.5亿元，3月份的社会消费品零售总额突破16亿元，同比增长21.5%。

延边人花钱为啥这么"冲"？这要归功于延边的支柱产业——对外劳务经济。

劳务让延边人的腰包鼓了

劳务经济为延边经济社会各项事业发展作出了巨大的贡献，也使延边人的腰包鼓了起来。

从20世纪80年代末开始，延边累计向国（境）外派遣劳务人员20万人次。特别是近几年，每年都有近10万人在韩国、美国、日本等国家工作，外派人数和劳务收入始终居吉林省、国家同类地区之首。延边每年的外派劳务收入，相当于当年全州GDP的三分之一，超过了农村经济总收入。1998年至2008年10年间，延边外派劳务全口径收入突破了62.8亿美元，超过财政收入的一半，相当于每天从国（境）外汇入延边288万美元，延边人每人每年增加3500元的收入。

劳务人员返乡当老板

"出国去打工，回乡当老板"，这是近年来延边各县市乡镇出现的一种新气象。1998年至2004年，安图县石门镇外派劳务人员累计创收近2亿元人民币。截至2009年6月，石门镇已有46名出国打工人员回乡兴办各类企业，年创经济效益1000多万元。

返乡的劳务人员在先进国家和地区积累的资本、技能和经验，是一种难得的财富。近年来，延边各级政府出台优惠政策，强化完善返乡人员就业指导和技能培训，组织他们就近、就地就业和自主创业。同时通过加大项目开发和招商引资力度，不断增强延边经济综合实力，将劳动密集型产业作为延边招商引资的主要方向，从而创造更多的就业岗位，缓解就业压力。

擦亮劳务经济品牌

虽然经历了 20 多年的发展，延边劳务经济仍处在初级发展阶段。外派劳务人员整体素质不高，90%以上的劳务人员从事的是技术含量低、工作时间长、劳动强度大的简单体力劳动。

近年来，延边各级相关部门通过建设劳务基地、完善劳务服务体系、开拓外派劳务市场等方式，不断提高外派劳务项目的技术含量，提高外派劳务人员的素质，变"劳务经济"为"品牌经济"，擦亮"延边劳务"的品牌，塑造"延边劳务"的新形象。

告别家乡，出国劳务的延边人背起了行囊。等到再踏上故土时，他们带回来的不仅是丰厚的资金，还有成熟的经验和无限的自信。

原载于 2009 年 6 月 17 日的《延边日报》。

"临界"食品拷问商家良心

在日常生活中，消费者经常会买到一些"临界"食品（即接近保质期的食品）。它们有些是以促销的"面目"出现，有些与正常商品搭配出售，还有些保质期的标识被涂抹或掩盖。对于消费者来说，这些商品具有安全隐患，对商家来说，则是牟取暴利、欺诈顾客的伎俩。

一封要情专报引起州领导高度重视

2009 年 6 月下旬，延吉海关在开展韩国小商品进口贸易调查中获得一条信息：一些韩国出口商将临近保质期，甚至过期的食品降价"处理"给中国进口商。这些降价处理的食品价格低廉，盈利空间大，有些中国进口商甚至专门进口这些临近保质期或已过期的食品用来销售牟利。

延吉海关的要情专报引起延边州领导的高度重视。州长李龙熙当即批示："请通过州内主流媒体宣传，提醒消费者购买时防范。"州委常委、宣传部部长李兴国也作了批示，要求为了解从韩国进口的"临界"食品对消费者的具体危害，7月1日，记者走访了延边州内的相关主管部门。

据延吉海关稽查科科长徐海军介绍，目前延边进口商从韩国进口"临界"食品主要有两种方式：一种是直接从生产厂家购进"临界"或过期食品，另一种是从韩国的一些大型超市里采购有折扣的"临界"食品。这些进口的"临界"食品经过进口、仓储、批发、零售等环节流转到消费者手中时，往往已经超过保质期。如果大量的"临界"食品或过期食品涌入市场，将对延边的食品安全构成较大的威胁。

超市里的进口"临界"食品卖得挺俏

7月6日，记者在延吉市参花街一家韩国商品超市暗访时发现，货架上的韩国食品大都没有中文标识，有的甚至连保质期都没有标注。在售货人员的推荐下，记者拿起了一袋标有"特价"字样的韩国进口水果糖，好不容易在包装袋一角找到了几组阿拉伯数字——"2009.1.4"和"2009.7.4"。"请问这袋糖的保质期到几号？"记者询问销售人员，"这些商品都没问题，都在保质期内。"对方从容地回答。

在延吉市光明街一家韩国超市里，放在收银台旁的一种售价为5元的进口调料引起了不少消费者的兴趣。很多消费者随手拿起就付款，连保质期都不看。记者看到，这家超市的促销台上陈列着数十种食品、调料、饮料，价格从5元至20元不等。如果仔细查看保质期就会发现，这些商品都是"临界"食品，保质期最近的是7月4日，还有的是7月8日、7月9日、7月10日……基本都在2009年8月以前。很多购买促销商品的顾客都没有注意商品包装上的关于保质期的信息。

记者随后又在延吉市内采访了多家经销韩国食品的超市及批发市场，没有发现任何关于"临界"食品的提醒标识；也没有任何一位销售人员将商品快过期的信息告知消费者。

早在2007年11月1日，国家工商总局就推出保质期"临界"食品必须明示的规定，要求销售即将到保质期的食品（即"临界"食品）时，要在销售场所集中陈列并向消费者作出醒目提示，虽然头上悬着"达摩克利斯之剑"，但一些商家却在利益的驱使下，依然我行我素，甚至不惜弄虚作假，不知其良心何在？

工商部门提示消费者一定要关注保质期

记者针对销售"临界"食品、过期食品事宜采访了延边州工商局消保科。科长金吉振告诉记者，2007年国家工商总局在《规范食品索证索票制度和进货台账制度的指导意见》中明确指出，"超市要对即将到保质期的食品集中陈列并向消费者作出醒目提示"。从2009年6月1日开始实施的《中华人民共和国食品安全法》也对"经营超过保质期的食品"的法律责任进行了严格的规定。

然而，"临界"食品毕竟不同于过期食品，其概念相对模糊。究竟什么样的一个时间范围才算作"即将到保质期"，目前国内还没有统一标准，而且由于食品种类不同，保质期的界定也存在差异，但是作为管理规范的商家，对本商场内的商品保质期应当做到心中有数。

延边州消费者协会特别提醒广大消费者，在选购商品时，一定要看清楚商品的生产日期、保质期限后再选择购买。如果经销商没有尽到提示"即将过期的商品"的义务，消费者也可通过12315电话投诉。

民以食为天，食以安为先。食品安全关系到广大人民群众的身体健康和生命安全，关系到社会的和谐稳定。希望商家能以消费者的利益为重，倡导诚信经营，让消费者吃上放心食品。

原载于2009年7月13日的《延边日报》。

安图县打造长白山旅游休闲度假目的地

3年前，安图县是一个旅游建设项目投资总额不足亿元、名不见经传的小县；3年后，安图县旅游建设项目投资总额猛增至41.4亿元，成为一个声名鹊起的中国旅游强县。

3年间，安图县旅游建设的华丽转身，使一个名副其实的长白山旅游休闲目的地正在延边大地悄然崛起。

大战略：叫响中国旅游强县

巍巍磅礴的长白山，亘古盘旋在神州大地上。得苍天之厚爱，安图县就坐落在松涛林海、青山碧水、深沟巨壑的长白山北麓。

安图得天独厚的旅游资源令人羡慕——全县有大小河流88条，总长1800多公里，年径流量40多亿立方米，水能理论蕴藏量28.6万千瓦；森林覆盖率达85.1%；拥有53眼长白山优质天然矿泉，日总流量达15.27万立方米；探明的黄金储量达28吨。如今，安图县已经成为全国生态示范区、全国水利经济先进县、全国绿色中药材出口基地县，是中国矿泉水之乡、蜜蜂之乡和长白山大型天然矿泉水基地，也是吉林省中药材良种繁育基地、吉林省中药材科技示范区。安图县内有2.6万年历史的"安图人"遗址，有满族先祖发祥地文化、朝鲜族民俗文化、抗联战迹地文化和文人墨客留下的诗词文化以及石门山石碑、五虎山城等文物古迹……

然而，在2007年前，安图虽然拥有一个巨大的旅游资源聚宝盆，但旅游效应并没有被充分释放出来，如同一位深藏闺中人未识的淑女。为此，人们发问：安图发展旅游业的路径在哪里？何时才能露出冰山一角？

2007年以来，安图县委、县政府审时度势，作出了建设"以长白山文化为底蕴的生态经济强县"的决策，发出了举全县之力、聚全民之智，创建中国旅游强县的动员令，号召全县上下为发展旅游业而奋战，为打造旅游强县而奋斗。从此，沉寂的安图大地被唤醒，旅游业发展掀开了崭新一页。

从 2007 年开始，推进旅游资源优势向经济优势转变的发展战略，得到了安图县委、县政府的高度重视，他们把发展旅游业作为全县的支柱产业来培育，将创建中国旅游强县列入"十一五""十二五"发展规划，努力把安图县打造成旅游休闲度假目的地。

创建中国旅游强县，安图靠什么？安图县委书记孙景远自信地说："安图有旅游品牌优势，有旅游资源优势，亦有旅游基础优势，这是安图创建中国旅游强县的最大资本。"安图县县长崔光德认为，安图处在长吉图开发开放先导区轴心点上，有对接长吉腹地的地理区位、生态资源、产业接续等叠加优势，发展旅游业"顺风顺水"，具备打造具有长白山特色的旅游休闲度假目的地的条件。

按照旅游业发展大战略，安图县坚持把旅游业视为县域经济的领航产业和"富民强县"的先导产业来抓，把发展旅游业摆上更加突出的位置。在发展重点上，安图把旅游项目建设作为突破口，大力开发与长白山自然风光互为补充的生态、民俗、文化和休闲度假旅游产品，完善旅游服务设施，打造精品旅游线路，创建特色旅游品牌。在发展布局上，安图确立了以"两镇、两湖、一线、四区"为主的发展格局。"两镇"即明月镇和松江镇，明月镇定位于建设山水园林旅游度假城，松江镇建设以商贸流通为特色的生态旅游城；"两湖"即明月湖和雪山湖；"一线"即在明长旅游公路沿线建设"长白山文化风情线"；四区即明月休闲养生度假旅游功能区，万宝民俗、生态娱乐度假旅游功能区，两江水上娱乐观光度假旅游功能区，松江（二道）旅游服务及佛教文化度假旅游功能区。

在旅游发展战略的助推下，安图旅游业得到了长足发展，2008 年，安图旅游业综合指标评定跃居吉林省县级市前列。

大项目：支撑中国旅游强县

创建中国旅游强县，离不开大项目的强力支撑。为了谋划、包装、发展大的旅游项目，安图县请来了北京达沃斯、上海奇创、北京华夏旅游中国行知网、东北师范大学、东北亚旅游研究中心、延边大学的专家，做旅游产业规划，并进行项目策划。随后,《安图旅游总体发展规划》《雪山湖旅游区规划》《红旗村控制性详细规划》《和平旅游度假区规划》《长白山历史文化园旅游控制性详细规划》《长白山文化养生谷规划设计》等成果跃然纸上,其策划理念、市场价值都走在了全省同级县市的前列,为安图旅游业又好又快发展提供了科学依据。

安图县依托长白山旅游资源,制定旅游发展规划,加大招商引资工作力度,一批超亿元大项目纷纷上马。据统计,3 年间,安图共有 14 个旅游招商项目在建或筹建,总投资规模达到 91.3 亿元,已开工和拟开工项目投资总额为 41.4 亿元,已包装储备项目投资总额为 49.9 亿元。

如今,举目环望安图,一个个大项目格外吸人眼球,成为拉动安图旅游业快速发展的强力引擎:

——总投资 13 亿元,占地 60 公顷的长白山国际生态旅游度假区项目开工建设,已完成投资近 3 亿元。

——总投资 3 亿元,占地 50 公顷的长白山历史文化园,已完成投资 2 亿多元。

——一期投资 10 亿元,占地 1060 公顷的雪山湖旅游度假区项目开工,已完成投资 3755 万元。

——总投资 15 亿元,占地 8258 公顷的长白山四季快乐谷项目已签订投资协议,正在做规划编制前期准备。

——总投资 2000 万元,长白山文化博览城旅游服务中心项目已开工建设,今年内将竣工并投入运营。

安图县旅游局局长李成林告诉记者,这些旅游项目形成了休闲运动、佛教文化、康体养生、水上娱乐及生态观光等度假型产品种类,这标志着安图旅游产业发展正由观光型向休闲度假型转变,最终目的就是把安图打造成旅游休闲度假目的地。

大手笔:扮靓中国旅游强县

建设中国旅游强县,安图频出大手笔。据统计,在创建中国旅游强县的 3 年间,安图在财政吃紧的情况下,共投入 2.27 亿元社会资金用于旅游业发展,显示了全县万众一心发展旅游业的决心。

一时间，创建中国旅游强县成为安图的工作主线。旅游产业作为重点支柱产业，被列入安图国民经济和社会发展规划及各项具体工作中；创建的各项指标，被细化分解到各有关部门；人大代表和政协委员每年都会利用各种渠道积极为创建工作建言献策；各街道、各乡镇及干部、工人、居民也纷纷行动起来，为发展旅游业出把力、鼓把劲。

随着安图创建中国旅游强县工作的深入推进，安图借势发力，走出去参加宁波旅游贸易投资洽谈会、栾川旅游交易会、中国北方旅游交易会、东北亚旅游贸易投资博览会等展会。通过宣传推介，达到了招商引资的目的。通过举办长白山海沟黄金文化旅游节、福满采挖山参文化旅游节、"中国朝鲜族第一村"民俗旅游节、吉林安图首届斗牛节等旅游节庆活动，吸引了众多企业家和游客前来观光，形成了强大的磁场效应，提高了安图的知名度，打开了安图通向外界的窗口，把一个全新的中国旅游休闲度假城市推向世人的怀抱。

如今，再看安图旅游业，无不惊讶于它的"变脸"。景区景点、娱乐场所、旅游饭店星罗棋布，交通四通八达，旅游硬件服务设施日渐完善。"一张导游图、一个宣传光盘、一台民族戏剧、一桌民族风味餐、一场民俗展、一套地域文化丛书"的"六个一"工程建设开展得如火如荼，充分展现了安图旅游特色。形成了一大批名声响亮的旅游品牌：和平滑雪场获批国家 AAA 级景区，成为安图冬季旅游的拳头产品；万宝红旗朝鲜族民俗村被誉为"中国朝鲜族第一村"，被评定为国家 AAA 级景区；福满生态沟继获批国家级首批农业旅游示范点后，又获得了国家 AAA 级景区称号；峡谷浮石林在国家 AAA 级景区的基础上，今年又申报国家 AAAA 级景区；海沟黄金城被评为国家级工业旅游示范点；长白山文化博览城已晋升为国家 AAA 级景区……

负责主抓全县旅游业的安图县纪检委书记王铁告诉记者，安图县加快旅游业发展，重要的一环是抓好旅游战略节点城镇的建设，而明月镇就是安图县重要的旅游战略节点城镇。为此，近年来，安图县委、县政府决定大手笔开发建设县城明月镇，把城区建设成具有鲜明特色的山水园林生态城。目前，安图县在明月镇投资超过 5 亿元，完成 30 多条巷路的砼路面铺装、城区自来水配水管网改造等一系列工程，已建设项目超过 50 个，已建和在建建筑面积达 40 多万平方米，绿化面积达 200 多公顷，成为人们旅游的好去处。

今日的安图，城市旅游形象更加靓丽，城区绿化覆盖率达到 37%，环境噪声达标区覆盖率达到 93%，垃圾无害化处理率达到 80% 以上，县城空气污染指数小于 100，街区面貌焕然一新。一个"城在林中坐，水在城中流，楼在园中立，人在景中行"的新安图，正在展示着无穷的魅力。

3 年创建路，年年上台阶。数字可证：2007 年，安图旅游接待人数比 2006 年增加 21%，旅游收入增加 19.2%；2008 年，旅游接待人数比 2007 年增加 26.7%，旅游收入比 2007 年增加 29%；2009 年，旅游接待人数比 2008 年增加 22.6%，旅游收入比 2008 年增加 113.8%。2009 年也成为安图旅游发展史上含金量最重的年份，获得中国旅游强县称号。如今，中国旅游强县——安图，继续书写着打造旅游休闲度假目的地的新篇章。

原载于 2010 年 3 月 29 日的《延边日报》。

去年 8 月，国家出台汽车"以旧换新"政策，我州应者寥寥，而今年年初，申请汽车"以旧换新"者却络绎不绝——

汽车"以旧换新"为啥突然提速

3 月 20 日，图们市民崔先生的信用卡里打进了 1.8 万元，打款方是州商务局。"没想到，我的那台开了快 15 年的老桑塔纳还能补贴这么多钱。这不，我又买了一辆奔腾轿车。多亏没把车卖给二手车市场，算算还是'以旧换新'划算。"

今年 3 月，崔先生本想将今年末就该报废的老桑塔纳卖到二手车市场，了解到国家对汽车"以旧换新"政策进行了重新调整，上调了补贴额度，便高兴地来到州商务局填报了汽车"以旧换新"申请。崔先生高兴的理由是，与原来6000元的最高补贴额度相比，1.8万元的补贴款是实实在在的"蛋糕"，让报废车车主真正体会到了国家政策带来的实惠。

去年7月，财政部、商务部等10部委联合下发了《汽车以旧换新实施办法》，凡是符合"以旧换新"规定的旧车车主，在报废汽车的时候可以申领每辆3000元至6000元的补贴。根据《实施办法》要求，以旧换新的车辆必须是符合一定使用年限要求的中、轻、微型载货车和部分重型载客车及"黄标车"；如果同时符合财政部、商务部公告规定的车型，只能享受一种补贴；提前报废"黄标车"并换购新车的，不能同时享受1.6L及以下乘用车减半征收购置税的政策……

然而，此项利好政策的推出，在我州并没有得到预期的响应。我州很多车主经过权衡利弊后，还是决定把即将到年限的报废车拿到二手车市场卖掉。据统计，我州自去年8月10日开始执行汽车"以旧换新"政策以来的最初3个月间，全州申报"以旧换新"的车主仅30余人。

国家给补贴政策，车主为何不愿换？"我们首先考虑的是车运营一年所产生的利润，而不是能拿到补贴的多少。如果公司的车辆提前报废一年，仅得到5000元钱，我们的损失就太多了。"延吉一家物流企业的负责人这样解释不愿提前报废、领取补贴的原因。拥有一辆二手"桑塔纳"的敦化市民王先生则说得更坦白："去年，我这台开了10年的车，如果到二手车市场能卖到1.5万元，比'以旧换新'的补贴要多不少。"

从去年12月开始，国家又两度对汽车"以旧换新"政策进行了大幅调整，将提前报废老旧汽车、"黄标车"并换购新车的补贴标准调整到5000元至1.8万元；允许符合条件的车主同时享受汽车以旧换新补贴与1.6L及以下乘用车车辆，购置税由10%减至7.5%征收。按照新政策，"以旧换新"之后，不仅可以拿到最高1.8万元的补贴，如果购买1.6L排量以及以下排量新车，可以再次享受购置税减免2.5%的优惠。州环保局污染处处长金瑛给记者算了这样一笔账，如果现在车主提前报废自己的"黄标车"，并换购一辆价值10万元的1.6L

及以下的新车乘用,根据汽车"以旧换新"补贴标准,车主将获得5000元至1.8万元的补贴,同时根据车辆购置税减征政策,购置税从10%下降到7.5%,节省了2137元购置税。也就是说现在"以旧换新"车主最低可补7137元,最高可补20137元。

在位于延吉市长白山路西侧的二手车市场,记者了解到,最近不少要报废车辆的车主都在咨询"以旧换新"购车手续,并且开始反复权衡比较自己车辆的去处。从州商务局的统计报表中也可以看出,新的政策极大地提振了市民的消费热情。截至3月24日,我州回收报废车已经达98辆,补贴金额超过94.5万元。"近3个月来,来报废汽车,申请'以旧换新'的人越来越多了。3月份,我们回收了60多辆报废车,其中一半以上都申请了'以旧换新'补贴。"作为我州唯一一家指定的报废汽车回收企业——延边顺达报废汽车专营有限公司负责人告诉记者。

从申请"以旧换新"的报表上,记者看到了我州最大一笔补贴记录:今年2月,延边东北亚集团有限公司业主叶凤华的9台要报废的客车申请了16.2万元补贴款。"没想到国家一下给我补了这么多钱,这些钱又够买两台新车了,真的要感谢国家出台的好政策。"叶凤华激动地说。

原载于2010年3月30日的《延边日报》。

延边餐饮如何"借梯登高"

近年来,我州餐饮业可谓捷报频传:今年5月,在韩国首尔举办的国际饮食博览会及国际料理大赛上,代表我州出征的"金达莱"朝鲜族民俗餐饮队从11个国家的2000多名选手中脱颖而出,获得团体现场操作项目金奖;在上海世博园区内的中华美食街,延边的朝鲜族传统饮食再次受到热捧。考世茂山庄代表吉林省亮相世博会,他们出品的冷面、玉米温面、紫菜饭卷、牛肉盖饭、长白山蔬菜拌饭等朝鲜族美食平均每天卖出近千份,最高时突破1600份,销售业绩稳居中华美食街排行榜前茅。

延边餐饮在展示自我价值的同时,也开拓出巨大的市场,做出让人刮目相看的业绩。2009年,我州餐饮业营业收入总额达36.7亿元,同比增长12.8%,占全州经济总额的16.9%。延边朝鲜族民俗餐饮发展势头强劲,比如延吉金达莱饭店、考世茂山庄、东方烧烤、丰茂餐饮等餐饮企业,每年营业额增长速度非常快。开办的分店、连锁店也炙手可热,几乎到了开一家火一家,甚至天天爆满的地步。

延边的美食叫响了,延边的餐饮企业火了,这还远远不够。实践证明,餐饮是旅游业的一个核心要素,当餐饮与旅游业相辅相成时,两者都会取得更大的效益。确立旅游强州目标,必然要关注餐饮业的发展。以餐饮业带动旅游业发展,我州具有得天独厚的优势。朝鲜族餐饮具有浓郁的绿色餐饮色彩,可以让人们吃出健康,吃出营养,吃出文化,符合现代人对饮食的需求。朝鲜族饮食文化与旅游业相结合,对提升我州民族文化的经济价值,促进旅游业发展具有重要意义和广阔市场前景。我们必须有效地开发朝鲜族饮食文化的旅游资源,增加延边旅游的综合吸引力。

事实上,延边朝鲜族的饮食文化尚处于拓荒阶段,亟须开发、整理、革新。如何打破束缚朝鲜族餐饮发展的瓶颈,业内人士认为,要站在产业开发的角度,利用和提炼民族餐饮文化中的精华,不断推出特色鲜明的绿色餐饮及民族风情餐饮,弘扬朝鲜族传统餐饮文化,将饮食文化与旅游业有机地结合起来,增加延边旅游的综合吸引力。

业内人士指出,做强延边餐饮业,要加大对民族饮食文化的开发、保护和扶持力度。朝鲜族饮食文化现存的状态是单、散、小、弱,我们要用有力的政策去保护、扶持和开发朝鲜族饮食文化,扶持、支持、鼓励民族餐饮业发展,为餐饮业提供一个巨大的发展市场。

要突出文化特色，做好民族餐饮业发展定位。朝鲜族餐饮有许多独特的品种，但到底选哪些品种推向市场，要很好地研究、分析，进行深入的市场调查。根据本地的情况、社会的发展、饮食观念的变化、消费者接受的程度，筛选出若干个品种作为重点向外推广。同时，组织专业人员进行科研攻关，引导餐饮企业走上规模化、标准化、工业化、连锁化之路，把市场做大。在资源开发中，要全面详实地搜集关于朝鲜族饮食文化旅游资源的文化背景、历史渊源、民间传说、神话故事、风土人情等资料，让游客在享受延边美食时，能边听（听故事）、边看（看原料和工序）、边尝（尝味道）、边思（思意蕴），乐在其中。要合理地进行饮食搭配，把传统与创新结合起来科学定位。开发饮食文化旅游资源时，应该挑选那些最有代表性的、最具有声望的资源，加以优化组合，对于朝鲜族菜肴进行科学的合理搭配，突出文化内涵。在烹饪技术上进行精细加工，充分体现出朝鲜民族的、地方的、特色的饮食风味。通过举办名菜、名店、名厨评选等活动，树立一批龙头企业和特色品牌，在其他餐饮企业进行示范，以点带面，促进全州民族餐饮行业整体水平和实力全面提升。要吸收现代餐饮各种合理要素，吸收各民族、世界各地餐饮中的合理成分，在符合民族风俗的基础上，创造出一些新的餐饮品种、餐饮形式。在市场营销上，要有大营销观念，主动出击，不能守株待兔。要大力开拓客源，做好旅游市场宣传工作、餐饮文化宣传工作，吸引旅游者到当地旅游，品尝当地的美味佳肴，但更重要的是要走出本地区，在外地开拓市场。充分利用少数民族独有的文化，在民族文化、餐饮文化上做文章，把餐饮经营与民族文化经营合而为一，融为一体，以文化引路、以文化带饮食。

原载于2010年6月30日的《延边日报》。

苍莽林海铸丰碑

——延边州实现连续 30 年无重大森林火灾工作纪实

30 载,60 个春秋,10950 个日日夜夜。当岁月的指针指向 2010 年,延边州森林防火工作实现了连续 30 年无重大森林火灾的目标!

这是一个具有里程碑意义的跨越,这是一场来之不易的胜利,这是一场旷日持久的保卫森林平安的"大决战"。

森林防火不再是林业部门一家的事,而是各级政府、全州上下的头等大事。齐心协力、责任共担是延边州连续 30 年无重大森林火灾的最重要因素。

延边州森林资源丰富,素有"八山一水半草半分田"之称,是国家的重点林区之一,全州森林面积 319.26 万公顷,森林总蓄积达 3.56 亿立方米,森林覆盖率为 80.23%。

延边州又是一个高森林火险地区。很多老林业人都还记得:20 世纪 70 年代,延边州林区森林火灾频繁发生,重大级别以上的森林火灾接连不断。特别是 1978 至 1980 年 3 年间,平均每年发生森林火灾 165.3 起,其中烧毁森林面积 100 公顷以上的重大森林火灾 22.3 起,两项指标均占全省发生森林火灾总数的 50%以上。当时的森林防火任务基本由林业部门和林业企业完成,所以各级政府并没有太大的压力和责任,森林防火工作一度成为"老大难"工作。

"老大难,老大难,老大真抓就不难"。1987 年 5 月 6 日,大兴安岭发生了震惊世界的森林大火,这场大火给国家森林资源和人民生命财产造成了极为严重的损害,也给地方党委和政府领导敲响了警钟。根据《森林防火条例》规定,延边州开始实行各级地方政府行政领导负责制,森林防火工作从此由林业部门行为转变为各级政府行为,延边州的森林防火工作开启了一个崭新的阶段。

延边州实行领导政绩考核和森林防火工作"一票否决"制。每年各级政府层层签订森林防火责任状,明确年度工作目标和考核标准,年终兑现奖惩。在全州重点森林火险区，实行森林防火地方政府主要领导问责制和森林经营管理单位主要负责人问责制。

各级监察部门加强对这些责任人森林防火履责情况的监督检查，对因决策严重失误、玩忽职守、工作不力以及对森林火灾处置失当造成森林火灾责任事故的责任人实行问责，对需要追究纪律责任的，依照有关规定给予党纪政纪处分。全州形成了十分完整的责任"链条"体系，使森林防火的责任切实落到各级领导肩上。

正是这些针对性强的措施使得延边州森林防火工作快速向规范化、制度化、科学化方向迈进。30 年间，全州年均发生森林火灾 36 起，平均森林火灾受害率为 0.05‰，低于全省规定的 0.1‰的防控指标。与 1951 年至 1980 年间 30 年相比，延边州森林火灾次数下降了 54%，受害林地面积下降了 95.4%，森林火灾控制率实现了每次 5 公顷以下，火灾案件查处率达到了 85%以上；森林受害率降低了 1 个千分点，林木损失折合人民币减少了约 18.5 亿元。截至今年春季森林防火期平稳结束，延边州平安度过了自 1980 年秋季森林防火期以来共 60 个防火期，胜利实现了"力争实现连续 30 年无重大森林火灾"奋斗目标，并实现了 30 年扑救森林火灾零伤亡的指标。

2008 年 3 月 14 日，省委常委、州委书记邓凯到州森林防火指挥中心调研时指出，州委、州政府历来都高度重视森林防火工作。森林防火工作直接关系到延边州的经济发展和人民生命财产安全，是全州的大事。要切实落实好森林防火政府负全责制度，把森林防火各项责任措施落到实处，在全州营造浓厚的森林防火氛围。

2009 年 5 月 8 日，州森林防火指挥部总指挥、州长李龙熙到汪清重点林区检查森林防火工作时强调，森林防火是一件大事，80%以上的森林覆盖率既是延边人的骄傲，但同时也给延边森林防火带来了巨大的压力，全州上下必须提高警惕、严阵以待，确保延边绿水青山永续。

今年 4 月召开的全州实现连续 30 年无重大森林火灾决战年誓师大会上，森林防火指挥部副总指挥、副州长王福生说，30 年来，延边州历届党委、政府积极探索,形成了一整套行之有效的办法,终于摘掉了森林火灾多发区的帽子。要继续发挥政府负全责的作用,要发挥武警森林部队和地方森林消防扑火队伍主力军的作用,要发挥广大群众森林防火联防员的作用,奋勇拼搏,全力以赴,决战决胜!

总结 30 年来森林防火工作,州森林防火指挥部专职副总指挥兰民虎深有感触:"延边州取得连续 30 年无重大森林火灾的成绩,靠的是州委、州政府、上级森林防火部门的正确领导和全州各族群众的大力支持,靠的是我们紧密结合森林防火工作实际,以科学发展观为指导,不断解放思想,开拓创新,坚持工作上的高标准、严要求。"

森防工作由依靠人海战术转变为专业队伍科学作战,由依靠简单低效的工具转变为电子机械化装备,由简陋的基础设施转变为标准化、高科技保障,使延边州森防工作有了质的飞跃。

很多老林业人还记得,20 世纪 80 年代中期以前延边州森防工作的简陋与艰苦。没有专业的扑火人员,没有专业的扑火工具,也没有无线电通信、火情观测、火险预报,甚至没有一个专门独立的森防机构!为扑灭一场森林大火,扑火人员要在火场连续作战十几天甚至一个多月。

1987 年的大兴安岭特大森林火灾让人警醒:要保护延边这片绿色林海,改变延边州森林防火落后局面刻不容缓!从 1987 年开始,延边州加大森林防火基础建设投入。30 年来,全州累计投入森林防火资金 1 亿 7 千万元,用于森林防火基础设施建设和专业、半专业扑火队伍建设。特别是 2001 年以来,延边州积极争取国家重点火险区综合治理工程资金累计达 6300 万元,各地自筹资金超过 5000 万元,是前 20 年投资的 2.5 倍。

与 23 年前相比,延边州的瞭望台由原来的零零星星不成网络,发展到如今拥有 170 座瞭望台,3900 余名护林人员遍布浩瀚林海。现在,延边州的森防设施可谓装备精良:太空有卫星监测,低空有飞机护航,地面有瞭望塔观测和护林队伍,已形成了立体交叉的监测防控网络;全州共装备无线电台 667 部,手持对讲机 1948 部,设高山中转台 29 处,配备背包式中转台 17 部,卫星电话 11 部，搭建了由卫星互联网、卫星电话、火场气象监测、现场无线电应急通信组成的火场通信系统……

扑火队伍专业化是 23 年来延边州森防工作的一大进步。1987 年以前，延边州扑火的主力军是没有经过训练的群众。经过 23 年的苦心经营，全州已经建起州属专业、半专业扑火队 53 支、快速扑火队 125 支，总人数达 3000 余人。如今，延边的每一个林场、乡（镇）都有扑火队伍。各扑火队都建有一套规范、适用的管理制度和齐全、标准的扑火装备库，有充足的扑火工具储备。每支扑火队伍都有明确的人员分工和扑火预案，定期进行培训和演练。

火场就是战场，扑火就是战斗。有了专业的扑火队伍，还要有灵敏、机智、高效的指挥机构。全州地、县、局三级，共有 20 个森林防火指挥机构，都建立了集扑救指挥、办公、会议、培训等多功能于一体，具备计算机网络业务系统、地理信息辅助决策系统、无线电通信系统、火险自动监测系统、预警发布系统、自动化办公系统等多项先进技术的现代化指挥中心。为了保证应急时实行军事化管理，州级和县市局级都分别编制了森林火灾应急预案，乡镇、林场制定了火灾应急处置办法。一切有关森林防火的预防和扑救工作都按军事化指挥程序执行，使指挥中心的每一个指令，在任何情况下都能迅速传遍全州，达到了组织、指挥、保障"三到位"的军事化要求。

"工欲善其事，必先利其器"。目前，全州共有森林防火指挥车 95 辆、宣传车 19 辆、新型运兵车 167 辆；每支专业、半专业扑火队都在 20 人以上；配备风力灭火机不少于 10 台、往复式灭火水枪不少于 5 套、灭火水泵 1—2 台，并且配备了 GPS 定位测量仪和背负式无线通信中继台；全州森林防火区设立的防火检查站多达 220 个，有检查站人员 790 人、护林员 3907 人。平均每 77 公顷林地就有一名护林人员坚守在看护岗位上，极大地提高了灭火作战能力和人员安全保障能力。延边州还利用直升机配合地面扑火作战，在气象条件具备的情况下可以进行人工增雨作业，发挥高科技灭火优势，更加有力地掌握了灭火作战的主动权。

30 年无重大森林火灾无疑是延边州森防史上一个重要里程碑，这座"丰碑"

上，镌刻着一代代能吃苦、能战斗、讲奉献的森林守护者的名字。

在延边州的莽莽林海中，有一支特别能吃苦、特别能战斗、特别能奉献的队伍，这就是为保护绿色延边而拼搏的森林防火人。正是这些森林的守护者，创造了延边连续30年无重大森林火灾的奇迹。

30年来，在森林防火这条战线上，涌现出了许多先进单位和先进个人：延边州先后4次被国家评为森林防火先进单位、7次被吉林省评为森林防火先进单位；全州各县（市）先后28次被评为国家级先进单位、168次被评为吉林省先进单位；有48人被评为国家先进个人、781人被评为吉林省先进个人。

州森林防火指挥部专职副总指挥兰民虎，自1986年开始主持州森林防火办公室工作。24年来，他将自己的青春年华都献给了延边州的森防事业。为了保护好绿色的林海，他走遍了延边的大小林区。森防期间，他的日程表里没有休息天，大部分时间都在基层检查指导森防工作。全州有数千名护林员，人人都认得"兰指挥"。20多年来，兰民虎指挥扑救森林火灾上百次。2008年4月30日，朝鲜境内发生的山火越过狭窄的图们江烧入我国境内。兰民虎两天两夜没休息，冒着生命危险指挥灭火，成功地将朝鲜烧到我国境内的森林火灾扑灭，保证了我国森林资源的安全。他常说，搞防火工作，就等于坐在"火山口"上，容不得有丝毫的麻痹和懈怠。

身患癌症的安图县森林防火指挥部办公室主任杨永清，凭着对森防工作的热爱，在森林防火一线战斗了20年。1999年秋，杨永清感到身体不好，大家都劝他到医院检查一下，但当时正值秋防紧张时期，实在抽不出时间。他克服病痛一直坚持到秋防结束，才到医院检查，经确诊为食管癌晚期。手术整整进行了4个小时，胃切除了三分之一，食管切除了7厘米。即使身体状态如此，杨永清依然常年带病深入全县各乡镇林场，详细了解各单位的森防动态，及时解决森防工作中出现的问题，查隐患、堵漏洞、避免各种火险隐患的发生。2004年4月28日深夜，安图县两江镇林场突发森林火灾，杨永清不顾自己的病痛，亲自赶赴100多公里外的一线指挥灭火。在他的指挥下，终于排除了火灾险情，而他却因劳累过度晕倒在扑火前线。

多次荣获省、州、局森林防火先进个人和"全国优秀护林员"荣誉称号的汪清县林业局杜荒子林场瞭望员李成盛和妻子王晶，是远近闻名的夫妻瞭望员。他们在海拔1200米的高山上，一干就是20年，用自己的青春年华为森林防火工作增添了辉煌。他们的话语很淳朴："瞭望员工作虽然孤独、艰苦，但意义重大，责任重大。我们能为保护森林资源安全站岗放哨，再孤独、再艰苦也值！"

在成绩面前，延边人民不能忘记，武警延边州森林支队为森林防火工作作出的巨大贡献。武警延边州森林支队是延边州从事森林消防工作的专业武装力量。多年来，广大官兵忠于使命、心系林海、英勇善战、顽强拼搏、无私奉献，不愧为长白林海的卫士、延边人民的功臣。他们先后多次被国家林业局，吉林省委、省政府，延边州委、州政府，武警总部、武警森林指挥部、武警吉林省森林总队授予森林防火工作、抗洪抢险、民族团结、双拥工作、精神文明建设等先进单位。多次去其他省（区）增援灭火作战，立下了赫赫战功，被领导和群众誉为一支敢打硬仗、能打胜仗的英雄部队。

"作为武警森林部队，保护森林资源安全，共同建设第二故乡，是我们的神圣职责。能为延边的生态文明建设、社会主义新林区建设作出我们森林部队的贡献，我们感到非常光荣、非常自豪。"这是吉林省敦化航空护林站全体队员的心声。吉林省敦化航空护林站是森林防火战线上的一支特殊队伍。他们发挥飞机速度快、效率高、机动灵活等特点，利用直升机载人巡护、机降、索降、吊桶洒水、吊篮洒水、机腹水箱洒水，以及空中侦察火场、空中指挥扑火、防火宣传、火场急救、空投空运等多科目手段进行综合防灭火，起到了其他灭火手段无法代替的作用，被誉为防扑火的尖兵。

业绩是一代代人创造的。英雄模范人物，代表了一代防火人的精神风貌。30年来，延边州的森林防火工作得到了上级部门和领导的高度重视和充分肯定。全国森林防火工作会议先后两次在延边召开，总结交流了延边的森林防火经验和做法。中共中央政治局委员、国务院副总理回良玉，国家林业局局长贾治邦等领导曾先后到延边州视察，对延边州的森林防火工作寄予厚望。

30年无重大森林火灾的事实证明，我们的森林防火队伍，是让党和人民放心的队伍，是一支拉得出、冲得上、打得赢的队伍，是绿色延边、生态延边、秀美延边的忠诚卫士！

原载于2010年11月12日的《延边日报》。

我为什么要买保险？

元旦过后，延吉市三个最主要的农工贸市场同时要求全体业主参加财产保险。这一涉及4000多家业主的"保险事件"引发了诸多反应：有拍手叫好的，有猜忌观望的，还有上访告状的，可谓一石激起千层浪。那么市场管理部门为什么作出这样的规定呢？

业主对"保险事件"各有理解

1月7日，一通热线电话打进了本报编辑部。"市场强迫我们业主参加保险，否则不给业主办理营业执照年检，这太不合理了！"打电话的是延吉市西市场一个不愿留下姓名的业主。了解到这一事件涉及延吉市三个最主要的农工贸市场、4000多名业主的切身利益，记者决定把事情的来龙去脉了解清楚。

记者首先来到延吉市营业面积最大、业主最多、客流最集中的西市场。在被延吉百姓俗称为"电梯楼"的商厦里，部分业主向记者倾诉了对市场管理部门的不满。"市场让我们每个业主都参加财产保险，听说不参加保险就不给业主办理营业执照年检，听说保险责任特别苛刻，电着火都不给理赔，听说别的市场的保费比我们低……"

东市场的业主对待"保险事件"表现比较平和。在采访部分经营蔬菜、水果及肉类的业主时，他们普遍觉得保费不高，没什么大不了的。"市场的确让业主都参加保险,但可以自愿选择标准,我们一般是几个摊床联合起来保一个单,每家只分摊一二十元。"一位卖牛肉的业主对记者说。

河南市场的大部分业主对市场要求业主保险表现得较为积极,很多人表示,市场都建了二三十年了,一旦着火损失就大了,参加保险以防万一吧。

采访中记者发现,业主对"保险事件"的反应差别很大。在西市场东侧的一幢商厦,经营韩服的业主裴女士对市场给业主保险赞不绝口:为啥不保呢,平时我们个人去保险公司办理财产保险,人家还嫌我们风险大不愿意给保呢!

"天元大火"惊醒管理部门

参加保险对业主到底是利是弊?市场管理部门为什么一定要让业主参加保险呢?在延吉市市场服务中心西市分中心,记者采访了主任张福新,了解到"保险事件"的另一面。

"还记得长春天元商厦发生火灾的那件事吗?"在回答为什么要让业主参加财产保险时,张主任说了一句让人震惊的话。2010年2月28日一场大火烧毁了长春天元商厦10000平方米的营业店面和两个8000平方米的仓储库房,使200多名业主的近亿元资产化为灰烬。事件发生后,延吉市市场服务中心负责人多次召开理事会,商讨如何加强市场内部消防安全。去年7—8月间,市场服务中心西市分中心召集业主代表开会,再一次研究如何避免重蹈长春天元的覆辙,保证业主财产少受损失。张主任告诉记者:"经过讨论,大部分业主同意参加财产保险,我们这才与保险公司协商以团体的形式为全体业主办理财产保险。万一发生意外,也可以让业主的财产损失降至最低,我们认为这样做是对业主、政府、市场三方都负责。"

据了解,延吉市的三大市场都建于20世纪80年代,虽历经装修改造,但市场内部的硬件设施趋于老化。近年来,市场管理部门在消防安全上不断加大投入、整改的力度,但很难做到尽善尽美。为此,市场管理部门决定通过给业主办理财产保险来规避经营风险。

三个莫名其妙的"误读"

既然是帮助业主规避风险,为什么业主不愿买账?好经是在哪里念歪了呢?

记者将采访中了解到的部分业主的负面意见反馈给张主任,希望其给予相应的解答。

针对"保险事件"中的所谓三个矛盾焦点,即业主不满意将办理保险与工商营业执照年检做"绑定"、不满意保险的保险责任范围过窄、不满意各市场之间的保险额度有差别等问题,张福新表示,出现以上三个矛盾焦点,是因为市场服务部门宣传不到位,导致业主们"误读"了保险政策。张主任表示,为业主办理营业执照年检是市场服务部门的职责,绝对不会与办理财产保险进行"绑定";关于保险责任问题,市场服务部门即将发给每位业主一份授权委托书,上面将写明"火灾、爆炸、雷击等均属于保险责任",根本没有所谓电着火不予理赔之说,如果业主不相信,可以直接查看市场服务中心与保险公司签订的保险合同原文。

对于东、西市场保额不同,张福新解释说,东市场属于农贸市场,业主的财产标的相对较少,所以参保的额度也小,一般是几家业主共同签订一个保单,采取共同联保、共同分担的原则;西市场是以工贸为主的市场,业主的财产标的较大,因此建议业主保中高档额度的标的,这就是为什么两个市场会出现保额差别的原因。如此说来,把好事办好办实,把政策广泛宣传到业主中去不失为上策。

原载于 2011 年 1 月 18 日的《延边日报》。

长吉图前沿大聚焦
——来自长吉图前沿延龙图的报道

这是一片朝气蓬勃的土地,到处传唱着春天的故事。作为长吉图前沿的核心区域,延龙图经过开发开放春风的洗礼而风生水起,向世人描绘着图们江地区国际化区域中心城市未来的美好蓝图。

如今，延龙图正成为吉林省最具潜力、最有活力的地区之一。延龙图一体化的推进者们，以创新、奉献、发展的务实精神，留下了一串串坚实的足迹！

先行先试挺立改革潮头

随着长吉图开发开放先导区建设上升为国家战略，延龙图迎来了新的发展机遇。根据《长吉图规划纲要》，延龙图的发展定位是长吉图开发开放先导区战略前沿，图们江地区国际产业合作综合服务基地；中国图们江地区区域中心城市和区域政治、经济、文化、科技、金融中心，图们江区域经济增长极的核心；图们江地区金融、科技、信息、旅游等综合服务基地及国际物流枢纽；国家民族地区体制改革机制创新的示范区。从发展定位上，可以看出国家对延龙图地区的发展寄予了很大的期望。除了期望，延龙图还被赋予先行先试权。

先行先试，需要勇气。改革创新包含着开创的胆量和探索的艰辛。延龙图要发展，必须在先行先试中蹚出一条新路。

没有样板可依，摆在延龙图面前的只有改革创新。从去年年初开始，延龙图行政管理体制一体化改革悄然进行，目前已完成了评估论证、征求意见，报送省、国家有关部门；州广电局制定的延龙图地区广电资源整合初步方案加速推进了广电资源整合；州公安局向州委提交了《关于进一步深化户籍管理制度改革的实施意见》，推进区域户籍制度改革；延吉高新技术开发区升格为国家级高新技术开发区；延龙图已被纳入享受人民币结算出口退税试点地区，中国光大银行、韩国国民银行计划在延吉设立分支机构，延龙图改革创新迈出实质性步伐。

先行先试让延龙图地区结出累累硕果。国际、国内通道和边境口岸基础设施建设顺利推进。图们公路口岸已恢复为国家一类口岸，龙井三合、开山屯口岸国境桥新建项目纳入"吉林省'十二五'"口岸建设规划；开山屯口岸封闭工程及三合海关监管仓库工程已竣工投入使用；中国图们-朝鲜南阳-清津-韩国釜山国际陆海联运项目已由韩方上报韩国统一部待批，中国图们-朝鲜南阳-豆满江-俄罗斯哈桑国际铁路联运通道的恢复工作得到积极推进，图们中朝边民互市贸易通道已经开通；龙井-丹东铁路客货专线投入运营，延龙图中心南站

（龙井火车站）改造项目已列入沈阳铁路局近期建设计划；图们市被商务部正式批准为国家级现代物流示范城市，中国物流国际集团有限公司正式进驻图们市，连接中国乃至东北亚地区的物流信息网络已经投入使用，图们边境物流中心货物监管场地和集装箱场站将于年底正式启用；总投资 1 亿元的中朝国境口岸图们江大桥已完成项目建议书等前期工作。

重大产业项目和重点产业发展取得重大进展。龙井市加大项目建设力度，今年共计实施各类投资项目 179 项，完成固定资产投资 39.2 亿元，其中开工建设 3000 万元以上项目 58 个，完成投资 28.6 亿元；开工建设项目数量和投资额度均达到历史最高水平；图们市投资 1.5 亿元的磨盘山水电站工程、投资 1.5 亿元的大河实业鹿产品深加工项目和投资 5000 万元的方正化工年产 6000 吨滤失剂改扩建项目等重点建设项目已全部竣工投产；利安石化重新启动，生产经营得到恢复性发展；延边异型钢铁已经完成节能减排和技术改造，轧钢能力达到 10 万吨。

去年两会期间，延龙图三市先后赴北京开展与央企对接，后赴鲁津辽及韩日等地开展招商引资经贸交流，特别是在上海世博会期间，三市以不同主题参与世博会活动，共签订意向投资 10 多亿元……

勇于担当创造速度奇迹

去年以来，无论是延吉经济开发区还是工业集中区，无论是市区还是乡镇，吊车林立，机器轰鸣，到处是工人忙碌的身影，到处涌动着项目建设的热潮。

延吉市坚持率先发展，率先建设，率先突破，实现了经济社会发展的新跨越，项目后劲十足，创造了 150 天内 30 个超亿元项目开工建设的奇迹，长吉图前沿功能逐渐显现。

为加快发展步伐，龙井市在去年初确定了长吉图专项规划编制、石油天然气综合开发前期工作和热电厂扩建项目建设等 32 项重点工作任务。国土资源部油气资源战略研究中心专家已着手为龙井制作油气项目勘探设计方案；总投资 28 亿元的国电吉林龙华龙井热电厂扩建工程验收工作全部完成；为配合海兰河流域水污染防治，一座日处理污水 2.5 万吨的污水处理厂及铺设污水截流干管工程，已完成总投资的57.5%。

把图们建成长吉图开发开放的"隆起带"，已成为图们市各级领导干部的思想共识。为提高发展速度，图们市争分夺秒，围绕骨干企业产业调整、产业链衔接、基础设施和民生工程进行项目的谋划和包装，使全市储备重点项目500个，总投资达1179亿元。同时成立重大项目推进组，推进磨盘山水电站、泛西方三期工程、哈马太湖螺旋藻食品加工项目。

勇于担当的精神，开创了延边速度。延龙图城际交通项目建设突飞猛进，汪清—延吉一级公路市区连接线工程快速推进，已完成投资15.56亿元；延吉—龙井一级公路加宽工程征地拆迁等前期工作正在紧张进行；总投资15.8亿元的延吉至图们城际一级公路项目前期设计、评审工作已结束。目前，州交通运输局正积极与省厅衔接，力争将延吉—图们一级公路、龙井—图们高速公路项目纳入省交通专项规划。

延龙图各项工作的快速推进，还得益于各专项规划的稳步推进。去年以来，《延龙图前沿发展规划》编制工作进展顺利，已完成了对规划初稿的修改完善工作；延龙图一体化旅游发展规划完成评审完善，项目步入实施阶段；延龙图现代物流产业发展规划基本完成，进入规划评估论证阶段；延龙图重点城际公路建设规划完成评估论证，通过审查正式批准实施；延吉至龙井一级公路市政化改造工程已完成项目规划、设计及报批工作，进入土地征用报批、建筑物拆迁等项目施工准备阶段。目前，三市的有关规划也在顺利推进。延龙图三市政府依据《长吉图规划纲要》完成了"十二五"经济社会发展规划、城市建设规划、土地利用规划工作；龙井市《"一区七园"产业发展规划》《边境口岸基础设施及对外开放专项规划》、图们市北江两岸景观带风景园林规划等一批重要专项规划已经做完编制工作；三市全面启动交通、绿地系统及市政设施专项规划编制工作。

俯身为民描绘民生新蓝图

随着延龙图一体化进程的加快，延龙图地区民生建设被摆上重要日程。

去年3月26日，是延吉市朝阳川镇长青村村民最高兴的日子。在政府相关部门的关心下，长青村及周边十几个村屯终于能够接收到延吉电视台的节目了。

近年来，延龙图加速推进民生工程。延吉市北出口附属工程已开工建设，延吉西出口正式通车；延吉大桥于去年12月1日正式通车；延吉第二水源工程已完成投资1.57亿元；延吉布尔哈通河朝阳川下段河道整治及防洪工程累计完成投资4350万元，年底完工；龙井市城区海兰河堤防改造工程继续推进；图们市城区嘎呀河防洪工程可行性研究报告和环评报告已得到省发改委和省环保厅批复；延吉至龙井一级公路加宽改造工程龙井段破土动工。延吉至龙井一级公路是连接延吉市与龙井市的主要通道，公路的加宽改造必然会更加方便两市百姓的日常生活。

布尔哈通河是延吉的母亲河。近年来，布尔哈通河下游河段乱采滥挖严重，河道岸线杂乱无章，滩床裸露。为改变这种状况，延吉市从前年开始投资2111万元，完成了土方、护岸等生态治理工程。去年，延吉市又投入1200万元，进行跌水坝工程和园林工程。预计到今年10月，延东桥至溪洞桥河床治理工程将全部完工。届时，延东桥下游的生态环境将有很大改观。

延龙图三市的共同特点之一就是都拥有青山绿水，风景如画，宜居宜游。截至去年末，延龙图三市政府已签订城市旅游合作框架协议，延龙图一日游线路夏季正式开通。

风正潮涌劲扬帆，又是乘风破浪时。随着延龙图一体化的融合推进，延边各族干部群众在改革创新中孕育和铸就了务实精神，它是推动延边经济飞速发展更为宝贵的动力。

原载于2011年1月24日的《延边日报》。

[系列报道之一]

69年前，抗日烈士武振华驾驶战机碧血长空，今天，烈士儿女寻觅父亲的同宗血脉。

亲人啊，你们在哪里？

2月9日，记者接到一个来自广东省东莞市的电话："我的父亲武振华是一名抗日烈士，他出生在延边，我想通过贵报寻找家乡的亲人。"打电话的是一位72岁的老人，名叫曾武鹏，她希望能在有生之年找到父亲家族的亲属。

在老人断断续续的回忆中，记者感受到了她对亲人的思念之情。

50年后方知父亲是抗日英烈

对于曾武鹏老人来说，延边是一个既陌生又亲切的地方。她从未踏足过这片土地，却对它有着一种浓厚的感情，因为这里养育了她未曾谋面的父亲——抗日英烈武振华。

曾武鹏与兄长曾武斌的人生大部分时光都是在湖南和湖北度过的。从记事起，兄妹俩就跟着外祖父、外祖母生活在舅舅家里，并改随母姓。从长辈们遮遮掩掩的谈话中，他们隐约知道自己的母亲远在美国，而对于未曾谋面的父亲，则没有人告诉他们。兄妹俩历经了坎坷的童年，从来没有放弃寻找父母和父亲亲属的心愿。

20世纪90年代初，曾氏兄妹远渡重洋找到了在美国生活的母亲。从母亲口中得知父亲武振华在抗战时期是一名国民党空军上尉。凭着精湛的技术和英勇无畏的精神，父亲驾驶战斗机追随英勇抗战的中国空军四大队的大队长高志航，在抗日战争中浴血奋战。在1937至1942年间，父亲经历战斗30余次，参加了保卫广州、重庆、昆明等地的大型空战，凭借抗日战功晋升为分队长、中队长，被授予上尉军衔。1942年3月，四大队移驻昆明训练。4月24日，父亲驾机做超低空飞行特技训练时，因飞机故障失事不幸殉职，年仅 30 岁。

由于母亲当时处在弥留之际，对于父亲的记忆已经模糊不清，不能提供更多的线索，兄妹俩寻找父亲的希望成了遥不可及的梦想。

台湾老将军为英烈后裔带来希望

1992 年，台湾退役将军徐华江通过各种渠道找到了兄妹俩。

徐华江老将军原名吉骧，1935 年在航校第 7 期受训。自 1937 年抗战爆发至 1940 年，参加过多次空战，后加入中美混合团作战，曾英勇击落 6 架日机。后来，他去了台湾，于 1961 年晋升为少将军衔，1973 年退役。徐华江老将军是武振华最亲密的战友，年逾古稀的他找到兄妹后，向他们讲述了武振华的抗敌事迹。

"你们的父亲是一个英雄。他不但驾驶技术精湛，作战时也特别勇敢。记得在保卫武汉的空战中，当时日军出动上百架飞机，像麻雀似的密密麻麻，你们的父亲临危不惧，英勇杀敌，战功卓著，在空战中身负重伤。伤愈后，原本派他去担任飞行教官，但他决心与日寇血战到底，所以坚持返回部队，后又参加了保卫广州、重庆、昆明等空战。"徐老将军还讲述了 1940 年中国空军与日军之间的一场悲壮的空战——"中日壁山空战"。在这场十分惨烈的空战中，武振华身负重伤，后被送回基地疗伤。

1995 年 8 月，"抗日航空烈士纪念碑"在南京航空烈士公墓边落成。曾武鹏兄妹来到雨花台祭奠父亲，抚摸着刻着父亲武振华的烈士碑铭，他们再次萌生了到父亲家乡——延边寻根的想法。"我们想要找到父亲的亲人，想要在有生之年认祖归宗。"

延边家乡的亲人们你们好吗

"我的父亲武振华 1912 年 2 月 18 日出生在当时的延吉县（现指龙井市全部、延吉市大部分地区及图们市、安图县部分地区）。"曾武鹏老人告诉记者，"父亲曾在天津南开中学和北平东北中学读过书。东北沦陷后，他考入杭州笕桥中央航空学校第六期（甲班），学习驱逐机驾驶，1936 年 10 月以优异的成绩毕业。"

对于父亲的家族，曾武鹏兄妹几乎一无所知。"听母亲说，他们是1938年在杭州相识的。当时母亲是杭州大学的学生，在一次抗战联谊会上与父亲相识相恋并结婚。父亲为国捐躯时，哥哥曾武斌只有三岁，我才一岁。"曾武鹏认为，父亲早在十几岁就远赴天津、北平读书，家中可能有兄弟姊妹，他们的后人也许还生活在延边。

曾武鹏告诉记者，自己退休后一直多方打听寻找父亲家乡的亲人，也曾通过网络寻人，但一直没有消息。"父母结婚后3年，父亲就殉国了，远隔千里的祖父一家可能不知道父亲还留下了一儿一女，所以我们想通过贵报发出寻亲信息，让亲人们知道还有我们兄妹两人是武家的血脉。"

72岁的曾武鹏老人退休前曾是湖北咸宁市永安中学的一名教师，她的兄长曾武斌退休前曾是武汉江汉大学副教授，几年前因病瘫痪。"随着年龄的增长，我们寻亲的想法越来越强烈。我常常在梦中回到生养父亲的故土，在那里与亲人相聚。亲人啊，你们在哪里？"

原载于2011年2月16日的《延边日报》。

[系列报道之二]
抗日英烈武振华的儿女找到家乡亲人

七十年往事重现

2月16日，本报刊登了抗日英烈武振华女儿曾武鹏女士寻找家乡亲人的消息。当日下午4时许，寻亲事件有了回音。记者接到一位崔女士的电话，她称自己81岁的母亲武嘉琳是武振华烈士的外甥女，是曾武鹏女士的亲表姐。

开明乡绅养育英烈

武嘉琳老人最初听到亲人的消息时泣不成声,因激动而血压骤升。到医院住了一段时间后才稳定了情绪。3月3日,记者到和龙市拜访了武嘉琳。她握着记者的手,连连感谢延边日报帮她找到了亲人。"没想到,在有生之年能找到舅舅的一双儿女,这是我几十年来梦寐以求的事啊。我可以告慰母亲和外婆的在天之灵了。"

武嘉琳的外公即烈士武振华的父亲武卓尘,是当年和龙县头道沟镇富甲一方的开明绅士。他育有两子一女,大舅武振凯,母亲武焕芝,二舅武振华。

武卓尘是一个十分开明的绅士,他建学堂、开药房,济世救民。1909年,和龙头道小学(前身是头道沟官立初等小学堂)创办时,武卓尘倾力相助,捐献校舍。长子武振凯在日本早稻田大学毕业。武卓尘后来又派他去日本学习电力知识,并从日本运回了延边第一套电力设备,在龙井建起了延边首家电业公司。

当时中国正处于危难时期,年仅17岁的武振华受进步思想的影响,立志报效国家。在武嘉琳出生的前两年,武振华不肯接受父亲的安排继承家业,做太平绅士,毅然离家出走到天津追求理想、读书报国去了。

远赴南京甥舅相逢

武振华离开家不久,武嘉琳的父亲卜允新也悄然离家,那时她才刚满9个月。许多年后,武家人才得知武振华在杭州笕桥中央航空学校求学。

1935年,年仅5岁的武嘉琳随母亲武焕芝到南京寻找父亲卜允新和二舅武振华。母女俩在南京寻找了40多天,终于找到了武振华。武振华告诉姐姐不要刊登广告寻找姐夫卜允新,因为卜允新是中共地下党。这一次见面,给武嘉琳留下了深刻的印象,舅舅武振华的英姿也永远留在了她的脑海里。

武嘉琳母女返回延边不久,家中遭受接二连三的变故。1939年,武嘉琳的大舅武振凯因筹建电厂时劳累过度病故,辞世时才33岁。大舅的早亡给外公武卓尘带来了巨大的打击。1942年前后,外公武卓尘因电厂问题与日本人发生冲突,后遭暗算肩部遭枪击重伤,不到半年也去世了。

1944年，武家接到来自北京南苑航空学校的电报，电报说武振华以身殉国，请家人到北京领取抚恤金。当时外公武卓尘和大舅武振凯已经辞世，家中只剩下60多岁的外婆和母亲。母亲不敢把这个噩耗告诉年迈多病的外婆，也无法去北京领取抚恤金。

亲人相认告慰先人

武嘉琳的母亲武焕芝16岁时考入吉林师范学院，毕业后，在和龙头道小学任音乐教师，是和龙市首个女教师。外公病故后，母亲为照顾外婆和女儿离开学校。因自己的父亲和二舅离家后，家里受到伪满政府的严密监视，往来信件被严格审查，一家三口战战兢兢，度日如年。新中国成立后，母亲武焕芝成为扫盲夜校的一名教师。武嘉琳从延吉女子高等学校毕业后回到和龙县，在头道小学任教。后来她的几个女儿也和她一样从事教育工作。1994年，武嘉琳家被评为"吉林省三代优秀教育世家"。

几十年来，武嘉琳总是听母亲叨念二舅武振华，惦记着寻找弟弟的后人，直到临终时还念念不忘。从20世纪90年代开始，武嘉琳和儿女们开始寻找武振华的后人。"这么多年来，我们一直在寻找二舅的后人，却始终没有结果。看到贵报刊发的新闻后，立即跟曾武鹏通了电话，确认了我们是亲人。"武嘉琳对记者说，有了表妹曾武鹏的消息后，她连夜打电话告诉了武家的亲属。北京、天津、青岛、辽宁等地的武氏亲属在网上查看到延边日报电子版，纷纷给曾武鹏打电话询问他们兄妹的情况。"我们准备今年春天在延边相聚，想让烈士的英灵回家乡。武振华的儿子曾武斌也想把保留至今的烈士遗物捐赠给延边烈士纪念馆。"武嘉琳老人在结束采访时感慨地说："我要再一次感谢延边日报，在有生之年帮我找到二舅的后人，完成了母亲和外婆的遗愿。"

原载于2011年3月15日的《延边日报》。

通讯、调查篇

三年时间整理民间传说 160 篇并撰写 14 万字

"白云"坐在家里写故事

"老伴儿经常问我，'白云'，你的大作啥时问世？我说，快了，还差 10 万字就'搞掂'了。"捧着三摞厚厚的手稿，"白云"的眼里充满了笑意，3 年间她这个业余"作家"坐在家里写下了洋洋洒洒 14 万字的作品。

写故事的"白云"名叫王淑云，今年 55 岁，家住延吉市小营镇民主村二队。2008 年 4 月，王淑云决定将记忆里的那些老故事整理记录下来，没想到一发不可收拾，一写就写了 3 年。在王淑云的手稿中，记者看到了短小精悍的民间传说和富有哲理的寓言故事。它们或是曲折动人，或是富含哲理，或是惊险离奇。记者翻阅手稿时，看到了一篇名为《三丫和汤占臣》的短文，讲述了贫苦佃户三丫与大地主汤占臣斗智斗勇的故事。不到 1200 字的短文细腻地描绘了三丫的勇敢和地主的狡猾，故事的结局是地主杀害了三丫，但也没能逃脱人民的审判。

王淑云撰写的故事主要分三类：一类是民间传说。主要记录解放前发生的故事，如长工和地主斗智斗勇、红军长征的艰辛、日本侵略者的暴虐及乡野山村发生的奇人趣事。一类是寓言小品。主要是通过动物、植物间的故事及对话讽喻现实。还有一类接近于谜面似的短篇，让读者去品去揣摩猜想。王淑云说，这些故事大都是儿时听身边的人讲述的，后来慢慢地上了瘾，平时出门只要听到别人说起奇闻怪事、感人的事，她就凑过去倾听，然后记在脑子里。王淑云说，自己记别的东西不行，但对故事特别有感觉，只要听一遍，多少年都不会忘。

王淑云出生在吉林省白城市，19 岁时随父母、兄长到黑龙江省大兴安岭林区安家，在一所民办小学当教师。任教十余年，她常会有写作的冲动，闲暇时也会给学生们讲故事，启发他们热爱文学。后来，王淑云一家搬到大兴安岭加格达奇的一家煤矿。那时的她既要教育学生，还要照顾老人，抚养孩子，想静下心来写作根本不可能。2003 年，王淑云退休了。退休后的第一件事，就是选择自己喜欢的生活。她说服了丈夫李智义,一起来到延边,在这块美丽的土地上安了家。

王淑云和丈夫都是开朗、率真的人。老两口平时打点零工,日子过得有滋有味。越过越舒心的王淑云,决定拾起旧时的写作梦。看到妻子整天坐在家里忙着写故事,李智义就经常打趣她,还给她起了个笔名叫"白云"。王淑云不服气地对丈夫说,别小瞧我,没准就真整出点儿动静给你看!

王淑云是这么说的,也是这么做的。3年间,她共整理民间传说160篇,撰写了14万字。王淑云对记者说,到延边这段时间,是她一生中最开心的日子。美丽的城市、热情的居民,让她实现了自己青春时期的梦想。

原载于2011年4月20日的《延边日报》。

春到"安阳"

4月25日,记者来到延吉市进学街道党工委书记办公室,在这里看到一张街道社会管理创新的规划图表,上面列举了"三站统管""网格化管理""精细化管理"等诸多管理创新举措。唐剑峰说,社会管理的基础在社区,社区是社会管理的最小单元,只有社区管理好,才有社会管理好。

记者了解到,延吉市进学街道现有13个社区,目前正在根据各自的地域及人群特点酝酿社会管理创新模式,其中步伐迈得最大的是街道社会管理创新试点社区——安阳社区。

"三站统管"为百姓建立温馨驿站

走进安阳社区民生大厅,最先看到的是群众评价栏,来办事的居民可以在群众评价栏里写上对社区工作人员的评价。一排排代表满意的生动笑脸,映衬着社区管理的一项项实绩。

作为全国社会管理创新试点城市，延吉市从今年3月开始，启动"三站统管"工作模式。要求全市各社区设立社会管理服务站，其下分设信访代理站、民生服务站和群众工作站。通过"三站统管"，解决发生在基层的社会矛盾。

安阳社区党总支书记历光辉告诉记者，3月29日，安阳社区启动了"三站统管"工作模式，使群众接待工作的职责更明确、流程更清晰，便于第一时间发现问题，解决问题。从4月9日的工作日志上，记者看到，有居民到民生服务站投诉延吉市批发市场北门长期堆放菜叶等生活垃圾，影响出行。为解决好群众投诉的问题，信访代理站、民生服务站和群众工作站联合办公，协调门市房业主，同时发动150名社区志愿者彻底清理了垃圾杂物。

信访代理站的负责人张迎秋对记者说："居民只要走进社区的民生大厅，就能对办事程序一目了然，知道该找哪个部门解决问题。居民把我们这里称作'温馨驿站'。"

"网格化"将矛盾纠纷消灭在萌芽

刘艳玲是安阳社区副主任，同时也是安阳社区三号网格的管理员。每周，她至少拿出两天时间与协管员徐翠莲在自己的"一亩三分地"来回巡查，挨家挨户地上门采集信息，及时发现隐患。

"网格化"管理是延吉市进学街道去年推出的社会管理创新方式之一。社区通过包网包责的方式，明确责任主体，形成一个从发现问题、处理问题、解决问题到长效管理的工作链条。今年以来，安阳社区在原有"网格化"基础上，提出"3加2工作法"（即管理员在社区办公3天，下社区巡视2天），对"网格化"管理进行了升级。

安阳社区目前分成5个网格，每个网格都配备一名管理员、协管员，负责信访维稳、社会治安、安全生产、计划生育及流动人口和出租屋管理。管理员、协管员分别由社区副主任和工作人员担任，实行"一岗双责"。刘艳玲告诉记者，4月7日，她与协管员徐翠莲在天明花苑入户走访时，接到居民举报该小区物业清运垃圾不尽职责。当时天明小区的居民群情激愤，拒绝交纳物业管理费，并要求更换物业公司。考虑到这件事涉及100多户居民利益，刘艳玲详细取证后向社区书记作了汇报。社区将天明物业公司负责人和小区业主代表召集到一起，协商解决办法。经过反复沟通，物业公司最终同意下调管理费标准，并承诺立即清运小区垃圾，居民们也同意缴纳物业管理费。"不和谐因素就像导火索，'网格化'管理要求管理员和协管员能将部分矛盾纠纷化解在萌芽状态。"历光辉说。

"精细管理"更到位服务更亲民

记者在安阳社区民生大厅采访时发现：整整一个上午，也没见着什么人来反映意见。值班人员解释说，"这是因为社区网站上设有QQ留言箱，很多信访投诉都通过电脑网络传输，因此大厅接待现场投诉自然很少了。"

记者登录了安阳社区网站，看到QQ留言箱中果然有大量信息："市里投资把小街小巷整修硬化了，群众都很高兴，建议增加清洁工，保证街巷卫生。""XX小区一单元有户居民养狼狗，严重扰民，望社区人员协调。""建议在XX家属楼入口处修建一个斜坡，方便汽车出入。"……很多居民的QQ留言后，都附有答复或解决问题的反馈信息。

从去年开始，安阳社区建起了自己的网站，运用数字化、精细化管理模式，进一步创新基层社会管理方式。网站成立后，网络管理员在网页显著位置上设置了社区QQ留言箱，方便接受群众投诉。管理人员每天将采集到的信息和投诉分门别类，通过网络上传给相对应的部门加以解决。今年第一季度，安阳社区化解了QQ留言箱中的十余件投诉，从发现问题苗头到解决，基本在3天之内完成，信息化手段作用显著。

除了社区网站和QQ留言箱，"民生110志愿者服务队"也是安阳精细化管理的方式之一。今年2月，丹阳16组81岁的老党员初万玉向社区反映家中取暖不好。了解到这一情况后，社区立即组织"110志愿者服务队"到初万玉家，为老人在窗户上加钉了塑料布，提高了室内的温度。服务队队员徐焕云还主动登门，为老人做饭、清扫，照顾他的日常生活。

"精细化管理"使安阳社区的服务真正开展到每一个家庭、每一位居民身上，形成了独具特色的"安阳模式"。历光辉对记者说："安阳社区社会管理工作的创新，只是进学街道社会管理工作的一个音符。我们要做的就是让这个小小的音符在整个社会和谐的乐章中完成它的使命，为居民更好地服务。"

原载于 2011 年 4 月 27 日的《延边日报》。

史传梅车祸后的故事

7 月 6 日，对于史传梅来说是个特殊的日子。这一天她坐着轮椅在父母的陪同下来到和龙市法院，进行离婚诉讼。想到两年来身心遭受的痛苦，想到即将解体的婚姻，她的心一片冰凉……

车祸击碎了青春的梦想

从小到大，史传梅都是全家人的骄傲，虽然家境贫困，但父母还是竭尽全力将她供到了大学。从延边大学毕业后，她先是在和龙市松下坪镇中学当了一名教师。日子过得平静安逸，但要强的史传梅却一直向往着更广阔的天空。经过一番备战，她以总分第一名的成绩考取了和龙市某局出纳员的岗位。2008 年，史传梅与男友高某结婚，组成了一个美满的小家庭。

正当这个 28 岁的女孩享受幸福美满的生活时，一场突如其来的车祸改变了史传梅的人生。2009 年 9 月 23 日中午，她到银行为单位存款后，在路上遇到了原来的一位同事。见史传梅还没有吃饭，同事就约她乘车去吃午饭。她没有多想，坐上了同事开的丰田轿车。当轿车沿老松线行驶至 227 公里左右时，迎面开来一辆解放重型自卸货车。货车转弯占道，却没有让直行的丰田轿车先行，丰田轿车刹车不及冲向了货车。坐在副驾驶后侧的史传梅只感觉眼前一黑，失去了知觉。

车祸发生后，史传梅先是被送到和龙市医院，随后又转到延边医院。在重症监护室里躺了整整 4 天后，史传梅才恢复意识，然而等待她的却是一个残酷的"判决"：胸外伤、双侧血气胸、双肺挫伤、左侧两根肋骨骨折、T12 压缩性骨折伴截瘫、L2 左横突骨折、左股骨干骨折、脊椎损伤……史传梅虽然读不懂这么多医学术语，可她明白一件事：自己从一个充满青春活力的人变成了可能永远瘫痪在床的残疾人。

铁门阻断了夫妻的情分

在延吉住院的 3 个月中，史传梅每天都要忍受着巨大的煎熬。车祸后她一直胸痛、呼吸困难、左下肢疼痛，后来又增添了神经源性膀胱炎等病症。更让史传梅难过的是，随着时间的推移，丈夫及婆家对她的态度开始发生变化。住院一个多月后，他们就不再来探视她。丈夫偶尔打来电话，总推说工作忙没时间过来照看。史传梅开始恐慌：如果自己真的瘫痪了，刚刚建立起来的家庭怎么办？丈夫才 30 岁，正是大好的青春年华，难道要他陪自己一起煎熬吗？

当年 12 月 14 日，史传梅结束了第一阶段的治疗返家休养。出院前，她给丈夫打了一个电话，丈夫说工作忙不能来接她。史传梅没有说什么，在父母的帮助下坐上了返家的 120 救护车。结婚刚刚一年，她非常热爱自己的家，房中的每一件家具、每一个物件都是她亲手布置的。史传梅意想不到的是，回到了家，手中的钥匙却打不开自家的房门！给丈夫打电话却一直无法接通。史传梅与父母不知如何是好，只好待在冰冷的楼道里等候丈夫回家。这一等竟然等了 9 个小时，直到晚上 8 时左右，史传梅才等回了晚归的丈夫。丈夫称房锁更换了，自己没有家门的钥匙。那么是谁住在自己家里呢？在史传梅的追问下，丈夫才说自打她住院后，公婆就搬过来了，现在老人住在家里。既然家里有人，为什么任由病人躺在寒冷的走廊上近 9 个小时不让进门呢？那一刻，史传梅的心凉透了。

官司拖垮了未来的希望

史传梅最终没能再回到自己温馨的家。无奈之下，她和双亲只好另租房屋暂住。

　　虽然身心俱伤，但史传梅没有垮下来，她对自己的未来还抱有一线希望。根据和龙市公安局交通警察大队的交通事故认定书，车祸是因对方大货车司机"驾驶机动车行经交叉路口处左转弯时疏忽大意，未让直行车辆先行"造成的；而驾车的同事"经闪烁黄灯的交叉路时未确认安全，未保持安全车速、车速快"是造成事故的次要原因，史传梅本人无任何责任。2009年11月，史传梅将肇事司机、车辆所有人及相关责任人起诉至法院。

　　史传梅想，只要能够获得赔偿，凑足钱到北京做干细胞移植，自己就有康复的希望，最起码生活能够自理，不再拖累年迈多病的双亲。今年3月21日，和龙市人民法院依法判决被告高某（肇事车辆所有人）赔偿史传梅523861.78元，其他相关责任人赔偿240801.63元。拿到法院判决书，史传梅松了一口气。一年多来，她的治疗费已高达16.65万元，除了所在单位借支的7万余元，大都是东挪西借的，然而事情并没有像史传梅期望的那样顺利。判决书下达3个月后，肇事车主高某依然不予赔偿。5月25日，史传梅因盆腔感染再次入院治疗，手术费需要六七千元，而此时史家已经是山穷水尽再也拿不出治疗费了。父母都没有工作，除了史传梅原单位每月给其开工资外，家中没有任何收入。除住院治疗外，史传梅每月的医药费、护理用品费至少需要2000元，家中早已入不敷出。她多次打电话给肇事司机高某，但对方一直拖延，直到手术前才拿出2000元给她。

　　史传梅的母亲对记者说："女儿出事后我们家的天就塌了，她现在瘫痪在床动弹不了，离不了人，外面还欠着十几万元的债，我们老两口现在连死都不敢啊！"

　　原载于2011年7月15日的《延边日报》。

他是一个普通的打工者，为生计四处奔波，他又是一个诗人，期待有一天"海潮涌起"，在理想与现实的纠结中，他对人生有了新的理解——

平民诗人的劳碌人生

7月19日，在延吉市公园小学警卫室内，记者见到了正在值班的李长魁。正值暑假，校园内很清静，李长魁桌案上的《世界名诗选集》展开着，真是应了那句话"手不释卷"。李长魁对记者说："我是一名保安，虽然从事的是与诗歌毫不沾边的职业，但在我心里，诗歌永远都是最重要的。"

15年间，李长魁创作了200余首诗歌，有10余篇作品在省、州原创大赛中获奖。今年6月，他的诗集《海潮涌起》出版，为这位平民诗人的劳碌人生增添了一抹绚丽的光彩。

沉迷诗书不理俗事

1986年，19岁的李长魁从延边商业职业学校毕业后，成为延吉百货大楼的一名售货员，由于勤快肯干，他很快就成了部门的业务骨干。就在这时，李长魁开始迷恋上了诗歌文学。此后的3年多时间里，他每天下班后都泡在图书馆里看书。刚开始时读一些诗歌散文，渐渐地他开始涉猎一些大部头的诗歌等文学作品。图书馆中的一些书籍，像《诺贝尔文学奖》《鲁迅全集》等李长魁都是第一位读者。当同事、朋友及同龄人沉浸在喧嚣浮躁中时，他却沐浴在书香里，过得有滋有味。

1995年，李长魁结婚了。妻子是原延吉纺织厂工人，文静淳朴，婚后主动承担了所有家务，使他有更多的时间读书、写诗。也是从那个时候开始，李长魁的心中有了一个美丽的梦想——有朝一日要出一本诗集，写满自己心中的诗。

夫妻俩工资都不高，儿子出生后，家中生活捉襟见肘。李长魁虽然沉溺在惟妙惟肖的诗歌中无法自拔，但再美的诗歌也填不饱肚子，何况还有一个嗷嗷待哺的孩子，不理"俗事"的他不得不为生活奔忙了。

窘困生活矛盾人生

结婚第三年，妻子所在的企业破产了。李长魁辞去国营企业营业员的工作，干起了白酒推销员，每天起早贪黑地四处奔波。即便如此，只要有空闲，他就拿出诗集坐在一边安静地看，酝酿着自己心中的诗句。推销员的生活很辛苦，为了养家，李长魁咬着牙干了6年。有了一些积蓄后，他和妻子在家门口开了一家小超市，虽然从早忙到晚，但超市经营得始终不景气，勉强维持了两年，就关门歇业了。

超市干"黄"了，李长魁和妻子都非常懊丧，尤其是妻子特别失落。她开始四处奔波找工作，但总是不如意。那段时间，李长魁夫妻俩经常吵架，妻子埋怨他不会养家，就知道整天写那些"没有用的诗"。每次吵架后，李长魁都非常痛苦，看着妻子伤心的眼神、儿子吓呆的模样，他从心底里自责，怪自己没有承担起做丈夫的责任。

抬头直面海潮涌起

为了还债，李长魁带着妻儿回到父母家居住，把房子用来出租。他和妻子四处打工，拼命赚钱。不管每天多么忙碌、多么疲惫，他都会在夜深人静时，伏在书桌旁写诗。生活虽然暗淡，但李长魁心中的那团火依然在燃烧，梦想依然清晰，而且比任何时候都强烈。

就在李长魁辛苦打拼的时候，父亲患上了重病。作为家中唯一的男人，肩上的担子更重了。为了白天能照料父亲，他找了一份夜间"打更"的工作。这是李长魁生活中最难熬的4年，也是创作最丰富的4年。他写下了《值班的更夫》《雪没有融化》《夜雨》等120多首诗歌。

他在《我的自白》中写道："虽然被世俗的价值观淹没，但我出头的日子已经悄悄来临，因为，这每一首诗，就是一束熊熊的火，它能给世间带来温暖和热度……"

2011年，李长魁迎来了生命中的春天。他的诗集《海潮涌起》正式出版了。诗集中收录了近200首诗作，记录了他10多年来的奋斗与辛酸。李长魁对记者说："虽然生存依旧艰难,被挤压、被贬低,甚至被羞辱,但我仍然高傲地歌唱。是诗,让我从痛苦中解脱,是对人生的梦想,让我获得重生。"

原载于 2011 年 7 月 29 日的《延边日报》。

金秋百草香

九月的百草沟村,呈现出一幅美丽的画卷——稻菽千重浪,遍地五谷香。9 月 17 日,记者来到汪清县百草沟镇百草沟村,感受这里的新农村建设成果。

走在整洁的村道上,映入眼帘的是一行行绿中见黄的柳树。路两旁矗立着崭新的路灯,花坛里盛开着五颜六色的鲜花。村文化广场正对面是村部,一排被粉刷成嫩黄色的平房,如普通的民居。记者推开房门,看到的是典型的朝鲜族大炕,门旁是灶台、柜橱,日用家具一应俱全。百草沟村党支部书记洪淳道告诉记者,这四间正房是村里的老年活动室,村委会办公室在西侧的厢房。

"风光"的老年协会

村部中面积最大、设施最好的房间是老年活动室。面对记者的疑问,洪书记解释说,目前百草沟村留守的村民有 85% 以上是 60 岁以上的老人。村里组建了 4 个老年协会分会,每个分会都有 40 多名会员。平时大家都到位于村部的老年活动室参加活动。村干部讨论后决定,将村部里最好的几个房间留给老人。

在百草沟村老年协会第二分会,记者看到了许多在文体活动中获得的奖牌、奖杯。老年协会分会长崔国峰指着一个奖牌对记者说,这是前几天在全镇柔力球比赛中获得的第一名奖牌。在此之前，村里的象帽队、门球队多次在镇里、县里举办的比赛中获得大奖。"可别小瞧我们这些老人，实力强着呢！不仅出去比赛，端午节、'七一'、'九三'这些节日，我们都会给村民表演节目，大家一起开心。"

与其他村屯不同，百草沟村的老年协会不仅是老人们休闲娱乐的组织，也是他们参政议政的阵地。村里有个大事小情，都要找老人们商量。

2009年，村里打算种植树木、修建花坛。村委会在作决策前先召集老年协会的会员，一起商讨这件事。老人们提出了很多有益的建议，包括选什么树、种什么花，结果全村人都非常拥护这项工程。去年，村里修广场、建蔬菜大棚、盖猪舍等工程都是事先和老年协会会员一起商讨，然后征集村民的意见。老人们主动献计献策，积极参与新农村建设。

记者在老年协会的书柜中，看到很多报刊书籍及一摞厚厚的学习笔记。崔国峰对记者说："我们每月要组织会员学习两次，主要是学习中央的各项精神。不学就跟不上形势，人老了心不能老，我们村里的好多事还要等我们做主呢！"

温情的留守儿童之家

在村文化广场，记者看到十二三个孩子在开心地玩耍。这时村妇女主任全京子喊了一声，孩子们该学习了！大家立刻跑进一间挂着"吉林省留守儿童之家"牌匾的房间。

记者也跟随孩子们走进房间，发现里面布置得非常温馨。雪白的墙壁上绘着各种可爱的卡通图案，绿色的书桌、书柜，还有一张乒乓球桌和一台崭新的电脑。孩子们围坐在一起，安静地学习，每个人手里都有一部学习机。"这就是我们村的留守儿童之家，孩子们午休和放学期间都可以来，我是他们的监护人。"全京子对记者说。

百草沟村的"留守儿童之家"是今年8月19日正式成立的，目前共有25名留守儿童。省妇联为"留守儿童之家"配备了电脑、学习机、乒乓球桌、排球网和儿童生活必需品，村里派专人照顾孩子们。记者看到，与老年协会一样，

"留守儿童之家"也配上了灶台和厨具，孩子们可以在这里吃住。

记者环顾四周，被书柜旁一个精巧的信箱吸引住了。打开信箱门，里面是一摞精美的信封。记者拆开一个淡蓝色的小信封，看到了一张印有卡通图案的信笺，上面写着："我在'留守儿童之家'找到了快乐和幸福，这里就是我的家，全妈妈就是我的亲妈妈。"署名是沈银玉。

全京子指着桌边一个穿裙子的女孩对记者说，她就是沈银玉。这是一个非常漂亮的朝鲜族女孩，一双又黑又大的眼睛忽闪着，红红的小嘴轻抿，透着与年龄不太相符的成熟。等孩子们写完作业再次到室外玩耍时，全京子对记者说起了沈银玉。"她是个孤儿，父母都病逝了，和5岁的弟弟跟爷爷、奶奶一起生活。爷爷还有一个残疾兄弟，一家五口人靠着政府低保和村里的补贴过日子。这孩子特别懂事，可知道照顾弟弟了。"通过全京子的介绍，记者了解到，百草沟村的"留守儿童之家"中，除了4名孤儿外，其余都是单亲家庭的孩子。"我们竭尽所能关爱、关心这些孩子们，努力弥补他们在家庭生活中的缺失。"

身肩重担的村干部

记者采访当天，百草沟村进驻了一支施工队，为村里修建排水沟。这是今年村里的几项重大工程之一。洪淳道告诉记者，村里已向上级部门申请了建设资金，准备再筹建两个垃圾处理点。

近年来，百草沟村加快了新农村建设步伐。一方面向上级部门争取建设资金，一方面通过村民自筹，对村内一批基础设施进行了改造：修建了文化广场，盖了7座1000平方米的蔬菜大棚和一座800平方米的猪舍。去年，百草沟村在县林业局的资助下，对文化广场进行了扩建。

"洪书记不仅是村民的主心骨，他还自掏腰包为村民们干实事。"村民尹明子拉着记者的手，如数家珍地道出洪书记为村民们出钱、出力的事。2007年当选村主任以前，洪淳道曾是村里的富裕户，帮村民做了不少好事。他出资为村里修了3000多米村路、2500米排水沟，安装了39盏路灯，资助老年协会，为贫困村民赠送种子、化肥，长年资助村里50多名贫困老人，资助村民沈基浩的两个孩子上学，帮村民吴学哲偿还 3000 多元银行债务……

今年 54 岁的全京子是村里的妇女主任。5 年前，她放弃在镇上当幼儿园教师的机会，跟随丈夫到百草沟村安家。去年，全京子被村民选为妇女主任，兼任老年协会分会长，成为村委会中最年轻的干部。她主管"留守儿童之家"，还负责村里的妇女工作和文体活动。"我愿意帮村民干点事，给村里的老人当女儿，给留守的孩子当妈妈。"

考虑到村部面积小，老年协会没有足够活动场所，在村民的支持下，村两委班子开始筹建新村部，原有的村部作为老年协会的活动场所。"村里计划加大农业投入，统一购进收割机、插秧机，再建一个配套的农机库房，加快全村农业现代化建设步伐。"洪淳道向记者道出他的"宏伟规划"。

夕阳西下，炊烟升起。带着采访的余兴，记者离开了百草沟村。车窗外飘进一阵阵稻谷的清香，脑海里再次浮现出百草沟村民那充满幸福的微笑，耳边响起孩子们欢快的歌声。

原载于 2011 年 9 月 26 日的《延边日报》。

破解交通拥堵需大力发展公共交通

9 月 25 日上午 10 时，出租车司机赵军从延边州行政中心出发开往延边白山大厦，在延边大学、公园小学、人民公园及迎宾桥附近遭遇四次堵车。"延吉的交通拥堵是越来越严重了，平时上下班期间堵车还能理解，没想到连周末也堵得这么厉害，半个多小时仅拉了一位客人，干着急没办法。"

记者调查发现，延吉市大街小巷出现车队拥堵现象早已不是新鲜事了。特别是近几年来，市区内的交通拥堵在时间与空间上呈现蔓延趋势，拥挤程度不断加剧。城市的发展、机动车拥有量的递增，使延吉这个仅40多万人口的小城提早迎来交通拥堵。

为什么道路越扩充越堵车

20世纪50年代初，延吉市仅有贯穿市中心区域的8条棋盘状道路网，大部分道路是土路。改革开放以后，先后新建、改扩建150多条街路，道路长度超过20公里，面积350万平方米。特别是2007年以来，延吉市对人民路、解放东路等主要街路改扩建，进行了一系列相关配套工程建设。日益扩展的道路比不上机动车快速增长的速度。截至目前，延吉市已经注册的各类机动车99845辆，同时私家车以每日30辆的速度增长。与5年前相比，延吉市民人均道路面积大幅"缩水"，仅为8.35平方米，这就难免陷入"拥堵——修路——再拥堵"的怪圈。

私家车的增多只是造成道路拥堵的一个原因，城市道路规划、区域规划、公共交通规划不合理，交通管理手段的滞后，驾车人、行人的不文明交通行为……都是堵车的"罪魁祸首"。另外，城市配套设施落后，如停车场等设施没有得到及时完善，也导致了乱停乱放现象的发生。资料显示，目前延吉市内公共停车位仅2488个，但机动车已接近10万辆。车多泊位少，造成主要街道、中心商场附近车满为患。一些车主随意占用街道泊车、停车，导致部分路段出现交通拥堵，也给市民带来了安全隐患。

道路要畅通公交要先行

那么，如何才能让城市的道路更畅通，市民出行更方便？

众所周知，公共交通是适用于所有人的出行方式。一个城市的公共交通滞后将导致个体交通即私家车的增长。小汽车是一种方便、快速、自主的交通方式，但在城市有限的空间和有限的道路资源条件下大量使用小汽车，交通拥堵不可避免。

9月15日、16日，州政协开展了城市交通管理提案督办视察活动。通过实地考察，专家学者及市民代表提出，要想解决交通拥堵问题，最根本的办法是大力发展公共交通。根据规划，我州在2015年将基本确立公共交通在城市交通系统中的主体地位，公共交通出行分担率达到 15%以上，到 2020 年，则全面优化城市公共交通系统，公共交通的出行分担率将达到 30%以上。

据了解，延吉市公共汽车有限公司小型公共汽车更换大中型公交客车的工作已经进入倒计时，预计今年底结束。大中型公交车全线上线后，将配套 GPS 监控系统、IC 卡、无人售票系统及智能调度等高科技设备。届时，大中型公共汽车数量将达到 720 辆。

市民自制公交线路图并提供缓解堵车方案

记者从相关部门了解到，延吉市公交车辆目前处于饱和状态。但一些市民对公交线路设置、班次间隔时间及公交站点数量等提出异议。

今年 4 月，延吉市民吕香顺将自制的公交线路图寄给延边电台百姓热线栏目组，请其代为转交相关部门。吕香顺在信中写道："看到外地城市交通拥堵给政府、百姓带来诸多烦恼，我想建议政府及相关部门防患于未然，及早采取措施调整公共交通线路。"

为制作这份公交线路图，吕香顺花了近两个月时间，收集了 45 条公交线路的资料。她认为，目前延吉市内的公交线路中 Z 型线路、穿小巷的线路太多，表面上看好像覆盖面广，但耗时、耗油，对乘客及运营企业都不利。吕香顺建议以延边医院、西市场、延吉百货大楼为中心，以火车站、延吉机场为重点辐射全市，同时将以物流为终点站的线路延伸至延吉机场。并建议各站间距离均衡，往返站点相对应，公交车要靠边停车等。

5 月末，在延吉市政府的牵头下，延吉市公共汽车有限公司、延吉市交通运管部门及吕香顺会面，共同探讨延吉市公交线路的规划问题。延吉市公共汽车有限公司负责人郑明植表示，该公司将在彻底更换新型公交车后，召集各方进行听证，对不合理的公交线路进行重新修订，以方便市民出行。

城市交通拥堵并非"不治之症"，改善公共交通换乘条件，完善公共交通工具线路和站点规划，都是缓解城区交通拥堵的良方。

原载于 2011 年 9 月 28 日的《延边日报》。

如何破解老旧小区物管难题

近年来,我州加大对老旧小区的改造力度,让部分小区旧貌换新颜,然而,老旧小区改造之后,其物业服务仍相对欠缺,物业公司却不愿意接手老旧小区,居民迫切希望改善物业服务。

老旧小区没有当家人

12月12日一大早,家住延吉市建工街道明珠小区居民林爱姬就起床了。她今天需要收齐全楼居民的维修费,雇人把小区内的马葫芦修好。马葫芦是一周前堵塞的,由于没有物业管理,收钱维修的事便落在几名退休老人身上。"辛苦不怕,怕的是挨累也干不好。"为了收取维修费,63岁的林爱姬已经整整忙了4天了,挨家挨户上门收钱。不是敲不开门找不到人,就是遇到房子出租,租户与房主扯皮不肯交费。林爱姬感叹道:"要是小区有物业管理就好了!"

其实在我州有很多类似的老旧小区:这些小区多建于20世纪90年代前后,普遍存在下水管网不合理、安全措施不到位、垃圾成堆等问题。在延吉市友谊路附近的一个老旧小区,记者注意到,虽然居民楼旁边设有垃圾箱,但在小区的路边、楼道口等很多地方都堆有垃圾。"夏天的时候更糟糕。"小区居民张波说,由于没有物业管理,楼道内总是脏乱不堪,小区内还时有偷盗事件发生。一些居民曾提议找一个物业公司来管理,但由于各种原因,物业公司始终没有介入。

除了上述问题,停车难也是这些老旧小区的矛盾集中点。老旧小区在建设之初,并没有规划固定的车位,随着车辆越来越多,开始慢慢占据小区的公共空间。再加上很多老旧小区是敞开式的,外来车辆也将小区当成停车场,居民出行受到极大影响。老旧小区长期没有物业管理,居民被漏水、断水及"垃圾围城"等问题困扰,容易产生没有人当家、被抛弃的感觉。

老旧小区管理难的症结所在

记者在采访中了解到,目前我州有老旧小区1000多个,其物业管理覆盖率不足30%，这些小区已成为物业管理中的最大难点。

物业入驻小区最大的难点是小区居民不愿交纳物业费，由于很多老旧小区是旧房改造或者是原有单位的福利房，小区居民并没有交纳物业服务费的习惯。延吉市目前的物业管理小区服务收费每月每平方米0.30—0.60元。但对于老旧小区居民来说，如果聘请物业公司，让他们每户每月交几十元的物业费，大都不愿意。家住河南街道白金社区的居民纪伟对记者说，这老房子住了十六七年，从没交过物业费，如今每年多支出几百元钱物业费很不习惯。

大多物业公司也不愿意进入这样的小区，通常以收费难、维修成本高、利润低为由，拒绝接收。延吉市某物业公司负责人就向记者坦言，除了收费收不齐，老旧小区很多历史遗留问题也是物业不愿进入的主要原因。比如说，新建小区多为合围式，只需设置一到两个门岗就行，而老旧小区比较分散，需要增加人员，这笔开支难以承担。另外，老旧小区房屋陈旧、公用设施老化，加之没有专项维修资金，整体布局缺乏规划，无法实行封闭、半封闭管理。另外，房屋产权管理复杂，居民收入偏低，交物业费难等因素，也是这些小区难以享受物业服务的原因。

"逼"出来的自治管理思路

那么，如何破解老旧小区物业管理难题呢？在一片叫"难"声中，记者也发现了一些令人欣喜的成功典型。延吉市北山街道丹岭社区苹果院小区就是其中之一。苹果院小区是20世纪90年代末建成的，十几年来物业管理时断时续。小区内车辆乱停乱放，杂物堆积，垃圾遍地。今年3月，在小区居民崔斗铉、李奎勋等人提议下，成立了由多名居民组成的小区管理"自营会"，成员大都是65岁以上的老党员。委员们运走了小区内的垃圾，清理了楼道内的小广告，疏导了下水道，粉刷了墙壁，垫平了小广场，小区面貌焕然一新。居民每年只需缴纳少量的管理费，就可以享受到良好的生活环境。

为了解决老旧小区存在的弃管和无物业管理问题，我州各级政府也在不断探索解决途径。以延吉市为例，近年来各街道社区都在尝试各种形式的自助管理模式。延吉市雅馨小区、土地小区、名都小区先后创建了社区管委会、业主委员会（议事委员会）等自助管理模式，并初见成效。去年以来，延吉市政府启动了老旧住宅区改造工程，筹资22.7万元对8栋遭到破坏、涉及公共安全的楼房进行了维修，436户居民直接受益。

尽管居民自主管理物业确实有一些优势，但要长久发展仍有不少困难。业内人士认为，老旧小区实行物业自治虽好，但由此带来的物业管理服务收费依据、范围和物业服务标准尚未规范，不是所有小区都能效仿的。另外，这种模式到底能走多远仍是个未知数。

原载于2011年12月20日的《延边日报》。

他们离开家乡，来到陌生的城市打拼。他们不怕苦累，只是担心不被认同。他们期待——

他乡早日成故乡

不知您是否留意，在我们身边有这么一个"特殊"的群体：他们是这个城市的人民，却不是本市的市民，没有本市城市户口；他们的思想观念、职业理想、生活品位等都与本地人不相上下。有人形象地把他们称作"新市民"。

原籍河北省保定市的董艳仙就是"新市民"中的一员。2月13日，记者在延吉市进学街道党群办见到了她。刚刚从老家赶回来上班的董艳仙一脸的兴奋："还是回延边的感觉好，我现在已经把这里当成自己的家喽！"

2003年，董艳仙考入延边大学，在校就读的四年时间，深深地爱上了延边。毕业后，董艳仙留下来发展事业。两年前，她通过了公务员考试，成为延吉市进学街道的一名机关干部。"延边这片热土孕育了热情的人民，对于我们这些'新市民'，她敞开胸怀，提供平等的机会。"董艳仙对记者说。

据统计，我州大约有30多万流动人口，他们中的农村进城务工人员、城市下岗人员及兼职的异地在校大学生等被称为"新市民"。如今，他们已经成为城市建设的生力军，为城市的发展贡献着才智和汗水。近些年来，我州各级政府部门对新市民群体越来越重视，不仅把新市民面临的问题摆上重要的议事日程，为他们营造融入本土的良好环境，还积极探索从制度上保障新市民权益的新途径。

去年，延吉市出台流动人口子女就读新规定，凡父母及其子女均为农村户籍且在延吉市辖区内有固定住所，并办理房屋租赁合同，年满6周岁的适龄儿童可到指定学校就读。这一规定无疑是向外来务工人员的子女敞开了大门，提供了平等的受教育权利。除了教育，在医疗、保险方面，我州近年来也先后出台新政，为外来务工人员建立健康档案，对部分生活困难人员给予医疗优惠，并纳入城镇居民基本医疗保险体系，方便他们就医。

作为延吉市外来人员集聚区，延吉市进学街道一直在探索以社区为依托与政府互动管理的模式，让流动人口从被管理者的角色转变为社区管理参与者。通过尝试建立外来人员党支部、外来人员志愿团及自治机构，使他们积极参与社区治安、创卫、抢险等工作，成为社区文明建设的得力助手。

1985年12月，年仅15岁的曹国英跟着当兵的哥哥一起来到延边。她曾在部队食堂当过服务员、人防商场当过售货员，后与丈夫经营过服务、做过运输。曹国英办事勤快、热心公益，2005年被推选为延吉市进学街道文新社区党总支书记。"我们社区是'新市民'集聚区，我也曾是一名'新市民'。我了解身在异乡的感受，在城市里打拼，为城市付出智慧和汗水的同时，我们最希望的是能得到认同，能在这里找到家的感觉。"

从2003年的第一届社区直选开始，延吉市的社区民主自治工作就一直活跃着流动人口的身影。他们积极参与社区建设，一些人被推荐为社区居委会成员。除了为城市的发展建设付出智慧和汗水外，很多在延创业多年的外来人员还积极参加社会公益活动。春节前夕，经营朗洁服务公司的河南籍老板张大伟和往年一样，为文新社区的3户贫困党员购买了大米、白面、豆油等年货。这是他坚持多年的善举，每次他都将买好的年货送到社区，委托社区干部转赠给有需要的人。

"元宵节前，华侨花鸟鱼市经理王柏水听说我们社区有一名刚考入延边二中的贫困学生，委托我们帮他结个帮扶对子。王经理说，他们在山东老家，最看重的就是那些贫寒、要强的读书郎。他打算资助这名学生一直到考入大学。"说起这话，曹国英的脸上带着深深的敬意。

原载于2012年2月22日的《延边日报》。

让"星星的孩子"不再孤单

他们有自己的一片"小天地"，走不出来，别人也难以靠近。他们古怪、调皮，甚至有破坏力，被社会疏远、歧视。帮助孤独症儿童重新融入社会，需要全社会的努力。

孩子，希望妈妈能比你多活一天

孤独症，是一种与生俱来、伴随终生的疾病。患孤独症的孩子无法回应来自身边的爱，像天上的星星一样，生活在自己的世界中。每一个"星星的孩子"背后，都有一段令人心碎的故事，每一个孤独症患儿家庭，都有说不尽的泪水与无奈。

晓洲今年5岁，2岁的时候，妈妈发现这孩子与同龄儿童不一样：晓洲很少说话，不会主动与人交流，对陌生环境适应能力差，时常产生恐惧的情绪。从被确诊为孤独症的那一刻起，全家人就陷入了彷徨无助与痛苦。每当听到别人议论晓洲"那是个傻孩子！"家人的心情如刀割一般。3年来，晓洲的父母放弃了一切，带着儿子远赴北京、天津、上海、长春等地求医，花光了家中的积蓄。日前，晓洲的父亲变卖了家中唯一的房产，用这十几万元钱支付晓洲在长春一家孤独症康复机构的治疗费用。

刘女士有个患有孤独症的儿子民民。9岁的民民有着一对漂亮的大眼睛，但目光迷离地飘移，时时躲避别人的视线。经过5年的康复训练，民民依然没有回归正常。他的生活自理能力很差，穿衣服要有人帮、吃饭要有人喂、大小便不能自理。去年12月，刘女士产下第二胎女儿。"医生认为民民康复的希望极小，我不得不为他作好打算。如果有一天，父母不在了，希望他的妹妹能承担起照顾他的责任。"刘女士的话代表了很多孤独症家庭的忧虑，他们都希望自己或亲人能永远地照顾患儿。

正如一位母亲在写给孤独症患儿的信中说："孩子，妈妈多希望能比你多活一天，照顾好你的人生。如果我们不在人世了，你该怎么办？"

拯救"星星的孩子"不是一个人的战斗

4月1日，记者来到延边聋儿听力语言康复中心——我州目前唯一的专业孤独症康复机构。

走进一间教室，记者看到教学主任金顺福正在为一名叫安安的男孩做按摩。经过两年多的康复训练，安安病情有所起色，能对老师的话作出一些回应。金顺福说，虽然到现在为止，全世界都未能找出孤独症的发病原因和治疗方法，但她相信，通过一定的训练，孤独症儿童的异常行为可以得到控制。

金顺福从2002年开始接触孤独症患儿，当时这种病的康复治疗在全省都是空白。金顺福把它作为研究课题，多次到外地、外国学习先进的康复管理经验。除了正常的康复训练课，金顺福每周都要带孩子们登山，让他们接触大自然，感受生命的美好。她还告诫患儿家长，要调整心态，不要将患儿放在家里藏着掖着，有空就应该带他们接触外面的世界。

2010年，延边聋儿听力语言康复中心被确定为国家贫困残疾儿童抢救性康复项目定点机构。目前有14名老师，40个孩子，每名老师每天要上6节课。根据国家政策，有20多名孤独症患儿在中心进行免费康复训练。中心主任朴美花告诉记者，康复中心自成立以来，针对每个孤独症患儿的实际情况，"量体裁衣"制定训练课程，通过"一对一"个训、集体课堂等训练科目，对患儿减轻病情起到了较大帮助。一些轻度患儿有的已经进入幼儿园,甚至步入了小学。"拯救孤独症患儿不是一个人的战斗,我们希望有更多的人来关注孤独症患儿,希望他们能跟同龄孩子一样走进课堂。希望有一个角落,能够收留这些孩子,那里没有歧视,只有爱。"

让爱的烛火照亮"星星的孩子"

对于孤独症患儿和他们的家庭,治疗和教育将花费他们一生的时间。金顺福说,孤独症儿童的康复进程取决于患病的轻重程度,更取决于"越早越好"的干预时机。目前州内可对儿童孤独症进行诊断的有延边医院、延边妇幼医院及州残联延边聋儿听力语言康复中心。凡2—3岁有不能目光对视等异常行为的孩子,家长应及早带孩子去医院进行检查。对孤独症患儿的教育康复训练是唯一已被证实有效的帮助手段。早期干预的目的是减轻患儿症状,改善异常性社会行为,提高言语、行为能力和认知水平,增强其与同伴的交往能力,提高自我生存与发展等方面的能力。6岁以下是孤独症患儿干预治疗的"黄金期",一旦错过,能恢复正常的希望很小。

去年初,有两名孤独症患儿从复康中心走出去,进入普通学校。康复中心的老师对此非常有成就感,那是一种付出后得到收获的喜悦。这也让很多孤独症患儿的家长有了信心,他们更相信爱的力量能创造奇迹。不少教师和家长都希望主流教育能真正接纳孤独症儿童,孤独症孩子需要更多的爱,这需要全社会的努力。

让我们用爱的烛火照亮患儿的人生,让"星星的孩子"不再孤单。

原载于2012年4月10日的《延边日报》。

开发开放辟新天

——写在《长吉图规划纲要》实施三周年之际

2009年8月30日，对延边来说，是一个具有历史意义的日子。这一天，国务院批准实施《中国图们江区域合作开发规划纲要——以长吉图为开发开放先导区》，延边经济社会发展从此上升为国家战略。

日新月异，年年进步，延边以新成就不断谱写跨越发展的新篇章。3年来，州委、州政府团结带领全州各族人民，按照省委、省政府提出的"一年良好开局，三年明显进展，五年取得实效，十年实现跨越"目标要求，深入实施沿边开放战略，着力转变发展方式，着力改善基础条件，着力壮大产业规模，着力扩大开放开发，步入建设"我国面向东北亚开放重要门户""东北亚经济技术合作重要平台""东北地区新的重要增长极"的快车道。

大通道大开放

开发开放，改变了延边望海嗟叹、裹足不前的历史。

《长吉图规划纲要》实施3年来，延边把对内对外通道建设作为突破口，围绕"借港出海，连线出境"目标，不遗余力全面加强公路、铁路、航空和口岸等基础设施建设。

随着汪延高速公路竣工通车，州内一小时经济圈已经形成；珲春至长春高速公路全线贯通，拉近了"腹地""前沿"和"窗口"的距离。

在铁路通道建设上，和龙至南坪铁路竣工通车，珲春至吉林快速铁路客运专线加紧建设，东北东部铁路通道和龙至二道白河段正常运营，珲卡铁路恢复运营工作紧锣密鼓进行，使我国面向日本海的通道更加快捷，大宗货物输送能力得以显著提升。

在海路通道建设上，延边深入实施借港出海战略，成功开通了中国延吉至朝鲜罗津的客运班车，开辟了珲春经朝鲜罗津至上海和宁波港的内贸外运航线。从运营情况看，从这条航线发送煤炭至我国东南沿海，要比经国内港口每吨降低运营成本40元左右，且无铁路运输瓶颈制约，这为我国南北交通成功开辟出一条经济、便捷的新通道。我州还开通了珲春经俄罗斯扎鲁比诺至韩国釜山、日本新潟航线，为环日本海地区经贸交流注入新的活力。

在空中通道建设上，延边至韩国的航班稳步增加，临时包机不断增多，目前延吉国际航空口岸已开辟至北京、上海、广州、长春、沈阳、大连、烟台及韩国首尔等10条国际国内航线，每周运行105趟航班。空港过客量连续4年居全省第一。特别是延边州至韩国航班上座率达到85%，居全国飞往韩国27条航线之首。2011年，延吉国际航空口岸旅客吞吐量突破100万人次，对韩航线过客量达38万人次，成为东北地区第五大机场和首家百万级支线机场。为进一步拓展空中走廊，延边积极推动延吉至俄罗斯符拉迪沃斯托克空中航线开通工作。

公路、铁路、航空、海运相互衔接、沟通内外的立体交通网络，疏通了延边与长吉腹地、与国际联系的动脉，物流、人流的畅通加速了延边的经济社会发展。

在大通道建设的助推下，一个更加开放的延边清晰地展现在世人面前。

大合作大发展

国际合作是贯穿图们江区域开发开放的主线，也是实现大图们江区域共同发展的关键。

如何发挥珲春开放窗口作用，提升延龙图开放前沿功能，尽快提高边境地区的开发开放水平，从而强化延边对长吉腹地的支撑作用？延边人以深化区域合作响亮作答。

3年来，延边积极与图们江区域各国中心城市开展双边、多边合作，不断深化跨境合作和强化对外合作平台建设，使全州各类工业园区建设以及对外合作水平取得了重大突破。特别是在对朝合作方面，中朝两国启动共同开发、共同管理"两个经济区"，建立国家级、省级、罗先开发区三级管理体制，出台罗先合作开发相关法律，罗先经济贸易区总体规划及罗津港核心区控制性详细规划。今年，延边又与朝鲜签订了供电、港口及园区投资、高效农业水稻等项目，图们江区域开发正由独立开发为主向着合作开发为主的新阶段快速发展。延边与俄罗斯符拉迪沃斯托克市缔结了友好城市关系，协议共同开发建设扎鲁比诺港。

大合作，大发展，延边收获累累硕果。《长吉图规划纲要》实施3年来，延龙图一体化取得重大进展。延吉、龙井、图们实现了金融同城、固话同城。朝阳川划归延吉管理，随着延吉西部新区的加紧建设，一座现代化的国际新城正呼之欲出。按照中国图们江地区中心城市的定位，延吉在道路、桥梁、供水、供热、供电以及重点街路绿化、美化、亮化等方面建设取得显著成效，城市承载功能日益增强，品位不断提升，成功跻身"国家园林城市""国家卫生城市"和"中国优秀旅游城市"行列。珲春以增强"窗口"功能为目标，以建设国际合作示范区为契机，高起点、大手笔谋划推动新城区建设，形成了100万人口的承载能力，区域竞争实力进一步加强。延边已经成为图们江地区经济、贸易、金融、科技、信息服务中心，成为资源有效利用、生态良性循环、环境洁净优美、人与自然和谐、具有边疆朝鲜族特色的生态示范区，成为东北亚最具潜力、最有活力的地区之一。

随着对外合作水平的不断提高，延边对外合作平台建设得到了前所未有的推动：今年4月13日，国务院批准设立中国图们江区域（珲春）国际合作示范区，我国首个冠名"中国"的国际合作示范区在珲春成立；延吉经济开发区升级为国家级高新技术产业开发区，延吉和图们被国家批准为全国流通领域现代物流示范城市，延吉被国家明确为东北振兴战略重点支持发展服务外包产业城市。对外合作平台建设层次的显著提高，进一步壮大了"窗口"和"前沿"的承载实力。与此同时，和龙正积极申报国家级边境经济合作区，安图工业集中区已升级为省级开发区，龙井工业集中区已通过省级开发区升级验收。

大建设大发展

《长吉图规划纲要》的实施，极大地加快了边疆民族地区的对外开放进程，改善了沿边地区基础设施环境，提高了延边各族人民的生活水平，促进了区域经济社会全面进步。

为优化珲春开放"窗口"、延龙图开放"前沿"以及敦化等重要节点城市的产业布局，我州按照《长吉图规划纲要》提出的空间布局要求，坚定不移地实施"开放先导、项目带动、城乡统筹、文化引领、民生优先"发展战略，充分发挥境内资源优势，谋划建设一批重大项目，全面提高承接沿海发达地区产业转移的承载能力。

随着吉图珲快速铁路客运专线、通钢集团塔东铁矿、敖东工业园、延边笙权电子工业园、珲春循环经济产业园等一大批 10 亿元和超 10 亿元重大项目的开工建设及一大批重点项目的竣工投产，延边经济社会迸发出强大的生命力，焕发出前所未有的活力，释放出独特的发展潜力和能量。

《长吉图规划纲要》的实施，令延边春潮澎湃。据统计，3 年来，延边经济社会实现了跨越式发展。延边地区生产总值从 2008 年的 375 亿元增长到 2011 年的 665 亿元，全口径财政收入从 2008 年的 64 亿元增长到 2011 年的 112 亿元，全社会固定资产投资从 2008 年的 420 亿元增长到 2011 年的 523 亿元，外贸进出口总额在国际金融危机背景下始终保持在 18 亿美元以上，社会消费品零售总额从 2008 年的 181 亿元增长到 2011 年的 302 亿元，全州城镇居民人均可支配收入、农民人均纯收入分别从 2008 年的 12170 元、4780 元增长到 2011 年的 19560 元、6650 元，各项主要经济指标在全国 30 个少数民族自治州中均名列前茅。

鲲鹏展翅九万里，延边开放促腾飞。随着《长吉图规划纲要》的深入实施，延边必将迎来更加灿烂的明天！

原载于 2012 年 8 月 31 日的《延边日报》。

中小企业融资难 亟待"输血"解困

和龙市头道镇龙坪村的李红花经营着一家小型养殖场，近年来她饲养的有机黑猪在市场上热销，生意做得非常红火。今年秋天，李红花计划扩大养殖规模，却遇到了资金难题。银行因其企业规模小，不愿放贷。

我州有不少中小企业都面临着资金"饥渴"。数据显示，目前我州有贷款余额的中小企业近4万户，仅占全州中小企业总数的1/5。中小企业获得贷款的主要渠道为银行和小额贷款公司。银行的中小企业贷款虽然不断增加，但它的担保机制比较严格。去年，延边某特产有限公司向某银行申请贷款5000万元，用于固定资产投资。企业投资项目的地点在敦化，抵押物为企业厂房和土地使用权，由于抵押物不易变现，贷款没有被批准。今年，龙井某建设工程有限公司向某银行贷款280万元购置大型机械设备，以企业办公楼作为抵押，后因抵押房屋和土地使用证所属权不一致，没有得到贷款。银行贷款不成，找小额贷款公司难度也不小。目前，我州有31家小额贷款公司，面对中小企业庞大的融资需求，小额贷款公司无法完全应对。

小额贷款公司资金规模一般在2000万元左右，由于不能吸收存款，其贷款资金大多为资本金，因为需求巨大，几千万元很快就放贷完毕。为了扩大贷款规模，小额贷款公司不得不增资扩股，但依然供不应求，对解决中小企业融资难仍是"杯水车薪"。

在银行和小额贷款公司都难以满足中小企业的情况下，不少企业被迫寻求民间借贷支持。在部分地区，由于风险较高等原因，民间借贷逐渐演变成了高利贷。其借贷年利率普遍在30%—50%之间，甚至更高。民间借贷的盛行，加剧了中小企业经营的困难，也容易引发纠纷。

近年来，我州民间借贷纠纷案件居高不下，并呈现连年递增趋势。民间借贷的盛行，反映出当前中小企业融资渠道严重匮乏，也暴露了融资难带来的巨大风险。

据了解，在我州从事民间借贷的投资公司，资金量从几千万元到上亿元不等，中间还夹杂着业务人员的私人业务、企业间拆借等。

针对中小企业融资难以及由此可能引发的金融和社会风险等问题，政府有关部门积极与银行、担保公司等金融机构沟通，在融资方面争取政策，扶持中小企业健康发展。

为了更好地帮助企业解决资金困扰，我州各相关部门各显其能，纷纷制定扶持中小企业发展办法，采取各种方式为其增资减负。今年4月，州银监局组织州内各银行业金融机构开展"小微企业金融服务宣传月"活动，从体制上改善小微企业融资环境，为银行业金融机构与小微企业搭建平台。州工商局通过商标质押、动产抵押、股权出质、出资等方式扶持中小企业发展，今年前8个月共融资20多亿元，帮助企业将"死资产"变成"活资金"。

针对中小企业融资难问题，州内各地金融机构也按照州人行、银监会等部门要求，推出了许多面向中小企业融资的新产品。延边农村商业银行推出"草根金融"业务，设计中小企业客户业务金融产品及服务流程，积极创新金融信贷产品，推出了小微企业流动资金贷款、小微企业固定资产贷款、小微企业出口信用保单质押贷款、小微企业出口押汇及担保贷款、个体工商户循易贷，农民专业合作社贷款、专业农场贷款、农村青年创业低息小额贷款、妇女创业贴息贷款、下岗再就业小额担保贷款等多种特色信贷产品，满足我州小微企业、种植养殖大户及个体工商户生产经营资金需求。延边交行开展"小微企业走访活动"，召开"扶小帮微"银企对接会，与小微企业签署贷款意向书。

我州中小企业目前已有16400户，占全州实有企业总数的98.5%以上。中小企业在扩大就业、推动经济增长等方面具有不可替代的作用，若不及时化解企业的经营困境，势必影响我州经济的健康发展。

原载于2012年9月29日的《延边日报》。

或是衣衫褴褛地游走在城市中，或是蜗居在脏乱的角落里，或是在街头跪地乞讨……日前，记者走近他们，倾听他们的诉说，想找到一个答案——

流浪者，你为什么不回家？

"流浪的人在外想念你，亲爱的妈妈，流浪的脚步走遍天涯，没有一个家。冬天的风啊夹着雪花，把我泪吹下。"吟唱凄凉的歌，踯躅在寒风中的街头，满身的尘土与疲惫，这是大多数市民对流浪者的感观。在寒风瑟瑟的延吉街头，却有着一群不愿回家的流浪者，他们宁愿在凛冽的风中发抖，也不愿接受救助，不愿踏上返乡的旅程。

流浪者不愿意回家

延吉市近期气温骤降，此次低温天气持续时间较长，已经维持了十余天左右。流浪在外的露宿者，他们如何度过这寒冷的冬天呢？1月5日，记者探访了这些街头流浪者。

在延吉市新时代购物广场门前，一位老态龙钟的妇人正跪地乞讨。往来穿梭的人流中偶尔有人驻足，向老人手中的瓷缸里投掷零钞。当日室外气温接近零下15摄氏度，即使身着棉衣也会冻得发抖。

"天这么冷，大娘去救助站避寒吧。"老人不理睬记者的搭讪，依然蜷缩着跪在原地。记者粗略统计，十分钟内大约有六七位市民向老人施舍。"天气越冷，越容易乞讨。这样寒冷的天气对于流浪行乞者来说是好天气，因为能乞讨到更多的钱。"延吉市救助管理站救助科科长周德双告诉记者。

这名乞讨"老人"与周德双等救助人员算是"老相识"。周德双说，"老人"其实并不老，只是服饰原因，再加上包裹得严严实实，让路人感觉她的年龄很大。救助站的工作人员曾多次在巡查时发现这个职业乞讨者，知道她家住延吉市，平时白天在步行街一带流浪乞讨，夜晚则回家休息。据了解，延吉市西市场、东市场、水上市场及北大市场周边都有类似的流浪乞讨者，他们中的绝大多数人以乞讨为业，不接受政府救助。

去年 11 月，救助站的工作人员在延吉火车站附近的一间自助取款机亭发现了一名流浪男子。虽经耐心劝导，但这名流浪者就是不肯去救助站。他告诉救助站的工作人员，取款机亭是他的家，他还有流浪的朋友住在附近。这名流浪者实际上也是多次出入救助站的"熟人"了。一年前他流浪时，双脚严重冻伤，后被救助站的工作人员送到延吉市医院治疗。伤愈后，救助站将这名流浪者送到延吉市利民敬老院居住，不料没住几天，流浪者就"出逃"了。

社会救助遭遇尴尬

为什么流浪者不愿到救助站？这一问题也是救助人员面临的最大难题。延吉市救助管理站每周两次派出巡逻车沿街头巷尾巡视，劝导、收留各类流浪者入住救助站，但很多流浪者都表示不愿意被救助。延吉市救助管理站站长金明日告诉记者，"劝导流浪者入住救助站以自愿为原则，我们不能勉强。在救助站里，只要流浪人员愿意回家，我们会给他们买车票，送他们回去，如果是行动不便的残疾人，救助站还会派专人护送返家。"

即便如此，以乞讨为业的流浪者依然逃避、拒绝救助，因为大部分流浪者既是拾荒者，同时也是职业乞讨者，他们觉得到了救助站就没有了经济来源和收入。每当救助人员在各大市场、客运站、火车站附近巡查时，徘徊在此地的流浪人员马上警惕起来，立刻就跑，一边跑还一边回头张望。"很多流浪者对我们都很熟悉，一见我们来就隐蔽起来，和我们玩'游击战'。"

为了给有需要的人提供帮助，延吉市救助管理站共安置了 100 多个床位和大批保暖物资。救助站提供的是临时性救助，所以站内的人员流动性很大，流浪人员多是在救助站住上一两天就走。最近天气冷，救助站工作人员巡街的频率增高。遇到流浪者，工作人员就把他们带回站里，如果流浪者想回家，救助站可为他们提供返程车票。

一些流浪者与记者攀谈时表示，他们不愿意走进救助站的主要原因是怕断"财路"，怕被"遣返"。一位来自甘肃米县的流浪者告诉记者，延吉市的好心人多，沿街乞讨一天能收入五六十元，甚至一百多元，而救助站只管吃住，最后还要被送回老家，他自然愿意"流浪"。

职业乞丐管理盲区

其实，何止是延吉市，国内许多城市都存在流浪乞讨人员拒绝救助的现象。根据法律规定，如果流浪乞讨人员请求并表示愿意接受救助时，救助站才可以实施救助；如果受助人员自愿放弃救助，要求离开救助站，救助站不得限制。对于拒绝政府救助的流浪乞讨人员，目前，救助站、公安机关、城管等部门在管理中，均存在缺乏执法依据和执法手段的问题，这些原因，使得"职业乞丐"已成为管理盲区。

前不久，延吉市内重要商圈附近，突然出现了一群操着外地口音的儿童，他们或是肢体残疾，或是患脑瘫、肥胖症。白天，这些儿童跪在人流密集的街路上乞讨，傍晚时分有一个40多岁的妇女将孩子们召集起来后带走。救助站的工作人员查清了这群人的身份：他们是来自河南、陕西和江苏等地农村的残疾儿童，在江苏籍妇女冯某的带领下来延吉乞讨。冯某还与孩子家人签订了协议，按乞讨比例分成，由于拒绝救助，拒绝遣返，救护站最后只得与公安部门联手，将这批职业乞丐劝离延吉市。

据统计，过去一年，延吉市共救助流浪乞讨人员1739人，为120人提供医疗救治，护送127人返乡回家，为1612人提供返乡车票。每当遇到流浪者不配合、拒绝甚至抵抗救助时，救助人员便要付出更多的努力和耐心。金明日说："有些市民认为救助站把流浪者接进去就关起来，其实不是这样的。一些流浪汉身体有病，还携带多种传染性疾病，政府免费给他们提供食宿和治疗，这既是职责又是良心。特别是在目前的极端天气下，把流浪汉'请'进救助站，绝对不是怕他们影响市容环境，和影响市容相比，人的生命更重要！"

原载于2013年1月8日的《延边日报》。

虚拟世界有真情

很多人都说网络是虚拟世界,不会有人投入真情。但近日记者却亲身经历了一次以网络为纽带搭建起爱心平台,由"情系延龙图""长白山音乐K歌""开心""辣椒家园"等多个QQ群数百名网友参与的"让爱心绽放、让关爱传递"的"接力赛"。

"静尘"离群牵动众人心

记者在延边大学附属医院的病房里见到了被网友们关注的"静尘"。她脸色苍白形容憔悴,一周前被诊断为肾衰、肝功能损坏、高血压。"没想到会有这么多网友来看我,没想到虚拟的网络中竟然有如此的真情。""静尘"的眼中噙着泪水。

"静尘"的本名叫刘秀娥,今年46岁,家住龙井市。几年前,刘秀娥与丈夫离婚,之后靠打工供养儿子上学。沉重的生活重担没有压倒柔弱的她,白天在外打工,晚上回家做完家务后,她就通过上网来给自己减压。去年春天,刘秀娥加入了"长白山音乐K歌"QQ群,群里网友们的热心与坦诚让她感觉到了久违的温暖,很快和大家成为无话不谈的朋友。有些网友同时还在"情系延龙图"QQ群中活跃,所以刘秀娥也成为这个QQ群里的常客。

今年1月1日,刘秀娥突感不适,住进了龙井市医院。网友刘立秋发现每天定时上网的"静尘"的头像已经有三四天没有"闪亮"了,不禁有些担心。他知道"静尘"患有严重的高血压,又是独自在家,于是就试探着给"静尘"打了一个电话。一问才知,刘秀娥因病情严重已经转至延边大学附属医院肾病科住院。

一时间,"静尘"生病住院的消息在"长白山音乐K歌"群中传开了,大家你一言我一语地议论着如何帮助网友。1月6日,"情系延龙图"QQ群群主"春雨"得知"静尘"病重的消息后,便在群里发了一个帖子"去延吉看静尘。"当晚8时许,当"春雨"冒着严寒从龙井市赶到延边医院时,发现已经有六七名网友聚在那里等候她一同看望病中的"静尘"。

传递爱心暖流汇聚身边

在看望了病中的"静尘"后,"春雨"在群里发出了救助网友的呼吁。与此同时,"长白山音乐K歌"群也发出了为"静尘"献爱心的倡议。一时间,"开心""辣椒家园"等群也随之响应,数百名网友参与到爱心传递中。

网友"木子幸福"的丈夫因胃出血,与"静尘"同日住进了延边医院。考虑到"静尘"是单亲家庭无人照顾,这位女士每天上午照料丈夫,下午就到肾病科来护理"静尘"。她还抽出时间把"静尘"的病况发到群里,让网友们随时能够了解她的病情。

网友"寒冰"提出,如果能够匹配成功,她愿意为"静尘"无偿捐肾;网友"单足顶立"是AB型血,他主动提出要为"静尘"献血……

为了把网友的爱心传递给病重的"静尘","情系延龙图""长白山音乐K歌"等群群主建立了专门的捐款账号,北京、深圳、吉林、长春天南地北的网友纷纷伸出友爱的手,仅3天时间爱心捐款就接近万元。一位来自安哥拉的网友捐款后,表示自己近期回国,届时一定会来看望她。韩国网友"秋风"致电"静尘",鼓励她顽强地面对人生,为了亲人好好生活下去。

12日上午,50多名来自全州各地的网友聚集在"静尘"的病房中。50元、100元、200元、500元……网友们走进病房,将自己的心意放在"静尘"的床前。"谢谢你们,请告诉我,你们都叫什么名字,我要记住你们。""不用问名字,只要记着有很多人在关心你、祝福你就够了!"

一位网名叫"依然懂你"的女士,当日凌晨3点从敦化市郊出发,乘车赶到延边医院,又在住院大厅等了两个多小时。她见到"静尘"后,只是淡淡地说了一句"妹子,好好活着"。

虚拟网络渐成公益平台

记者了解到,12日、13日到医院探望"静尘"的网友有60多人,最远的来自长白山二道白河区、敦化市。"很多捐款的网友家境并不富裕,但他们相信积土成山,希望能尽一些绵薄之力。都说网络是虚拟的世界,但救助'静尘'

行动，让我们这些不见面的网友在现实中相识，让我们在奉献爱心的同时也陶冶了自己。"网友"旭日东升"对记者说。

采访中，记者曾多次询问这些网友的真实姓名及职业，但大家都众口一词，没必要知道我们是谁，只要能把爱心传递给"静尘"就好。

倡议发出一周后，网友为"静尘"捐款数万元。最令人感动的是，在这场爱心接力中，没有一个人留下自己的真名。"静尘"不仅得到了网友经济上的资助，更收到了无数人的祝福。

原载于 2013 年 1 月 15 日的《延边日报》。

公共停车泊位画线收费解难题

随着延吉市机动车数量的增加，车辆乱停乱放，尤其是商业中心区域车辆乱停乱放和长时间占用道路现象屡禁不止，城市公共资源得不到有效利用。去年，延吉市在商业中心区施划停车泊位，并实行收费管理。停车收费实行了半年多，但仍有一些市民对于停车收费不是很理解，甚至有的市民存在着一定的误解。近日，记者详细了解了停车收费的相关情况。

中心商圈乱停乱放严重

人民路是延吉市连接东西的城市主干道，并贯穿延吉市商业中心区。在未施划收费停车泊位之前，从光明街到参花街的人民路路段上，每天都停着许多车辆。车辆横七竖八，有的停放间隙大，原本能停三辆机动车的空间只能停放两辆；还有一些附近上班人员，把自己的车长时间停放在道路上，使得有效的公共资源得不到合理的利用。

由于没有人员管理，一些机动车"鸠占鹊巢"，挤占了公汽站点。为了整顿停车秩序，延吉市公安交警部门取消了西市场停车场外的临时泊位，允许出租车在西市场、新世纪、老客运站等人流密集地段停车卸客、即停即走。并在国贸、西市场、人民路、河南街、长白山路等部分路段实行"单行"，一侧用于停车。但这些措施，仍不能有效解决车位不足、乱停乱放、长时间占用车道等诸多问题。

多方论证出台《延吉市机动车停车场管理暂行办法》

商业中心区停车问题突出，引起延吉市委、市政府的高度重视。为了进一步加强机动车停放管理，规范车辆停放，2011年，延吉市相关部门以延吉市百货大楼附近地段作为停车收费试点。试行过程中，交警、规划、城管等多部门多方论证，并广泛征求社会各界的意见和建议。2012年3月26日，延吉市政府制定出台了《延吉市机动车停车场管理暂行办法》，对停车场的规划、建设、经营、使用以及管理等方面进行了详细规定。

从4月份开始，交警部门在人民路、海兰路、新华街等商业中心路段施划收费停车泊位。记者从延吉市城市管理行政执法局了解到，截至目前，延吉市已施划了383个收费停车泊位，分别为：延吉百货大楼南停车场（局子街至光明街路段），人民路停车场（新世纪、老国贸至进学小学门前），海兰路停车场（光明街至参花街路段），新华街停车场（人民路至延边日报社参花街路段）。

15分钟免费仅高峰期收费

目前，实施停车收费已过半年，仍有一些市民对停车场收费情况并不是非常了解，有的市民以为收费停车场肯定是进场就收费。

记者从延吉市价格监督检查局了解到，停车前2小时收费5元（入场15分钟后开始计费），每增加1个小时增收2元，不满1小时按1小时计费。也就是说，车辆进入停车场泊车后，15分钟内是免费的。像郑女士只是暂时停靠，只要不超过15分钟是不收费的。

为了管理好停车场，延吉市还聘请了41位"4050"人员，由他们负责停车场车辆管理和收费。延吉市城市管理行政执法局相关负责人说，收费停车场按照计时收费，只针对停车高峰期收费，具体收费时间是从早上7点到晚上6点。换言之，晚上6点到早上7点，共计13个小时是不收费的。

记者在海兰路停车场看到，车辆在管理人员的管理下停放得井然有序。每辆车的管理人员会收取 20 元的押金，并给车主一张计时收费卡。待车主取车时，通过刷卡确认停车时间，并进行缴费。据介绍，停车场收取的费用除去停车场建设费用和收费工作人员工资外，将全部交予市财政，用于市政建设。

2030 年前公共停车泊位预计达 2 万个

市民姜先生认为，停车收费比较合理，请专人管理车辆，收取一点报酬无可厚非，但只能解决眼前事宜，他认为想要治标治本，还是要从城市规划上下功夫。

随着城市化进程的加快，延吉市机动车保有量会不断增加，公共停车泊位紧张状况还会在一定程度上加剧。对此，延吉市已经有了初步的对策。

记者从延吉市规划管理局了解到，目前，延吉市有社会公共停车场 4 个，包括延吉丽都停车场、延吉机场停车场、延吉火车站停车场和帽儿山停车场。其中，延吉火车站停车场和帽儿山停车场免费，延吉丽都停车场和延吉机场停车场收费。针对社会公共停车场少的现状，延吉市规划 2030 年前社会公共停车场将达到 78 处，停车泊位达到 23701 个。

原载于 2013 年 1 月 16 日的《延边日报》。

十年的工作档案丢失，社会保险无法如数补缴，老工程师不甘心青春被埋没。各部门联手协办，最终峰回路转——

寻找十年的青春岁月

他是一位高级工程师，是中国最大抽油机的第一设计者；他曾 4 次荣获国家级科技金奖、省级发明奖一等奖，申请国家专利 20 多项；30 年间，这位朝鲜族科技专家多次荣获州市劳动模范称号，在振兴吉林省活动中立下三等功……

昔日的满身荣誉，没能让花甲老人李裕谨安享晚年。为了寻找到自己缺失了 10 年的档案，他 8 次往返于延吉市与蛟河市之间，直至日前，才在相关部门的帮助下找到了所需的原始资料，顺利地补缴了养老保险。2 月 28 日，满怀激动的李裕谨来到本报编辑部，向记者讲述了自己这段曲折的经历。

科技能手扎根延吉

1953 年 6 月，李裕谨出生在吉林省蛟河市南岗子乡一个偏远的小山村，19 岁应征入伍。在部队服役期间，李裕谨凭着勤奋和技能，3 次荣立三等功，6 次受到部队嘉奖。在 1978 年北京举行的全国兵种科技大会上，李裕谨被评选为先进科技工作者。

由于成绩突出，1979 年 3 月，李裕谨退伍后被特招进当时的蛟河县城建局石场，主要负责设计重车带轻车项目。项目结束后，李裕谨成为石场的政工干部。1983 年 1 月，延吉市举行科技干部招聘活动。李裕谨是朝鲜族，对长白山下、海兰江畔的小城延吉向往已久，因此一听到这个消息，立即从蛟河赶到延吉市应聘。当时的延吉市二轻局相中了李裕谨，把他当作特殊人才引进，安排到新成立的微型农具厂。随后相关部门为李裕谨分配住房，发放安置费。从此，李裕谨一家在延吉市开始了新的生活。

1987 年 11 月，延吉市成立了延吉市节能机械研究所，李裕谨被上级任命为研究所所长兼书记。1989 年 10 月，国家华能成立了延吉节能机器总厂，李裕谨被任命为厂长。在这期间，李裕谨潜心研究，发明了 GQ725 型轻便锯床。这项发明不但为企业带来了效益，还获得长春市第三届发明与革新一等奖（省级），并在全国模具及模具加工机械展销会上被评为"优秀展品"。李裕谨因工作业绩突出，多次被评为延吉市劳动模范，并荣立吉林省三等功。

老工程师档案遗失

20 世纪 90 年代初期，醉心于科技发明事业的李裕谨离开企业到北京进修。学业结束后，他将全部身心投入到机电设备的研发工作中。20 年间获得国家专利 20 多项，获得国家级发明金奖、省级发明一等奖，并有多项发明获得省部级鉴定。

2012 年，年届花甲的李裕谨的事业攀上了最高峰。经过近 10 年的努力，他成为国内最大抽油机的第一设计者,获得了吉林省高级机电工程师职称。

然而,耀眼的成功光环并没有掩盖住李裕谨心中的失落,他的心里始终有一块心病。

原来,李裕谨在20多年前就发现自己的工作档案中,缺少了1973至1983年间的10年档案信息。其中,包括从军当兵、复员招工及调至延吉市就业的诸多重要内容。为了找回那10年的档案,他多次找到当时招工的部门查询,但因对方已经解体多年,根本无法查找。

随着年龄的增大,李裕谨开始面临补缴社会养老保险的问题。档案的缺失,意味着工龄的缺失,因为档案是核实企业固定职工身份及当事人实际工作年限的凭证,也是补办社保时一次性缴费额度认证的依据。

"作为一名早年从国企退休的技术人员,我不能像其他人一样补缴社会保险,不能按照实际工龄领取保险金,这一切都源于我缺失了10年的工作档案。"李裕谨拿出一摞他珍藏多年的证件、证书及奖状、奖章,上面零星记录着他1973年至1983年间的工作成绩,但这些都代替不了那缺失了的档案。

多部门协作解决难题

难道就这样放弃?如果不找回那缺失的10年工龄,按照现有档案资料补齐社保金,那么到了60周岁(即今年6月25日),李裕谨也可以同其他人一样领到养老金。但因为少了10年的工龄,每个月要少得300多元。他很纠结,除了钱的问题,难道自己那10年的青春岁月就付诸东流了吗?那可是生命中最重要、最有激情的10年啊!

经过反复斟酌,李裕谨决定作最后一次努力。2月20日凌晨,李裕谨和妻子早早来到延吉市委大厅。5时左右,延吉市督察局工作人员翟微热情地接待了他们。听完李裕谨的讲述后,翟微仔细阅读了李裕谨提供的个人履历及其档案遗失经过,然后立即与延吉市社会保险局进行了沟通,希望他们根据李裕谨的实际情况,帮助他妥善解决难题。

在延吉市社会保险局,副局长王斌仔细查阅了李裕谨的档案,然后告诉他,如果原始档案丢失,也可以向社保部门提供其他能证明本人固定职工身份、实际工作年限的原始凭证。"大爷，请相信党和政府一定会让您老有所养，不会白付那10年的青春。"

在延吉市督查局的协调下，延吉市人力资源和社会保障局特别接待了李裕谨。副局长车淑贤、方东哲召集社保科科长李宝进、劳动关系科科长孙继华碰头，专门研究如何帮助李裕谨解决难题。经过3个小时的讨论，大家建议李裕谨再回蛟河市老家一趟，去查询自己的组织档案。"您既然参过军，就一定会有一份组织档案，那里也许会有招工表之类的原始材料。"

3天后，李裕谨带着那份重要的、能证明自己1979年退伍后参加工作的原始证明材料，风尘仆仆地返回延吉市。仅用了两个多小时，社保部门就为他办好了补缴社保金手续。

"我要感谢我们的党，感谢延吉市的这些勤政爱民的好干部，是他们让我这位花甲老人找回了失去的10年工龄，不，是找回了10年的青春！"满头华发的李裕谨眼里闪着泪花，他说要继续发挥余热，研制出更多对生产、对社会有益的产品。

原载于2013年3月7日的《延边日报》。

构筑民生保障线
——我州扎实推进"民生优先"发展战略

工作是否好找？百姓是否安居？医保是否实惠？教育是否公平？文化生活是否丰富？这些切切实实的利益问题不仅百姓关心，也是党和政府民生工作的重点。今年以来，州委、州政府从全州群众最关心、最直接的民生问题入手，强力落实"十大民生工程、百件惠民实事"，为群众构筑了一道道民生保障线。

民生年考交出富民惠民安民为民答卷

今年10月,家住汪清县百草沟镇百草沟村的农民贾胜臣一家住进了崭新的砖瓦房。58岁的贾胜臣是我州受益于农村危旧房改造工程的1.5万户农民之一。贾胜臣患脑血栓多年,家境贫困,通过政府民生工程,全家人实现了渴盼已久的安居梦。

今年,我州有数万户贫困家庭通过各种保障性住房方式搬进新居,拥有了一个温馨美丽的家。

据统计,今年,我州建设廉租住房417套2.01万平方米、棚改安置住房7776户52.5万平方米、公共租赁住房1552套7.86万平方米、改造农村危房11540户、塌陷棚户区3889户24.12万平方米。到今年10月,我州廉租住房开工率100%,城市棚改回迁安置住房开工率101%,公共租赁住房开工率100%,农村危房开工率135%,300万平方米"暖房子"改造如期完工。

延吉市依兰镇九龙村村民王淑芬今年因丙肝住院治疗14天,花费2700余元,因参加了新型农村合作医疗,报销比例达到70%。如今,我州因参加新农合而受益的农民越来越多,完善的医疗保障体系让全州人民更有安全感。

为让更多人享受国家医疗保障,今年,我州将林业企业退休职工全部纳入州级统筹,城镇基本医疗参保人数达到151万人。目前,我州参加新农合医疗保险的农民达63.7万人,筹集新农合基金1.9亿元,30多万农民受益。随着农民大病保险特大疾病救助项目的启动,我州广大农民的医疗保障更加完善。这项救助规定,对参合农民医疗费用年累计自付超过5000元者,给予50%保险补助;对年度累计统筹自付超过5000元者,给予不低于60%的再救助。

今年10月初,延吉市16家民营企业与延边大学签订了一项合作协议,优先接纳延边大学毕业生进行实训和就业。这是政府推进就业促进工程的一个缩影。

让老百姓的饭碗端得更稳。今年,我州新增城镇就业4.9万人,失业人员再就业1.4万人,登记失业率2.59%,低于年度目标1.91个百分点;建起8个农民工返乡创业园、8家创业实训基地,开发了300个创业项目,安置28.6万农村劳动力转移就业，特别是新建成的两个大学生创业园，为858名高校毕业生实现了就业愿望。

今年，我州2.8亿元小额担保贷款，让1.6万人实现了创业梦。延边大学毕业生崔立业是小额担保贷款的受益者之一。通过小额担保贷款，崔立业的公司发展迅猛，现拥有十余家专卖店，业务涉及全省，崔立业因此荣获2013年吉林省高校毕业生创业先锋奖。

教育保障投入大手笔，是我州民生保障的一大特点。今年初，全州财政投资9242.3万元新建、改建、扩建59所学校，投资5225万元新建15所公立幼儿园，数以千计的教育助学金，使4000多名家庭困难大中小学学生受到资助入校读书，解决了4500名中小贫困学生的寄宿难题，为4万多名农村中小学生提供了营养午餐。

民生工程解决民众最需要的问题

今年5月，我州召开民生工作新闻发布会，向社会发布"十大民生工程、百件惠民实事"。我州"十大民生工程"涉及就业促进、扶贫开发、社会保障、基础设施、医疗惠民、百姓安居、教育助学、医疗卫生、生态环境和文化体育等方方面面，只要是群众关心的焦点问题，都成为政府工作部署和解决的重点。

今年，在我州重大项目建设中，民生工程占了很大比例。这些为民谋福祉的民生工程，成为我州广大群众共享改革发展成果的生动写照。

从今年8月开始，我州城乡低保标准有了大幅提高，平均标准增至每月355元和每年2275元，人均补助达到每月381元和每年2010元；79个边境村特困户年人均补助最高超过3300元，散居孤儿和集中供养儿童每月增至820元和1050元，"三无人员"每月增至500元，集中供养和分散供养的农村五保户年人均分别达到4600元和3000元，优抚对象补助率提高了15%。

日益完善的社会保障工程，让更多的人享受到改革发展成果。今年以来，我州城区社会福利服务中心新增床位1400张，城乡社区新建老年人日间照料中心159家，新建居家养老服务大院550户。53名残疾儿童得到了康复医疗救助，153户贫困残疾家庭进行了无障碍改造，1498名精神病患者得到了康复医疗救助。

切实提高广大农民的生活质量,是我州各级政府关注的问题。今年,我州投入2亿元用于农村环境整治,保护农村饮用水源地,收集生活垃圾,防治畜禽污染,使37万农民受益。到今年10月,我州农村饮水安全工程完成投资5.9亿元,敦化、龙井、和龙等县市全部通水,其他县市完成80%以上,9万农民安全饮水难题得到解决。

重视和解决人民群众最现实、最迫切、最关心的利益问题,州委、州政府始终如一,各项民生工程建设如火如荼。

为提高集中供热服务质量,今年,我州新增供热面积200万平方米,改造供热管网202.2公里,改造排水管网2.2万延长米,撤并改造小锅炉房82座。

为建设生态宜居城市,今年,我州计划造林20681.94公顷,冠下造林13048.4公顷,森林抚育78388.08公顷,新增城市绿地108公顷,植树5.3万株。

为建设平安延边,今年,我州新增监控探头5749个,大力推进城市报警和监控系统建设。为保证全州人民食品安全,我州投入1026万元建起8个食品安全快速检测站、66个乡镇食品安全快速检测站和95个大型农贸市场(商场、超市)食品安全快速检测室,为百姓筑起食品安全保护墙。

随着一项项民生工程建设的有序推进,一个个民生保障项目陆续上马,一曲欢快的"民生"之歌在延边大地嘹亮唱响。

民生关情百姓幸福指数持续提高

今年5月,州委、州政府联合印发《关于加强和改善民生工作的意见》,成立了以省委常委、州委书记张安顺,州长李景浩为组长的全州民生工作领导小组,设立领导小组办公室,为加强和改善民生工作提供了强大的组织保障。我州8县市纷纷设立民生工程办公室,与民生工程相关的责任部门成立相应组织,建立"一把手"责任机制,确定民生工程联络员,形成了州委、州政府统一领导,民生办牵头协调,部门负责实施,社会广泛参与的工作格局。

改善民生离不开真金白银的投入。面对巨大的资金压力,我州各级各部门一方面调整财政支出结构、整合资源、鼓励社会投入、建立应急预案机制等;

另一方面严格执行中央八项规定，遏制公款消费，压减节约各项支出，从未因资金问题影响各项民生工程的实施。今年上半年，全州财政在民生领域的支出达45.9亿元，占财政总支出的63.4%，体现了民生财政的基本导向。

在实施民生工程项目时，我州各级各部门牢牢树立求实意识、群众意识，把群众满意不满意作为衡量民生工程成效的标杆，办群众最渴望办的事情，向最困难的群众倾斜，在最需要的地方实施，让更多群众得到更大的实惠。

以督查保障实效。今年11月，州委督查室、州政府督查室采取听取汇报、查阅资料、实地查看的方式对8个县市以及37个州直以上民生责任部门的民生工作情况进行了督查检查，为提前发现问题、及时整改、谋划好2014年民生工作打下基础；督查检查情况以书面形式向州委、州政府进行了汇报，为州领导及时准确掌握各项民生实事的总体推进情况及存在的问题提供了第一手资料。

顺应人民群众的期待，把人民群众是否高兴、是否满意作为最高褒奖，让改革发展成果更多地惠及更多群众。在今年的全州民生工作调度会上，州长李景浩的话语掷地有声："实施十大民生工程、完成百件惠民实事，是州委、州政府向全州人民作出的庄严承诺，必须不打折扣、件件兑现！"

原载于2013年12月19日的《延边日报》。

让爱留驻人间

——我州遗体捐献者调查

12月21日上午，延边大学医学部遗体捐献办公室主任金范学冒着凛冽的寒风，来到延吉市民姜喜媛的门市店。应姜喜媛的要求，金范学带来了一份特殊的表格——遗体捐献志愿者登记表。54岁的姜喜媛毫不犹豫地签上了自己的名字，身边的丈夫也随即在家属栏中签了字。

据了解，遗体捐献主要用于医学、科研领域及有器官移植需要的人群，遗体捐献者的无私奉献，延续了很多患者的生命，为医学发展作出了重大贡献。

目前，我州医学院校用于教学的遗体严重短缺，难以满足临床教学及科研需求，由于缺乏人体标本，常常出现十几名大学生围观教师解剖一具遗体的情景，远远低于2到3人解剖一具遗体的国际标准。人体解剖学是了解人体结构的基础课，未来的医生们正是从志愿者的遗体上，认识第一根动脉、第一根神经，最终成长为一名合格的医生。很难想象，如果一位医生只看过人体图片和模型，而没有实际操作经验，谁敢让他做手术？

据州红十字会遗体捐献办公室统计，2004年至今，我州有200余人申请遗体捐献登记，其中50多人实现捐献，登记者平均年龄在60岁，60%都是知识分子和离退休干部。"以前，延边地区的捐献遗体寥寥无几，一年只有10多具，但近两三年增长很快，与人们的意识转变和宣传力量加大有些关系。但我州每年的临床教学需要的数目大约是50具遗体，从目前的捐献情况来看只能满足教学需求的一半。"金范学告诉记者。

故事之一：退休教师义务宣传遗体捐献

2013年的初春乍暖还寒，一位名叫金龙男的花甲老人站在延吉市闹市中，举着一块写着"献遗体为荣"条幅向过往行人宣传，捐献遗体为社会造福。金龙男老人退休前曾任汪清庙岭水泥厂子弟中学校长。

金龙男的捐献遗体的想法源于参加同学的葬礼。同学去世前曾要求不保留骨灰，免得以后祭奠之劳。金龙男想，与其不要骨灰不如把遗体捐献出来为医学作贡献，为需要的人奉献。他对妻子说："无数革命先烈为了解放中国连死都不怕，我们死后还怕什么呢？如果有人使用了我捐献的眼角膜或者别的器官，得以恢复健康，那不就是我生命的延续吗？"

2011年5月，金龙男与延边大学医学院签署了捐献遗体志愿书。他不仅自己登记捐献，还四处义务宣讲捐献遗体是奉献社会的公益事业。几年来，他自制宣传条幅、宣传材料，在延吉市西市场、时代广场等人员聚集场所及各类展销会等活动场所讲解、散发，向市民现身说法，成为我州第一位义务"劝捐"

宣传员。

故事之二："老年雷锋班"班长把奉献坚持到底

9年前，退休后的韩武吉组建了延吉市第一个"雷锋班"——北山街道"老年雷锋班"。作为"雷锋班"的班长，韩武吉老人10年内做了3万余件好事。在韩武吉的影响下，越来越多的"老年雷锋班"在延吉成立，这些充满爱心的老人尽自己所能，帮助身边有困难有需要的人。

做了多年公益善举的韩武吉，听说目前我国遗体紧缺，很多医学院校是靠看图谱、录像片来让学生认识解剖，他认为，这种"纸上谈兵"的做法，势必会影响医学教学质量。"相信科学、热爱生活、富有爱心的人，能够摒弃传统落后的观念，在离开人世后，把自己最后的、有价值的东西回报给社会，不也是一种幸福吗？"

2011年9月，韩武吉和妻子都签署了遗体捐献协议。在他的感染下，"老年雷锋班"的一些成员到红十字会填写了遗体捐献登记表。另一位"雷锋班"班长金凤淑办理了遗体捐献申请后，到州内多家敬老院作宣传，号召更多的人捐献遗体奉献社会。她用自己的切身行动感动了老人，先后有七八人跟随她填写了捐献志愿。

据金范学介绍，相关部门正在筹划为遗体捐献者修建公共墓地和纪念碑。"届时，我们会将遗体捐献者的名字镌刻在碑上，让人们记住他们，这样不仅给捐献者家属提供一个情感寄托地，在某种意义上也成为人类文明的见证。"

原载于2013年12月31日的《延边日报》。

公交司机与他的朝鲜族妈妈

一个是朝鲜族特级退休教师，一个是汉族公交车司机，两个生活在不同轨迹上的人邂逅，演绎了一个令人感动的故事。

65岁的崔莲淑是延吉市优秀教师，在教育岗位上勤勤恳恳工作了40个春秋，桃李满天下。去年4月，崔莲淑乘坐12路公交车外出办事。一个多年不见的学生家长在车上认出了她，两个人从多年的往事聊到现实生活。崔莲淑说自己家刚刚完成暖房子改造，因雇佣不到合适的电工，无法装修入住……说者无心，听者有意。两人的交谈被正在开车的司机冯延宝听到，等红绿灯时，他回身问崔莲淑："崔老师您家住哪儿？"出于礼貌，崔莲淑将自家大概位置告诉了他。临下车时，那位家长向崔莲淑要了电话号码，旁边的冯延宝也用心记下了。

第二天是星期六，傍晚时分，崔莲淑接到一个陌生的电话。"崔老师，我是昨天拉您的公交车司机，现在正在您家附近，我和同事来看看能不能给您家安电线。"她下楼一看，冯延宝正和另一位年龄较大的师傅手里拿着电工工具等在寒风里。原来，冯延宝当天回到单位后，找到有丰富电工经验的公交司机王树立，相约第二天下班到崔老师家帮忙安装电线。

"崔老师您放心，房间想怎么设计，就怎么给您安装电线，保证保质保量。"见冯延宝和王树立如此热心，崔莲淑非常感动，把布置房间的想法和盘托出。两位司机师傅抡起电锤，一直忙到夜里10点才挖好了所有的电线槽。第二天仍是休息天，他们又早早赶过来，把电线安装好，并按照崔老师的想法，预留了24个插座开关孔。完工后，崔莲淑把准备好的工钱递给冯延宝。让她没想到，两位师傅坚决不收。"崔老师，我们不图这个，就是想帮您一把，您是位好老师，您为社会作贡献，我们干点活就当为您贡献吧。"临走时，他们还把联系方式留给崔莲淑，再三叮嘱等到安装灯具和电源插座时再打电话，一定会抽空过来帮忙。

"忙了两天一分钱不要，白白给我干活，我哪好意思再麻烦人家。"崔莲淑安装电源插座时花钱雇了另一位师傅。不料，雇工安装电源时不慎将整个房间的电路烧毁了。崔莲淑痛哭失声，觉得非常对不起冯延宝和王树立，再也没心思装修房子了。

时间过得很快，一晃5个多月就过去了。去年8月的一天，崔莲淑又乘上了12路公交汽车。巧的是，司机正是冯延宝。"崔老师您住进新家了吗？"冯师傅热情地跟她打招呼。见崔莲淑言语支吾，神色尴尬，冯延宝觉得奇怪，于是下班后给崔莲淑打电话问出了究竟。

第二天下班后，两位师傅又来到崔莲淑家帮助解决难题。这次工程不同前次，由于瓷砖已经安装好，有些位置想重新挖槽安线几乎不可能了。为了安全起见，两位师傅先把墙内安装好的电线拉出来，重新布线。这一干又是两天，他们才完成了所有的电工活。望着几处裸露在外的电线，冯延宝有点遗憾，想要找个机会把它们都安到墙里。"不用了，就露在外面吧，看到它我会想起你们两位好心人。"崔莲淑流着泪说。

两位公交司机师傅的无私帮助，让崔莲淑感激不已，打心底里敬佩他们的高尚品德。崔莲淑告诉记者："冯延宝和王树立两位师傅为我做的好事不止这些。"

去年11月初，延吉接连下了两场大雪。崔莲淑家的地暖漏水。得知崔莲淑家暖气漏水，冯延宝和王树立下班就赶来维修，忙了一个多小时才修好了漏点。看着浑身锈迹的两位师傅要走，崔莲淑拦住他们说："你们不要钱，我请你们吃顿饭行不？""行，那就到我家去吃吧。"冯延宝说着，开车拉着崔莲淑和王树立就往家里走。

当天晚上，崔莲淑在冯延宝家吃了晚饭，饭菜是他妻子下厨做的。崔莲淑告诉记者："那天是我这辈子最难忘的一天。冯师傅对我说，他是我的汉族儿子，儿子为妈妈做点事不是应该的吗？"

原载于2014年1月15日的《延边日报》。

老劳模刘洪章讲述珍贵回忆

与毛主席合影的瞬间

2013年12月26日,延吉市民刘彦华家出现了熟悉的一幕。86岁的父亲刘洪章坐在炕上,从炕柜里小心翼翼地拿出珍藏了半个多世纪的照片端详,眼里充满了泪花。在刘彦华的记忆里,30多年来,每逢这个特殊的日子,父亲都会激动地回忆起那个令其一生都难忘的、与毛主席合影的瞬间。

"和毛主席握手的那个人就是我。"刘洪章自豪地说,"主席可和蔼啦,接见我们几个劳动模范时有说有笑,他的手那么温暖……"

刘洪章生于1928年,是山东省东阿县鱼山镇林马村人。家境贫寒的他不到10岁就参加了革命,为党的地下联系情报站做联络员,负责将东阿镇传来的情报交换到姜沟桥,再经过林马村送往聊城。刘洪章年纪小,但聪明伶俐,做事谨慎,凭着对党的忠诚,在传递情报过程中从未出过差错。1946年,刘洪章光荣地加入了中国共产党。在土地改革中,他领导林马村村民斗地主、分田地,参军支援前线。1953年,刘洪章任林马村村长,组织村民成立了互助组,大搞农业生产,使村里粮食产量逐年提高。随后,林马村响应党的号召,与其他几个邻村联合成立了农村初级合作社和高级合作社,使村里的农业生产连上了新台阶。1956至1959年间,刘洪章连续四年被评为山东省劳动模范。

1958年8月9日,对于刘洪章来说永生难忘。那天他得到通知,毛主席到济南视察,要接见全省劳动模范。他在济南西郊的车站看到了伟大领袖毛主席。毛主席亲切地握住刘洪章的手说:"你们干得很好,都鼓足了干劲。"那幅照片就是当时毛主席握住他的手那一瞬间拍下的。当年那难忘的一幕,已经牢牢地刻在了刘洪章的心头。

"毛主席还递给我们每人一支香烟,我立刻把这支珍贵的香烟揣进上衣口袋。毛主席见我舍不得抽,又递给我一盒烟。我非常激动,心里就想:我真是幸运,能见到伟大的毛主席。"刘洪章说,每次回忆起那个瞬间,就好像发生在昨天一样。

那次接见让刘洪章鼓足了干劲,他像拼命三郎一样工作劳动,领导村民轰轰烈烈地搞农业生产。1964年,东阿县掀起"三反""五反"运动,有人举报刘洪章"多吃多占",工作组要对他进行批斗,为了避祸,刘洪章来到延边。

到延边后,刘洪章在延边州工程建筑队(延边建筑公司前身)里当了一名普通工人。他没有向任何人透露自己当年辉煌的过去。凭着不怕苦、不怕累,拼命三郎的劲儿,他从打杂的工人干到了建筑队的负责人。直到这时,他才偷偷地回到老家把妻子和三个子女接到延边。

1974年,组织上恢复了刘洪章的党籍,以工宣队书记的身份派驻延边医学院附属医院。在这3年中,他从未组织过批斗会,还保护了不少医护人员免遭迫害。1976年唐山大地震,200多名地震中受伤的患者从唐山送到延边医学院附属医院就诊,刘洪章和医护人员一起没日没夜地忙碌,抢救照顾这些特殊的患者。有一个徐姓的患者入院后一直无法大便,刘洪章就动手帮着抠,直到患者恢复正常。为了帮助一个孕妇接生,他和护士守在病床前两天三夜,累得眼冒金星。无奈婴儿出生后夭折,祖母伤心欲绝,他又苦口婆心地再三劝说,打消了老人自杀的念头……

为延边建设贡献了20年的刘洪章,1984年被评为全省民族团结模范。延边成为他热爱的第二个故乡。退休后,他一直与妻儿生活在延吉市,过着平静的生活。只是每逢12月26日毛主席诞辰纪念日,刘洪章都会情不自禁地激动,小心翼翼地拿出珍藏了几十年的那张与毛主席合影的照片,反复摩挲,沉浸在幸福的回忆中。

刘洪章老人动情地说:"我10岁参加革命,18岁入党。当时我父亲、我们兄弟五人和媳妇,全家共12口人有11人是共产党员。共产党对我们有恩啊,毛主席对我们有恩啊。无论是在什么地方,我都会教育下一代热爱党、热爱国家。"

原载于2014年1月17日的《延边日报》。

传承朝鲜族民乐的典范

花甲之年才开始学习朝鲜族民族音乐，没想到竟学出了模样。不但如此，这个传奇老人还培养出一批才华横溢的学生，他们或是在全国青少年才艺大赛中夺金摘银，或是通过了国家最高级别乐器考试，成为朝鲜族民乐的继承者。这个大器晚成的老人叫金今淑，她仅用3年时间就完成了这一伟大的事业。

金今淑家住安图县明月镇，在58岁前从未显示出音乐方面的天赋。她酷爱朝鲜族民乐，年幼时家中贫困，根本摸不到乐器。长大后，金今淑在安图县林业部门从事会计工作，上有老下有小，家务缠身，无暇学习音乐。直到20世纪90年代，家中日子宽裕了，她才购买了一台小录音机播放歌曲，边做家务边听音乐，常常听得入迷。

2006年4月，金今淑的老伴池春吉突发脑干出血。在医院治疗的两个月时间，医疗费就达8万多元，花光了家中多年的积蓄。为给丈夫治病，金今淑把唯一的房产变卖。即便如此，池春吉还是没有摆脱"植物人"的命运。金今淑四处求医，针灸、按摩及各种中医疗法一一尝试，并为此背上了30万元外债。为防止池春吉肌肉萎缩，她每天为他做1000次关节伸展按摩，时时在他耳边说话，回忆夫妻俩一起走过的艰难岁月。在金今淑的悉心照料下，2008年，池春吉的意识奇迹般地恢复了，身体也日渐好转。池春吉深感妻子为自己的无私付出，希望金今淑的晚年生活过得轻松些。2010年，在丈夫的支持下，金今淑报名参加了安图县老年大学伽倻琴民乐班，从此开始了人生中崭新的一页。

伽倻琴是朝鲜族弹拨的弦鸣乐器，琴音悠扬，婉转动听。金今淑的指导教师是从事朝鲜民乐表演、教学多年的金学烈。在名师的悉心指点下，她的琴技突飞猛进，不到3个月就与学习了一年多的其他学员的水平不相上下。金今淑为丈夫治病花光了积蓄，没有闲钱购买伽倻琴，于是每天比其他同学早到教室1小时，刻苦练琴。除了照料丈夫，金今淑的时间和精力都用在了伽倻琴上，甚至连梦中都在练习指法。后来，她干脆将家中剩余的地板做成伽倻琴底座，购买了琴弦安装上，自己制作了一台伽倻琴。有了属于自己的琴，金今淑学习的劲头更足了。功夫不负有心人，一年后，金今淑学通了伽倻琴的各种技法，不但能熟练演奏，还能谱写一些简单的伽倻琴曲，在学员中小有名气。

同在老年大学学习伽倻琴的同学，见金今淑有如此天赋，非常敬慕，一些人把家中的幼童送到她门下学琴。2011年，12岁的朝鲜族学生盛蕙兰正式拜金今淑为师。在金今淑的悉心调教下，不到5个月，聪颖的盛蕙兰练就了不凡的琴技。同年9月，另一名朝鲜族学生朴恩惠也拜在金今淑门下。

2012年4月，全国青少年才艺大赛吉林赛区比赛在延边开锣。金今淑精心培养的两名弟子盛蕙兰和朴恩惠在赛场上大放异彩，力拔头筹。随后，她们又参加了全国总决赛，分获长鼓、古筝（伽倻琴）比赛第一名。此后，越来越多的学生慕名而来。金今淑倾心传授，3年间，有10多名学员在国家级、省级、州级比赛中获奖，37人通过了国家乐器最高等级评定。

去年底，金今淑照顾瘫痪丈夫的事迹在安图县引起强烈反响，一家企业赞助她1万元现金。她与丈夫商量后，购买了50台伽倻琴用于教学。金今淑打算全力培养一些有潜质的学生，教导他们传承发扬朝鲜族民乐，让美丽的伽倻琴声传遍世界。

原载于2015年3月13日的《延边日报》。

十五年风雨情系"毛公山"

在延边艺术界，田锡存是一个传奇人物——年逾古稀，皓首多才，是中国高级摄影师、高级根艺美术师，在摄影、根雕、奇石方面造诣精深，作品屡获国家级、省级和州级大奖。《民族魂——中国摄影艺术》中曾收录他的国家银奖摄影作品，而他的根雕作品更是备受界内人士瞩目，是国内各级艺术展览中的骄子。虽然饱受赞誉，但田锡存认为，发现挖掘延边长白山系两处全新的景观，才是自己晚年最大收获。

多才多艺的田锡存祖籍山东，早年在内蒙古自治区林业系统工作，后调到延边林管局任监察处处长、纪委副书记。1966年，林业部门购进生产设备时，配备了一台照相机。从此，他与照相机结缘，在近半个世纪里，再也未离开这个"伙伴"。

1998年退休后，田锡存有更多的时间钻研摄影艺术。当时的延边林业系统正面临着立体开发林区资源、多种经营的局面，作为老林业人，田锡存适时提出了开发利用长白山野生花卉的课题。在延边林管局的支持下，不久，长白山野生花卉研发课题组正式成立了。田锡存成为其中一员，当仁不让地承担起拍摄野生花卉的重任。

一次，田锡存和几个伙伴一同去八家子林业局先峰林场拍摄野生花卉。一行人进入森林腹地后看到，这里的山川钟灵毓秀，边拍边看，流连忘返，直到夜幕降临，才发现迷路了。同行几人在森林中摸索返程，一直走到深夜，直到听闻林场寻人的汽车鸣笛声和闪烁的车灯，才狼狈地回到驻地。这次冒险，让田锡存对先峰林场的美景大为赞叹。回来后，一个大胆的想法出现在他的脑海里：能不能将这片奇异瑰丽的景观建成一座国家森林公园呢？如果这个议案成功，既能提高林业部门的经济效益，又能保护开发延边的生态资源，是一举两得、利在千秋的好事啊！从那时起，田锡存拍摄储备了数以千计的先锋地区景观照片，多次到国家林业部门协调创建国家森林公园事宜。他不顾自己年逾花甲，屡次陪同国家、省、州领导到先锋景区实地考察，为创建延边的生态项目竭尽全力。转眼10多年过去了，数十万名国内外游客慕名而来，公园中的老里克湖雪乡风光更是成了延边冬季旅游的闪亮招牌。

田锡存在延边生活了30多年，非常热爱延边的秀美山川。先峰国家森林公园创建后，他开始寻找其他有特色的生态景区，希望能为延边挖掘出更有价值的旅游资源，"毛公山"因此进入了他的视野。

2000年，田锡存在大连参加全国旅游博览会，当时延边展台上一张不起眼的图片吸引了他的注意。那是一幅拍摄得不甚理想的山峰图片，虽然色调、角度有偏差，但山峰轮廓看起来非常眼熟。当看到照片下注明的"毛公山"字样时，田锡存豁然开朗。是啊，这山峰看上去有点像毛主席纪念堂里的毛主席雕像！回到延边后，他立即奔赴汪清县寻找这座山峰。在附近村民的指引下，他终于在汪清林业局沙金沟林场81林班雪岭找到了这座奇峰。

这是一座突兀对峙、直插天际的山峰，汪清河在其间穿过，一侧山峰下是森林铁路隧道，另一侧山峰下是引水发电基地。无论是近距离观赏，还是从远处眺望，山峰的形态都酷似毛泽东雕像。田锡存灵机一动，如果能把这座山峰作为延边的一个新景观推介出去，让世人欣赏到一代伟人永立青山的神姿，那不是一件大好事吗？

为了拍摄到山峰的最佳景致，田锡存不顾年迈，挎着照相机多次到毛公山取景。3年间，他拍摄了数十幅不同角度、不同季节、不同风格的图片。田锡存在多年拍摄的毛公山照片中，精心挑选出一张气势磅礴、最为神似的佳作，向州旅游局推荐。2005年，田锡存拍摄的毛公山的照片，参加了纪念中国根艺20年"根石美术精品展"，作品获得天趣摄影银牌奖。2006年，通过国家名人协会转送给毛主席的女儿李讷女士。在这张图片上，风起云涌的天空下，毛公山巍峨挺立，气象不凡。李讷女士收到照片后非常欣喜，很想亲临延边一睹毛公山的风采。因当时通往毛公山的道路尚未修筑等原因，李讷女士的行程只能遗憾地搁置了。

田锡存没有气馁，向世人推介延边的毛公山成了他晚年的一大梦想。为了让更多的人一览奇景，他邀请延边著名书法家王文彬在毛公山的照片上题写了诗文，再亲手设计，用红松木加工框架，雕饰花纹，做成一款工艺精美的摆屏。从此，田锡存有机会到全国各地参加旅游、工艺美术博览会，都拿出毛公山的照片或摆屏推介延边的这处景观。很多敬爱伟人、喜欢红色旅游的人被毛公山的景致深深吸引，期待到延边一睹毛公山风姿。2002年出版的《长白山志》一书中，将汪清的毛公山列入长白山周围名山。2003年，国家邮政总公司出版

"毛公山"邮政明信片，在全国发行5万余张。

15年来，田锡存将全部精力用在拍摄、宣传推介毛公山上，希望世人欣赏到这座奇峰，让更多热爱毛主席的人来延边瞻仰领袖风采。到底是什么原因让一个年逾古稀的老人为了一座山峰情牵梦绕，为了推介它不辞劳苦、奔波不辍？他的答案很简单，那就是对延边山水的钟情与热爱，推动第二故乡经济发展的责任心。

田锡存有一个梦想：延边有着圣洁的山川，是绿色生态的天然宝库。如果能让红色旅游与绿色风光相结合，"红""绿"相融共生发展，不但能使延边的旅游业腾飞，也能让延边人民尽享生态经济带来的福祉。作为一直默默助力于此的人，他获得的将是最丰厚的成就感。

原载于2015年3月18日的《延边日报》。

春光满眼日日新
——我州民生改善、扶贫开发和民族团结工作走笔

近年来，州委、州政府坚持以人为本的执政理念，高度重视民生改善和扶贫开发，统筹推进民族团结工作，让改革发展的成果更多更公平地惠及全州各族人民。

坚持发展和民生优先方针让民生保障安全网越织越密

早春三月，春寒料峭。虽然还在供暖季，但人们在明净的蓝天下，可以尽情地呼吸清新的空气，这是去年我州"六大民生工程"之一的大气洁净工程带给百姓的福祉。近年来，我州如火如荼地推进"六大民生工程、百件惠民实事"，体现了州委、州政府坚持发展和民生优先的方针，从人民群众最关心、最直接的问题入手，加大民生改善力度，着力攻坚克难，将基本民生保障安全网越织

越密。

去年，汪清县百草沟镇百草沟村农民贾胜臣一家搬进了崭新的砖瓦房。58岁的贾胜臣是我州受益于农村危旧房改造工程的1.5万户农民之一。贾胜臣患脑血栓多年，家境贫困。政府的民生工程，使其实现了渴盼已久的安居梦。据统计，仅2014年，我州就投资8.2亿元，完成农村危房改造14149户。全州城市棚户区改造完成10205套69.3万平方米，林区棚户区改造开工率达100%，全州"暖房子"工程改造完成123万平方米。

像农村危房改造、棚户区改造这样的"硬骨头"攻坚战，如今正在各个民生领域展开。与百姓切身利益相关的事，就是州委、州政府优先要做的事。

延吉市依兰镇九龙村村民王淑芬去年因患丙肝住院治疗14天，花费2700余元。因参加新型农村合作医疗，报销比例达到70%。如今，我州因参加新农合而受益的农民越来越多，完善的医疗保障体系让百姓有了安全感。

从2013年开始，我州将林业企业退休职工全部纳入州级统筹。至此，全州城镇基本医疗保险参保人数超过160万人，基本医疗保险覆盖率达99.6%，新农合参合率保持在99%。

大手笔投入教育保障，是我州民生改善的一大亮点。近年来，我州财政投资数亿元新建、改建、扩建百余所学校、幼儿园，数以千万计的教育助学金，使3000名家庭困难的学生受到资助，为5000名中小贫困学生解决寄宿难题，为5万名农村中小学生提供营养午餐。

社会救助、社会福利事业正在迅猛发展。2014年，我州城乡共有94488户、140011人纳入低保范围，人均补助分别达到403元/月和2201元/年，高于全省平均标准95元和853元；政府拨付资金6761万元，救助困难群众30万人次；完成250户水毁房屋重建，发放自然灾害补助资金5254.4万元；投资2.8亿元建设公办养老服务项目。目前，全州养老服务机构达到188家，床位数1.51万张，每千名老人拥有床位40张，高于全省31张、全国25张的平均水平。

改善广大农民的生活质量，是我州各级各部门民生工作的重点之一。近年来，我州投入3亿元用于农村环境整治，保护农村饮用水源地，收集生活垃圾，防治畜禽污染，使40万农民受益。

省委常委、州委书记张安顺多次在全州干部工作会议上强调："我们一切工作的出发点和落脚点都是为了百姓，要时刻把百姓的安危冷暖放在心上，要关注百姓的所思、所盼、所想，真正做到思想上尊重，感情上贴近，工作上依靠。"

多措并举协调发展让贫困人口普享政策阳光

我州是全省扶贫开发工作重点地区，目前尚有16.4万农村贫困人口。为了让这部分人早日脱贫，我州加力攻坚，力求精准扶贫，成效显著。

去年，我州对67个贫困村实施整村推进工程，将3万农村贫困人口纳入脱贫目标。经过努力，全年共实现30074名农村贫困人口脱贫，超额完成省里下达的脱贫任务。

——密切跟踪政策信息，做好各项扶贫资金的争取工作。"十二五"以来，全州共争取各类扶贫开发项目1360个，落实各项扶贫资金159648万元，其中以工代赈资金30846万元、财政发展资金48683万元、民族发展及兴边富民资金26041万元、企业和小额到户贴息贷款48578万元、彩票公益金5500万元。同时争得省里支持，"十二五"期间我州实施整村推进村数量占全省的三分之一，争取扶贫资金总量占全省的40%。

——创新经营方式，加强扶贫产业建设。将扶贫开发与全州农村主导产业发展相结合，因地制宜发展特色产业，重点扶持食用菌、绿色有机稻米、温室大棚、中药材、黄牛、森林猪等项目，一些产业已形成规模，带动了一大批贫困人口脱贫致富。在扶贫经营方式上，探索合作社、专业农场、公司加农户等经营模式，依托龙头企业、专业合作社、致富带头人等开展委托经营。

——加强基础设施建设，改善贫困地区生产生活条件。"十二五"以来，全州实施以工代赈项目396个，修建河堤66751米，拦河坝13座，灌溉渠道51285米，治理小流域23104.2公顷；打井引泉101处，解决了45762人和20246头大牲畜的安全饮水问题；实施泥草房和危旧房改造59886户；建设13个具有朝鲜族特色的特色村寨。结合新农村建设，加强村庄绿化、亮化和环境提升，全州农村特别是扶贫开发工作重点县农村的生产生活条件、生态环境和村容村貌有了巨大改观。

——加强组织协调，积极开展定点扶贫。2012年5月，我州印发了《2012—2015年延边州定点扶贫工作方案》，提出了帮扶目标，确定了帮扶任务，定点扶贫工作覆盖了列入"十二五"整村推进计划的所有贫困村。截至目前，全州有4个中直单位、88个省直单位、124个州直单位定点帮扶贫困村，各县市制定了本级定点扶贫方案。各级帮扶单位结合新农村建设和党的群众路线教育实践活动，积极深入帮扶村开展定点帮扶工作。4年间，中、省、州直单位共投入帮扶资金10077万元，捐助物资折合人民币3086万元。

——做好建档立卡工作，为开展精准扶贫打好基础。为了对贫困户和贫困村进行精准识别，了解贫困状况，分析致贫原因，摸清帮扶需求，明确帮扶主体，落实帮扶措施，我州在2012年建档立卡工作的基础上，2014年进一步对全州贫困人口开展了扶贫开发建档立卡工作，按照规模分解、群众申请、投票选举、乡村审核、公示公告等规范程序，准确识别和确认了扶贫对象，完成了数据填录等工作，掌握了贫困人口结构和致贫原因，为今后开展精准扶贫打下了良好基础。

民族团结引领风尚谱写和谐惠民新篇章

在我州，有一项荣誉至高无上，那就是延边连续五次荣获"全国民族团结进步模范集体"称号。多年来，州委、州政府始终把民族团结进步作为一面旗帜、一种政治责任。全州各族人民像爱护自己的眼睛一样爱护民族团结，像强壮自己的肌体一样强壮民族经济，像守护自己的灵魂一样守护民族文化。

每年年初召开的第一次州委常委会、州政府常务会议，都有一个固定不变的议题，那就是研究部署新一年如何推动民族团结进步事业。州委专门制定了《关于加强少数民族干部队伍建设的意见》，确定每年至少引进100名优秀朝鲜族大学生到基层工作。在各级党政机关和事业单位招考、招聘中，必须设置一定数量的岗位定向招收朝鲜族人才。同等条件下优先培养、优先提拔朝鲜族干部。在"充分信任、积极培养、大胆使用"的原则下，全州少数民族干部比例一直高于其他人口比例。融洽的民族关系，消除了民族间的戒备心理，让我州各级干部工作起来心情舒畅，确保了州委、州政府的政令畅通。

民族团结进步宣传教育和创建活动始创于延边。一直以来，"爱党、爱国、爱家乡"的共同价值理念凝聚民族团结正能量，"认同伟大祖国、认同中华民族、认同中华文化、认同中国共产党、认同中国特色社会主义"，成为延边各族人民的高度共识和自觉行动。在学校，每学年开展一次民族团结教育主题班队会、了解一个少数民族的英雄、讲一个民族团结的故事、唱一首少数民族的歌曲、写一篇民族团结的作文、介绍一处少数民族的风光，增强学生的民族自尊心和自豪感，激发他们学习民族文化的兴趣；在机关，每年组织开展其他民族干部学朝鲜语、用非本民族语言演讲、非朝鲜族群众唱朝鲜族民谣、民族政策法规知识竞赛等活动，在各级党校、行政学院都专门安排民族理论教学课时；在社区，"民族团结邻居节""好邻居天天见"等活动增进了各民族居民间的友谊；在企业，开展结对帮扶活动，大型企业帮助困难村屯、困难企业、困难学生走出困境；在军营，"兵爸爸""兵儿子"、军警民同心筑堡垒等特色活动取得显著成效。

如今，民族团结的理念和思路已深深熔铸到全州各族干部群众日常生活和工作的一言一行中。大家相互认同、相互包容，和谐共处、共谋发展。十几年坚持不懈写民生日记党的十八大代表、延吉市园辉社区党总支书记林松淑，50多岁自学朝鲜语的汉族社区党组织书记王淑清，带领村民发家致富的"司令村官"金文元，收养100多位孤寡老人和贫困、残疾儿童的韩哲范，30年如一日照顾汉族老人的朝鲜族妇女崔海顺等众多的先进人物和事迹被广为传颂。学典型、当模范在我州蔚然成风，并已凝聚成强大的正能量，有力推动着我州的各项事业不断向前发展。

原载于2015年3月19日的《延边日报》。

永远的"丁爸爸"

——追记安图二中原政教处主任、教师丁德清

离高考还剩一周时间,安图县第二高级中学高三 200 多名学生既紧张焦虑又斗志昂扬。高中三年,学子们 1000 多个日夜辛苦的学习实践将接受检验,他们期待用一份沉甸甸的成绩单向丁德清老师交上合格的考卷。

"'丁爸爸',您在天堂还好吗?在您离开的岁月里,我们牢记您的叮嘱,没有松懈,没有放弃,我们要用最好的成绩报答您为我们付出的一切。"高三六班学生李东侠的话代表了全体高三学生的心声。

时间倒转到 2014 年 2 月 19 日傍晚。

安图二中的师生至今清晰地记得那是个刻骨铭心的夜晚。那一夜,敬爱的丁德清老师永远离开了他们。

丁德清作为安图二中政教处主任,在忙完当天工作后,照常对高三学生晚自习进行例行巡视。晚上 7 时开始,他逐一巡查了教学楼内的各班级,看到学生们在教室里或奋笔疾书,或掩卷思考,心里很是欣慰。丁德清兼任这届高三学生的历史课教学,对每名学生都很熟悉。他知道哪个学生擅长学习,哪个学生思维活跃,哪个学生处于逆反期……不论是什么样的学生,他都打心底里喜爱。

结束巡视后,丁德清回到办公室打开电脑,开始整理当天的工作日志。他感觉身体有些疲累,头脑昏沉。也许是工作太忙睡眠太少的缘故吧,丁德清想。突然间,一阵眩晕,他下意识地站起来想走到沙发上休息一下,可此时腿脚已不听使唤,眩晕再次涌来,丁德清重重地倒在地上……

也许是夫妻连心,正在家中操持家务的妻子徐立洁老师一阵莫名的心悸。每天的这个时候是学生下晚课的时间,丁德清一定会打来电话,告诉她要晚些回家,要去学生宿舍转转。电话没有如约而至,徐立洁感到不安,立即拨打丈夫的手机,但始终接不通。她立即打电话给自己班级学生,让他们到办公室、教学楼内寻找丁德清。时间在焦虑中游走,十几分钟后,徐立洁接到学生电话,

丁德清昏倒在办公室里。

徐立洁与前来探望的同事不敢相信：那么生龙活虎、精力充沛的一个人，怎么说倒下就倒下了呢。在医院抢救的一天一夜，徐立洁不停地流泪，为没有及时发现丁德清的异常自责不已。亲友同事都默默地为丁德清祈祷，希望他早点醒来。事情却没有按照大家的期望发展，2014年2月20日，46岁的丁德清医治无效去世。

消息传来，安图二中的学生们震惊了。他们不能相信天天见面、亦师亦友的丁德清老师会与世长辞。学生们痛哭着涌出学校教室，要见丁老师最后一面。

肃穆的殡仪馆门前，挤满了前来为丁德清送行的人。有他教过的学生和学生家长、亲人、友人、同事、同学和同行，还有慕名而来的市民。每个人的眼里都含着泪，不愿相信静静躺在灵柩内的人是他们敬爱的丁老师。灵堂内摆满了花圈，千余人的送行队伍中传来令人揪心的哭声。

丁德清教过的学生闻听噩耗，匆匆从天南地北赶回来，为他们敬爱的老师送别。他们跪在灵堂内痛哭失声，不愿相信那个他们崇敬的人就这样走了。

安图县教育系统的教师们前来为丁德清送行。他们敬佩他德才兼备、业务出众，更敬佩他对教育事业的执着信念、对学生的深情厚谊。在丁德清的身上，他们感受到为人师表的崇高与责任，同时也为他英年早逝嗟叹惋惜。

在南开大学读硕士研究生的李书庭，是丁德清所教的2010届毕业生，他至今记得毕业前的最后一次班会。那天，丁德清充满激情地为学生们作高考动员，不知谁偶然问起同样面临高考的丁德清的儿子丁航的情况。李书庭每次回忆起当时的情景都感到心酸："当时，丁老师突然沉默了，我们能感觉出他心中的那份深深的愧疚。在我们面前从来都坚强的丁老师哽咽着说，对不起儿子，他对儿子付出的心血和时间太少了。"

丁德清当班主任的几年间，每天早晨6点离开家到学校看学生上自习，直到晚上10点左右学生放学后才下班回家。每天跟学生们一起的时间超过10个小时，即使周六周日也陪着班级的学生，与家人相处的时间少得可怜。李书庭说，丁老师带他们这届学生的3年间，每天清晨风雨无阻地到宿舍唤学生起床，带他们晨跑。学生吃早饭时，丁老师回到教室替学生值日。丁德清所带的这届学生，最终全部考入本科和大专院校，在安图二中高考历史上创造了一个奇迹。

在安图二中师生的眼中，丁德清是一个全能的"超人"。从教 25 年，他写下了 10 万余字的教学论文，受到政府、教育系统多次表彰，获得的证书、奖杯不胜枚举。他是历史学科教师，课讲得声情并茂，精彩迭出，调动起每个学生的注意力。丁德清被任命为学校政教处主任后，负责全校的德育工作，仍承担历史课教学工作。一天，他在课堂上给学生们讲解"钓鱼岛"的起源、历史背景及后来发生的历史事件、国际影响。学生们听得入了迷，直到晚自习下课仍意犹未尽地和他讨论。

除了讲课好，丁德清还是学校的文艺明星、体育明星，充满了人格魅力。课间、午休时光，只要他出现在操场上，一定会被学生们"逮住"。丁德清的足球、篮球、排球样样出色，在球场上矫健的身姿把学生迷住了。学生们以他为荣，同事们也钦佩他的才华。丁德清曾代表学校在全县教育系统文艺表演赛上，展示打击鼓乐的才艺，精彩的表演倾倒在场诸多观众。他曾执教过的安林中学师生激动地涌过来，狂热地把他抬起来，一次次高举过头顶……

从 2007 年开始，丁德清一直担任学年组长。他不但要关注全学年的学生，还要指导协调班主任、科任老师的教学工作。同事张春岩对丁德清非常敬佩："丁老师为人公正，处事公平，事事为人着想。他负责安排全年级教师的课时，总是把最吃紧、别人不愿意要的课时留给自己，这份公心让人敬佩。"

丁德清为人沉稳，却为了学生险些与人大打出手。2008 年的下学期，他所带的年级中有一些住宿学生沉迷上网，经常夜不归宿。发现这个情况后，丁德清每天下半夜到学生宿舍查人，发现有人不在就骑着摩托车沿着学校附近的网吧逐个搜寻。当时，一些网吧老板对他到店里"搜人"非常不满，谩骂他多管闲事。丁德清毫不相让，为了学生多次与网吧老板理论，甚至差点动手。逃寝的学生看到丁老师为了他们"红"了眼睛，幡然醒悟，回归正途。

"丁爸爸"是丁德清的学生送给他的昵称，因为丁德清在他们眼中既是老师，也是父亲。学生敬他、爱他，以他为榜样。丁德清所带的 2007 届学生将他所做的事、说的话记录在一个日记本上，取名《丁爸爸日记》。从这本洋溢着浓浓温情的日记中，可以看到他对学生的深刻影响。

这本记录着丁德清与学生深厚情谊的日记中记载着这样一个小故事：2009年的农历腊月初九，丁德清匆匆吃过午饭打算午休。这时他的手机突然响起，学生打来电话说班级有人打架。丁德清骑上摩托车匆匆赶回学校。他走进教室，迎接他的是五彩缤纷的礼花和彩带。黑板上写着"祝丁爸爸生日快乐！"每名学生都走上来和他拥抱，送上祝福。望着讲桌上的生日蛋糕和鲜花，看着学生们那一张张稚气真诚的笑脸，丁德清的眼里噙满了激动的泪水……

丁德清去世后，他教过的学生写下了一百余篇悼念他的文章和诗歌来寄托哀思。其中有一首诗感动了无数人："我还记得，那三年你对我们的呵护无微不至，那三年你对我们的青春叛逆百般包容，那三年你早起晚归陪我们备战高考……如今，我们的翅膀已经长成，即将实现您的心愿飞向广阔的蓝天，而您却走了……"

原载于2015年5月28日的《延边日报》。

"奋斗村"老支书奋斗一生甘当公仆

他是一名老党员，有着59年的党龄，一生忠于党和人民；他是一位老村支书，大力推进龙井市老头沟镇奋斗村建设，为村民奉献了自己的青春。尽管卸任30年，奋斗村村民仍记得老村支书胡学海带领他们奋斗奔小康的点点滴滴。

1928年，胡学海出生于龙井市老头沟镇官道村。在抗战结束后，他积极响应党的号召，于1946年加入官船乡土改工作队，后成为一名乡林业委员。1956年12月23日，他因工作积极突出，思想上进，光荣地加入了中国共产党。从这一刻起，胡学海的人生信条就是"全心全意为人民服务"，立志用毕生精力践行党的宗旨。胡学海成为高级合作社主任后，给自己所在的村庄起了一个响亮的名字——"奋斗村"，立志带领全村老小奋勇前进，过上幸福生活。

奋斗村成立之初，全村只有胡学海一名共产党员。他积极响应党的号召，带领村民走合作化道路，将奋斗村打造成全州的先进典型。20世纪60年代初，村里的党员人数逐渐增多，成立了党支部，胡学海兼任党支部书记。为节约成本，提高效率，他带领村民修建水库，加强机械化生产，成立优良种子小组，建蔬菜大棚和冬储大菜窖。胡学海在村里办起了砖瓦厂、煤矿，将村民发展为木工、铁工。他还组织村民养蜂、养猪、养羊，提高了村民收入，增加了村集体的资产。1963年前后，奋斗村人口大幅增加，耕田不足，胡学海带领村民开辟第二产业，谋求生存。他向镇里申请了300多公顷荒地，带领村民种植苹果梨和落叶松。果树和经济林给荒山增添了新绿，也改善了村民的生活，奋斗村成了远近闻名的"富裕村"。1983年3月20日，胡学海光荣地参加了中共吉林省第四次党代会，成为全州唯一的农民代表。

胡学海为村民做了许多实事、好事，从未凭借政绩为自己谋取任何私利。在利益面前，他牢记共产党员的使命，公而忘私，家境在村里始终是中下水平。1985年，胡学海从村支书岗位上退休。

胡学海的老伴感叹说："老胡为集体奋斗了一辈子，为村民谋了许多福利，他自己却没享过一天清福。"当年，胡学海凭着才智曾有机会到县里谋个一官半职，但他更愿意扎根农村，为村民服务。胡学海有6个女儿，当时城里招工、部队招兵，他把名额都给了别人，女儿们都是农村户口。三女儿胡凤秋至今记得挨父亲打的那件事。当时，胡学海为村民做了很多好事，为表感谢，有人给他家送礼，都被他退了回去。一天，一个村民给他家送了几斤大枣和一瓶香油，不到6岁的胡凤秋看得眼馋，趁父亲不在家把大枣吃了个精光。胡学海回家后，打了女儿一顿，把香油送还给人家。时至今日，胡学海与老伴仅靠微薄的低保收入生活，家中房屋是全村最破旧的泥草房，直到2013年，小女儿寄来几万元钱才盖起新房。几个女儿虽然没有借上父亲的光，但都非常孝顺。随着时间的流逝，终于理解了父亲那颗对党忠诚的心。

胡学海今年 87 岁，每天最开心的事情就是在田野间散步，观看远山上亲手栽下的松林、果林。他十分关心国家大事，床头放着《习近平总书记系列重要讲话读本》《习近平关于党的群众路线教育实践活动论述摘编》，有空就戴着老花镜一遍遍地看。去年，奋斗村开展改善农村用水工程，胡学海听说自己承包的水库符合水源标准时，二话不说，把水库无偿捐献出来。他说："只要是对村民有利的事，我都愿意做，牺牲点个人利益不算什么。"

今年 7 月 3 日是胡学海的生日，也是他与老伴结婚 70 周年纪念日。"我很庆幸自己的生日与党的生日如此接近，我觉得自己这辈子最大的收获是为党和人民做了一些事情，对得起当年入党时的誓言。"

原载于 2015 年 7 月 3 日的《延边日报》。

《我能如愿考入北京师范大学吗？》后续报道
北京师范大学校长亲自回信，媒体、爱心人士多方帮扶资助

高位截瘫少女李斯雯终圆大学梦

7 月 2 日本报刊发的《我能如愿考入北京师范大学吗？》一文引起社会强烈反响。敦化市高位截瘫女孩李斯雯勇战病魔，奋发学习，在今年高考中取得 658 分的好成绩，其励志故事感染了众多读者。随后，省、州各大媒体纷纷转发，李斯雯自强不息的事迹在社会上广为流传。

资助李斯雯多年的敦化市民申永伟听闻她的高考成绩后非常激动，与爱心人士一同前去慰问。申永伟得知，李斯雯目前很焦虑，担心因自己的身体情况不能被北京师范大学录取。申永伟代表关爱李斯雯的敦化市爱心组织，给北京

师范大学校长写了一封诚挚、恳切的信函。信中,他向北京师范大学校领导讲述了李斯雯的不幸遭遇及十几年来自立自强的故事,恳请学校能够接纳这位身残志坚的女孩,帮她圆大学梦。7月初,申永伟接到北京师范大学校长董奇先生的亲笔回信。董校长在信中说,北京师范大学通过媒体知道了李斯雯的故事,非常感谢李斯雯及社会各界爱心人士对北师大的信任,同时也感谢媒体及爱心人士对李斯雯的无私资助,请大家放心,北师大会妥善办理李斯雯入学一事。

7月7日,李斯雯接到北师大招生办打来的电话,表示学校已决定录取她,并详细询问了李斯雯的身体情况及家庭境况,尽最大可能为其创造方便条件。7月8日,北师大公布了录取名单,李斯雯榜上有名。

7月27日,李斯雯在父母的陪同下回到母校敦化市实验中学,拿到了北师大的录取通知书。回想起多年的努力一朝圆梦,她百感交集:"感谢媒体和好心人帮助我实现了梦想,感谢老师和同学多年来对我的帮助,更感谢父母和妹妹为我默默地付出……"

李斯雯的母亲杜桂芳告诉记者,李斯雯的事迹被报道后,敦化各地的爱心组织及市民纷纷打电话询问如何帮扶他们一家。"很多人看到媒体报道后来到我们家,询问孩子上大学的费用是否有着落,想要资助我们。"杜桂芳说,有一对不愿透露姓名的夫妇看到《延边日报》刊发的《我能如愿考入北京师范大学吗?》后,立即打来电话表示要每年定期汇款资助李斯雯上大学;长春市一位翟姓女企业家承诺:解决李斯雯大学期间的学费及生活费;在北京的"敦化老乡会"打算为李斯雯办理一张银行卡,定期为她存爱心汇款……杜桂芳含着泪说:"斯雯是不幸的,但也是幸运的,从拿到录取通知书的那一刻,我们真正感受到梦想成真的喜悦。"

离开学还有20几天,李斯雯回到江源镇寒葱沟村,将村里正在读中小学的孩子组织起来,为他们辅导功课。"我要尽力帮助有需要帮助的人,把大家送给我的那一份份亲情与爱心传递下去。"李斯雯说。

原载于2015年8月5日的《延边日报》。

"瓷娃娃"男孩高分考入敦化实验中学

7月28日,敦化市15岁少年王鹏博从天津就医后回家。旅途的劳顿,很快被巨大的喜悦冲散。他收到了一封来自敦化市实验中学的录取通知书。对于儿子王鹏博今年以高分考入市重点高中,母亲金晓光心中的喜悦与激动难以言表,在她看来,命运多舛的儿子离梦想又近了一步。

2000年,王鹏博出生在敦化市一个普通的家庭。王鹏博6个月大时,金晓光发现他的右腿发肿,到医院检查得知孩子竟然骨折了。金晓光夫妇十分困惑,孩子尚在襁褓中,怎么会骨折呢?几个月后,王鹏博的左腿又被诊断出骨折。这时,金晓光夫妻俩发现情况不对,立即带着王鹏博前往长春、北京等地大医院求诊。几经周折,王鹏博的病症在两岁时才被确诊。

当时,王鹏博被北京一家专科医院诊断为"成骨不全症"。这一病症又称"脆骨病",患此病的人通常被称为"瓷娃娃""玻璃人"。患者只要遭到轻微碰撞就会发生骨折,是一种罕见的遗传性骨疾病,发病率为十万分之三。"为什么偏偏是我的孩子?"金晓光无数次这样问自己。面对残酷的现实,金晓光夫妻俩经过痛苦的煎熬后作出决定——不放弃对儿子的救治。从那以后,只要听说有能治疗王鹏博的病的医院或医生,夫妻俩不顾远近,背起儿子就走。十几年来,金晓光夫妻背着王鹏博辗转在长春、北京、天津各地的大医院,倾尽家产,欠债无数。让人绝望的是,国内的各大医院对王鹏博所患的罕见病症束手无策。直到2008年,北京协和医院告诉他们,最新的医疗科技成果有可能对王鹏博的病情产生积极效果,缓解病痛。这是一个并不明确的消息,但金晓光夫妻俩欣喜若狂。从那以后,王鹏博每年多次被推进手术室,坚强的他一边忍受着病痛,一边求学,以常人无法想象的毅力读完了小学、初中。更让人惊叹的是,王鹏博这个被命运折磨的少年聪明睿智,在学业上发奋图强,成绩遥遥领先于同龄人。

2015年,对王鹏博一家来说,是一个幸运的年份。今年春天,王鹏博去天津接受了左小腿矫正手术,病情得到了控制。他不顾术后的种种不适,日夜苦读，奋战中考。5月9日，王鹏博参加了敦化实验中学举行的加强班考试。他在数百名学子中脱颖而出，被敦化实验中学加强班录取。中考时，他再创佳绩，考出了615分的好成绩。面对如此争气的儿子，金晓光夫妻喜极而泣，多年的付出终于有了回报。中考过后，王鹏博一家再次去天津治疗，做了右胫骨截骨矫形内外联合固定手术。专家指出，王鹏博刚满15岁，正在发育期，同时相比其他有脆骨病的患者身材偏高，恢复正常行走的可能性很大。

对于一个与病魔奋战15载的少年来说，王鹏博无疑是坚强的。这些年，无论求医之路多艰难，生活压力多繁重，他始终自强自立，从不耽误求学，学习成绩始终在年级里名列前茅。早在5岁时，王鹏博就在母亲金晓光的启蒙下学完了小学二年级的课程。为了给儿子创造良好的学习环境，金晓光拼尽全力。从小学到初中，每天天蒙蒙亮，金晓光就背着王鹏博到校自习。白天儿子上课时，她静候在教室外，课间背着儿子上洗手间，晚上放学，再把他背回家。为了全力照顾儿子，金晓光放弃了稳定工作，找到了一份时间上自由的保洁工作。她心中的梦想是，有一天儿子能站起来，像健康人一样生活。

王鹏博母子的坚韧感染了老师和全班同学。学生们非常喜欢这个性格开朗纯真的少年，更敬重他不向命运低头的精神。王鹏博兴趣广泛，特别热爱读书。家里的房间面积小，除了必要的家具，到处是一摞摞书籍。他还爱好硬笔书法，学习了3个月，就获得全市少儿硬笔书法比赛大奖。王鹏博的写作能力很强，他的文章经常被同学们当作佳作来学习，文中充满了真挚的情感和睿智的思想，让人刮目相看。

在父母眼里，王鹏博是一个非常孝顺、善良的孩子。从出生至今，王鹏博骨折了14次，每次手术都非常痛苦。为了不让父母心疼，每次手术，他都表现得从容淡定，从不把痛苦表现出来，还耐心地安慰父母。

认识王鹏博的人都知道这个少年有一颗爱心。在他上小学三年级时，班里有一位同学做心脏病手术需要募捐。王鹏博回家后和妈妈商量，把自己存下的压岁钱捐给同学。当时，家里为了给他治病已到了家徒四壁的窘境，但为了儿子的那份善良与纯真，金晓光还是同意他为同学捐款。"社会充满了爱，我生病、家里有困难时，别人都伸出手来无私地帮助我们，别人遇到了困难，我自然会不遗余力地付出。"王鹏博说。

王鹏博的阳光善良，深受周围人称赞。多年来，敦化市的爱心人士对王鹏博一家救助颇多。他和父母把这些恩情牢牢记在心里。王鹏博立下志愿，将来要报考北京中医药大学，成为一名中医师。"我要报答父母多年的养育之恩，更为那些被疾病折磨的人们解除痛苦。这是我的理想，也是我最大的心愿。"

原载于2015年8月14日的《延边日报》。

老党员朴钟烈：我要为党工作一辈子

他是一位有着66年党龄的老人，心里始终装着一个信念：一辈子为党、为国、为人民作贡献。他就是朴钟烈，一个忠于党，一生信守入党誓词的人。

1928年，朴钟烈出生于龙井市。1946年解放战争打响时，他正在黑龙江宁安县东京城读国高。17岁的朴钟烈毅然投笔从戎报名参军，被编入中国人民解放军第四野战队特种部队炮一师27团3营8连。朴钟烈生性灵慧，学什么一点即透。在连队里，他刻苦钻研苦练射击本领，不到3个月，射击技术远远超过其他战士，成为全师优秀射手。此后3年间，朴钟烈随部队转战南北，参加了解放吉林、长春、辽沈、平津、太原、渡江等20多个战役，从学生兵班长直升到炮兵营长，荣立特等、一等、二等军功20余次，成为战友崇拜的英雄。

1948年长春战役，敌方炮弹落在距离朴钟烈不足10米远的战壕边。当他和战友从土里钻出来时，双耳被巨响震得暂时失聪。朴钟烈强忍疼痛继续作战，一口气射出数十发炮弹，将敌炮打哑炸飞。连长夸他："好小子真有你的，我们赢了，你立功了。"可他什么也听不见，最后还是战友用笔写出"我们胜利了、给你记功"时,他才意识到自己端掉了敌人的大炮,喜极而泣。

在第二年的平津战役中,朴钟烈再次负伤。当时,敌军一颗子弹打到炮筒上反弹进朴钟烈的腹部。他忍着剧痛继续战斗,直到战斗结束时,战友们才发现他受了重伤。直到1950年,朴钟烈复员,那枚子弹才从他的腹腔中取出。

天津战役结束后,朴钟烈所属3营有3门大炮膛内活塞因常年磨损失灵报废。眼看太原战役打响,首长心急如焚,从师部要来3名技师维修,皆因没有零配件而无法修复。朴钟烈上中学时学过机械知识,于是主动请战修理大炮。他反复试验,在短短的几天内就找到了修炮的门径,使大炮性能恢复如初。师团首长来验收,夸朴钟烈是块好材料,给他记了一等功,并批准他加入中国共产党。他再接再厉,不顾旧伤复发,将全团30余门大炮都维修好,为我军赢得战争的胜利奠定了基础。

抗美援朝战争爆发后,朴钟烈再次踏上战场。当时战争条件艰苦,他的腹部因有未取出的子弹而发炎溃烂。不久,朴钟烈英勇作战时受重伤,耳膜破裂、左腿伤残,组织让他回国复员治病,同时被定为二等甲级伤残军人。回国后,他先后担任东北人民政府林业部编委会主任、省林管局宣传部部长、省林学院讲师、延边林管局工会主席等职。风雨半个世纪,朴钟烈无论是战争期间在部队,还是战后在地方工作,始终发挥党员的先锋模范作用,曾12次被评选为省级先进个人,所在部门连续8次被省级部门评为优秀部门。

离休后,朴钟烈生活充实,老有所为,仍在努力为党作贡献。多年来,延边州内各机关、学校、社区及边防部队等单位纷纷邀请他作革命传统教育演讲,听讲者近万人。

朴钟烈心里装着国家和人民,每当国家有灾难发生时,都冲在前面捐款捐物。他把国家补助的残疾资金全部捐献给了延边革命烈士陵园。"我和老伴都是中华人民共和国成立前的党员,我们互相理解支持,有生之年要为党奋斗,多作贡献。"

原载于2015年9月1日的《延边日报》。

积淀的"道德高度"
——汪清"楷模现象"的背后

全国时代楷模金春燮、崔光日,全国民政系统最高荣誉"孺子牛"奖获得者金正一,"全国教书育人楷模"朴航瑛,"全国助残先进个人"吴基哲,"吉林好人"崔龙燮,首届"延边好人"王义胜等,这些响亮的名字均来自汪清这片名不见经传的沃土。

一个仅有24.5万人口的小县城,在近10年间涌现出30多名国家级模范、百余名省州级道德典型,各行各业的优秀人物、先进集体更是不胜枚举,争做好人、争学好人蔚然成风,人们称之为汪清"楷模现象"。

汪清"楷模现象"的背后,凝聚着怎样的家国情怀,燃烧着怎样的为民情愫,积淀了怎样的道德高度?记者走进汪清,展开这张道德建设的感人画卷,看到的是汪清人不断叠加的正能量。

党委引领:指引道德建设的航标

指引道德建设,党委该怎样发挥不可替代的作用?汪清县委书记王燕铭如此诠释:"发展靠什么?靠大家,靠力量。党委需要凝聚党员的力量、干部的力量、百姓的力量,通过身边的好人引领他们,体现出一种精神,用身边人教育身边人,用各种阳光、水分浇灌党员、干部、群众成长,用他们良好的品行来引领社会。这种能量积淀得多了,时代楷模的出现就不是偶然的。这种精神的无价性,放大了道德建设的乘数,'楷模现象'的出现水到渠成。"

汪清县自1930年成立党委以来,就把道德建设作为加强党的建设的重要环节,在不同的历史时期先后开展了各种形式的道德建设活动,成为历届党委推进党的建设的航标。特别是近10年来,汪清县委进一步迸发道德建设的能量,紧扣社会主义核心价值体系主题,以典型评选促进社会主义核心价值体系建设,将道德建设融入党的建设、精神文明建设和经济社会发展各领域各层面,以培育、宣传、学习典型为突破口,营造出催生典型的社会氛围。

深化社会主义核心价值观建设要接地气，让百姓更容易感知和领悟。汪清县委以典型宣传助推道德建设，让党的意志和人民心声相结合，让宣传主张和群众需求相结合，使先进典型成为适应时代发展、推动社会进步的示范者。

让道德楷模在政治上有荣誉，在社会上有威望，在生活上有优待。在每年年初的全县精神文明宣传大会上，汪清大力表彰上年度的先进典型、道德楷模，要求当地媒体开设专栏，及时报道群众身边的"平民英雄"，打造汪清人自己的"明星"。孝亲敬老、美德少年、杰出青年、诚信公民等评选活动陆续开展，一批模范人物成为倡导文明新风的带头人。除了精神上给予荣誉，汪清还重金奖励道德楷模，在生活上给予帮助，向全社会传达出"好人光荣"的明确信号。

典型宣传如同催化剂，可直抵群众的心灵。汪清围绕人民群众最直接、最现实、最关心的热点问题来选树典型。选树的典型来自立足基层、服务群众的人物，如金春燮、崔光日等道德楷模，他们每个人的嘉言善行，都是对社会主义核心价值观的诠释，也是对道德伦理的最好说明。

道德的力量是无限的。除了金春燮、崔光日等道德楷模耳熟能详外，人们记住了"全国教书育人楷模"朴航瑛克服癌症病痛，数十年如一日扎根林区教书育人的故事；人们记住了81岁的老党员崔龙燮义务普法20年，为青少年无偿进行法律讲座千余场的故事；人们记住了职高教师孙文浩见义勇为，冰河里勇救两名少年的故事；人们记住了为保护开发汪清山区资源著书立说，古稀之年深入山区挖掘宝藏带动林农致富的王永明老人；人们记住了救助受伤老人不留名，拾得巨款不昧的好心出租车司机李兴北；人们记住了10年走了16万公里没丢失一份邮件、信函，无偿为村民代买农资、代缴电费、垫付货款的乡邮员张其华……

时代不会忘记，汪清人更不会忘记。在2014年4月汪清举办的首届"感动汪清"颁奖晚会上，当金春燮、崔光日、金正一等20位"感动汪清人物""汪清好人"上台领奖时，人们看到了他们身上闪烁着的道德光芒。"让道德楷模站在流光溢彩的舞台上，在闪光灯下接受鲜花、掌声和赞美。这样的荣耀，他们当之无愧。只有这样，才能让全社会感受到来自道德楷模的光和热。"汪清县委常委、宣传部部长卢立国感慨地说。

历史记录下一个个难忘的时刻，汪清人更是铭记了那份荣耀：去年5月，汪清县百草沟镇凤林村党支部书记吴基哲荣获"全国助残先进个人"称号，受到习近平等党和国家领导人亲切接见并合影留念；汪清县东光镇93岁的抗战老兵史淑先、"全国教书育人楷模"、天桥岭林业中学教师朴航瑛受邀到天安门广场观礼台观看了抗战胜利70周年大阅兵；天桥岭镇中学教师李建宇在教师节前夕获得"全国优秀特岗教师"荣誉，受到李克强总理的亲切接见……

"社会主义核心价值观从来不是高高在上的道德信条，而是通过每个人的一言一行来加以体现，'好人'人人可做、好事时时可为。"当身边熟悉的好人得到全社会广泛认同和褒奖时，蕴藏在百姓心中的道德力量自然会迸发出来。

汪清县委党校近年来按照县委要求，精心设计了具有本地特色的党性教育课程，以童长荣烈士纪念馆、小汪清抗日根据地、金相和烈士陵园为平台，推出了"重走抗联路，弘扬民族魂，实现中国梦"培训项目，仅2015年就吸引了全国各地党校和上千名党员干部前来培训学习。

汪清的党员干部定期到党校培训，锤炼党性，感受抗联将士的英雄气概与优秀品质。除了挖掘英烈精神，汪清县委党校还对近年来涌现的道德楷模精神进行研究解读，组织引导全县党员干部学习。对此，汪清县委书记王燕铭深有体会地说："每个人的心底都蕴藏着善良的道德意愿、道德情感，一定要正面引导，将正能量激发出来，这是党政部门义不容辞的责任！"

时代土壤：培育道德建设的温床

道德的种子只有种在肥沃的土壤里，才能生根发芽、茁壮成长。

汪清是我州抗日革命老区，有着深厚的革命传统。这里红色资源丰富，有282处革命遗址、2362名革命烈士。抗日战争时期，在中共东满特委的领导下，汪清的抗日志士先后与日寇进行了105次的殊死战斗，铸就了彪炳史册的东北抗联精神。

东北抗联精神为汪清人树立正确的人生观提供了珍贵的价值引领，坚定的信仰为理想信念教育提供了弥足珍贵的历史教材。汪清人铭记，要永远缅怀革命英烈的丰功伟绩，弘扬和传承抗联精神，让道德建设在汪清的红色土壤上永远闪烁着时代的光辉。近年来，汪清开辟了多条红色教育路线，建立了多个爱国主义培训教育基地，对干部群众开展爱国主义教育、革命传统教育和党性教育。

金春燮的名字在汪清家喻户晓。10年来，这位退休老党员四处奔波，不辞辛苦，修建了77座抗日烈士纪念碑，编撰了40余本、100多万字的抗战书籍、资料，创办了汪清抗日战争纪念馆和汪清英烈网。他坚持挖掘抗战英烈事迹，修整抗战历史遗迹，传播抗战精神，在机关学校、街道社区、乡镇村屯等地进行了上千场爱国主义教育课。去年8月，金春燮被中宣部授予"全国时代楷模"。

如今，汪清很多群众在清明节、国庆节、抗战纪念日等重大节庆日自发来到烈士纪念碑前，重温历史，缅怀先烈。金春燮说："每当在烈士碑前给青少年宣讲抗日爱国事迹的时候，我都感到很欣慰，因为他们能从故事背后学习到抗战英烈为伟大的民族解放事业英勇献身的牺牲精神。"金春燮认为，汪清的红色土壤对青少年道德信仰的培养教育具有得天独厚的优势。

在金春燮的感召下，汪清一些老干部、老党员、老专家自发组成宣讲团义务到机关学校、厂矿企业进行宣讲，在数万人心灵上播撒了民族精神的种子。宣讲团定期为学生们讲课，让他们从小了解发生在家乡土地上的战斗历史，激发他们的爱国主义热情。汪清四中政教处主任韩成男告诉记者："红色的英烈教育与身边道德楷模的影响，对青少年产生了强烈的震撼。只有当社会主义核心价值观在心中'生根'，青少年才能'扣好人生的第一粒扣子'。"

什么样的时代土壤长什么样的庄稼。记者在采访中发现，汪清"楷模"是通过做实宣传思想工作、创新精神文明建设方式后自然而然涌现出来的。近年来，汪清坚持把道德建设作为基层宣传思想工作和精神文明建设的载体，把宣传党的方针政策、法律法规、社会主义核心价值观、爱国主义教育、培育社会新风尚等融入群众易于接受的方式中，持续不断地"施肥"，培厚了道德楷模成长的时代土壤。

汪清道德楷模层出不穷，不是偶然的。它是汪清落实社会主义核心价值观，把其从"大道理"转变为身体力行的一种担当。

从警 26 年，身患重病的崔光日，历经看守所、派出所、刑警等多个警种，从未离开工作一线，在每个岗位上都取得了突出业绩。崔光日说："我从小接受红色教育、爱国主义教育，我热爱我的工作，热爱我的职业。只要穿上警服，就会觉得浑身有劲！"县里的出租车司机都认识崔光日，他爱岗敬业的故事在"的哥"中广泛流传。汪清县爱心车队副队长李兴北眼里的崔光日形象高大："从崔指导员身上，我们感受到了社会责任感，唤起了我们对道德文明的向往和追求。"2015 年 12 月，崔光日获得"全国时代楷模"称号。

获得全国民政系统最高荣誉"孺子牛"奖的金正一也是这样一个有担当的人。在民政系统工作 20 多年，金正一大多数时间都在基层奔忙。他心里有笔账，记录着所有贫困户和他们家庭的状况。他走访过当时全县的每一个贫困户家庭，了解他们的难处，帮助他们解决难题，而他每月仅靠 1000 多元的工资维持着一家四口的生计，和妻儿住在出租房里。

汪清坚持营造典型成长的浓厚社会氛围，使社会主义核心价值体系的精神资源更加丰富。随着汪清楷模、先进典型人物如雨后春笋般涌现，积极健康向上的社会风尚得到了更为广泛的传播。

每年春夏之交，汪清文化广场展出"汪清好人""感动汪清人物"的事迹照片、资料，配合报纸、电视、网络等形式宣传道德楷模的事迹，组织他们到机关、学校、企业、村屯作巡回报告，让道德楷模的事迹家喻户晓。让楷模走到百姓身边，走进人们心里，增进了全社会对社会主义核心价值观的认同。

社会基础：推进道德建设的源泉

汪清地处延边腹地，朝鲜族占总人口的 28%，各族群众团结和谐亲如一家。汪清"楷模现象"就是在这个人心向善的氛围里产生的。和谐的民族关系，淳朴的民风底蕴，良好的家风传统，是汪清"楷模现象"的社会基础。

多年来，民族团结之花在汪清这片热土上绚丽绽放。汪清县历届领导班子高度重视民族团结进步工作，将其置于全县经济社会发展大局中。为确保各项民族团结工作有效落实，汪清县成立了民族团结进步工作领导小组，考核监督各部门民族宗教工作。各乡镇、街道社区也成立民族团结进步工作领导小组，确保民族团结进步工作在基层有人抓、有人管。2012年,在全州第十四次民族团结进步表彰大会上,汪清县被评为全州民族团结进步模范标兵县。2015年,在全省第六次民族团结进步表彰大会上,汪清县连续第三次被评为民族团结进步先进集体。

淳朴的心灵会形成一股向善的正能量,如同"全国民族团结进步模范""感动汪清人物"崔海顺30年如一日照顾汉族邻居王淑艳的故事,总让人感动。

1985年,崔海顺一家搬到东振社区人造板厂宿舍平房区,结识了瘫痪在床的邻居王淑艳。从那以后,崔海顺开始照顾王淑艳,包下了王家的所有家务活。为了照顾好邻家大姐,崔海顺努力适应汉族的生活方式,甚至学会了做中餐、包饺子。2010年,崔海顺的子女在县城买了暖气楼接她去养老。崔海顺舍不下王淑艳,依然留在平房区照顾这位老大姐。

在道德建设的源泉里,汪清人发现,更多时候,真善美渗透于平常的生活中。朝鲜族老党员金莲顺,以雷锋为楷模,27年如一日平常而不平凡。为了美化家乡的环境,金莲顺不但义务清扫街道和公厕,还在道路两旁和烈士陵园内栽种了千余株树木和花草。这位耄耋老人拎着水桶,步履蹒跚地浇灌花草树木的身影,给很多汪清人留下了深刻印象,也让人们懂得了有一种善良是对个人品质和社会责任的坚守。

在道德建设中,汪清没有忽略细节之处的家风传统培育。"崇文尚教、勤劳守信、温文友善"是汪清道德文化建设的核心,也是汪清传统家风的基本内容。多年来,汪清持续围绕夫妻、亲子、邻里等关系,开展好夫妻、好儿女、好婆媳、好邻里、好母亲系列评选活动,大力弘扬家庭美德,使榜样的"典型效应"发展成为"群体效应""社会效应",同时以道德风尚为引领更好地促进家风传承。

去年5月,汪清县东光镇举办了以"诵读中华经典,传承华夏文明"为主题的国学经典诵读比赛,全镇机关干部、村民踊跃参加。东光镇内有许多村民家风清正、礼仪传家。村民从小教育子女学习《三字经》《弟子规》等经典文化,引导子女"勿以善小而不为,勿以恶小而为之",形成了孝老爱亲、助人为乐、勇于担当的优秀传统。通过经典诵读,更多村民意识到良好家风对子女未来成长的重要性。

汪清一小六年三班的齐熙绅是一位在清正家风里成长起来的优秀少年,因孝亲敬老被评为 2014 年汪清"美德少年"。父母从小教导他孝敬长辈、尊重他人,祖父生病后,他尽心尽力照顾。齐熙绅孝亲敬老、尊敬师长、谦让有礼的品行,成为同学们竞相学习的榜样。汪清一小大队辅导员李蕾说:"良好的家风是青少年成长的基础,但光有家教不行,还需要学校和社会环境共同作用、共同配合、共同融入。其中,道德楷模的影响是巨大的,榜样的力量让祖国的花朵茁壮成长。"

"春雨爱心之家"辅导班在汪清知名度很高,负责人仲伟岐被评为首届"汪清好人"。2000 年,原籍黑龙江省的仲伟岐携妻子来到汪清县协助女儿创办课外辅导班。办班初期,他减免了部分贫困家庭学生的学费,渐渐地,辅导班办成了没有盈利、免费为贫困学生提供食宿的长托班。仲伟岐办班不挣钱不说,还要往里搭钱,靠着家人和社会的资助维持"春雨爱心之家"的运营。

15 年来,仲伟岐一共收养、扶助了 100 余名家境贫困或单亲、无亲的学生。在班里学习时间最长的学生已经中专毕业,开始帮助他辅导低年级的学生了。他认为,"春雨爱心之家"能走到今天,离不开政府部门的支持和社会各界的帮助:县关工委主任金春燮、教育局干部和附近邻居都为孩子们送过生活用品、食品衣物、学具和电脑;逢年过节,社会上的爱心人士送来了慰问品和慰问金;相关部门减免了辅导班的水电费、卫生费;汪清四中的教师周末无偿帮助学生辅导功课;省华商集团给学生赠送生活补助……仲伟岐说:"我是外地人,但我热爱汪清,喜欢这里淳朴的民风。我在汪清找到了人生的目标,也找到了与我一样甘愿为他人付出的朋友。"

在汪清这座崇德向上的县城里,道德楷模、好人不断充盈着和谐社会的基础,越来越多敬业、爱民、乐居、奉献的有德之人找到了实现抱负的希望,更成为推动社会发展的时代力量。同时,被道德软实力不断优化的投资环境和积极向上的社会环境,也吸引着越来越多的投资者和建设生力军来到汪清。很多投资企业看好汪清的人文环境,愿意在此创业。很多来这里寻找机会的人,找到了栖居的家园，实现了自我的价值。

汪清"楷模现象"的背后，有着太多的感人故事，它带给人们的启示值得解读。

启示之一，党委主导让正能量熠熠发光。

金春燮、崔光日、金正一、朴航瑛、吴基哲、崔海顺等国家级道德模范，崔龙燮、金莲顺、王义胜、王永明等省州先进典型，近年来在汪清大地持续涌现，这是汪清县委主导正能量，激发全社会向善的必然结果。

近年来，汪清县委始终把弘扬中华民族传统美德、加强社会主义思想道德教育作为战略任务来抓，在道德楷模选树过程中，尤其注重对公民理想信念的培育引导，通过各种载体教化民众讲道德、尊道德、守道德，同时充分发挥道德楷模的示范引领作用，广泛宣传他们的先进事迹，为全社会树立了学习效仿借鉴的榜样和标杆。这些做法成为激励全县人民群众崇德向善、见贤思齐、积善成德的原动力。

在党委的主导下，汪清精神文明和物质文明建设齐头并进。特别是汪清县提出"生态发展"战略后，经济杠杆作用凸显，2014年实现生产总值68亿元，县域经济考评由全省第37位跃升至26位。经济实力的提升，使汪清把新增财力更多用在惠及民生上，百姓养老、失业、工伤、生育、医疗等各项保险稳步提高，城乡低保、城镇失业、群众居住条件明显改善，1.7万人口实现精准脱贫。

"仓廪实而知礼节，衣食足而知荣辱。"汪清经济的发展，成为提升公民道德素质的基础。汪清虽是国家级贫困县，但百姓对生活满意度日益提高，诚信为本、仁爱友善、恪尽职守、尊老重孝的正能量在民间占据主流。

启示之二，淳朴民风助推先进典型辈出。

汪清地处延边腹地，虽然发展相对落后，但历来民风淳朴，百姓保留了很多传统文化中的优秀品质。汪清人勤劳勇敢、善良淳厚、追求道义，人与人之间关系亲切融洽。这种精神血脉的传承不仅造就"汪清楷模"诸多凡人善举，更形成一方土地上良好的社会风气。

在这片崇德向上的沃土上，人们看重幸福,胜过看重GDP；重视心理健康,超过重视金钱。百余位道德楷模的竞相涌现,更是激荡起阵阵文明新风,叠加起道德新高度。汪清先进典型不断充盈着和谐社会的基础,他们集合了中华民族乐于助人、舍己救人、朴实善良等传统美德,为培育社会主义核心价值观提供了滋养,也为践行社会主义核心价值观找到了对接点。

汪清先进典型辈出源于淳朴的民风。记者采访这些典型人物时,他们有一个共同表述着实令人感动:"汪清这片沃土养育了我们,我们爱党、爱家乡,我们所做的是每一位有正义感的人都应该做的,我们和大多数人一样都是愿做好事、愿当好人的人,我们就是普通人!"

为让社会主义核心价值观在群众心中"生根",将淳朴的民风传承下去,汪清在道德教育建设方面重点立足于青少年,将培育和践行社会主义核心价值观与青少年教育相结合,推动学校、家庭、社会三方协作,通过道德楷模形成示范效应。汪清人认为,只有植根于淳朴的民风沃土,才能培育出具有良好品德的后代。在对青少年的教育中,汪清切实让他们感受到道德楷模带来的精神财富,让他们从中吮吸养料、滋养心灵,引导他们向真、向善、向美,在成长的心灵中播下真善美的种子,播下社会主义核心价值观的种子,使其生根、发芽、开花、结果,最终长成参天大树。

启示之三,宣传引导形成浓厚社会氛围。

道德楷模的竞相涌现是对社会主义核心价值观的最大彰显。汪清对道德楷模进行全方位的宣传、表彰,让他们成为干部群众热议、追捧、学习的对象,把汪清"楷模现象"转化成全县上下自觉践行社会主义核心价值观的共识共为。

近年来,汪清组织报纸、广播、电视、网络等媒体,将那些社会责任感强的创业先锋、热心公益的致富能手、业绩突出的岗位标兵以及品德高尚的道德模范挖掘出来、宣传出去,展现汪清人的风采,让干部群众学有榜样、追有标兵;评选、表彰、宣传"感动汪清人物""汪清好人",传播凡人善举;在中小学中开展评选美德少年活动,打造出一套精神奖励机制与荣誉奖励体系,促使青少年自觉传播社会正能量;发挥革命老区优势,以红色教育为抓手,挖掘抗战英烈事迹,培育民众道德信仰,激发爱国主义热情。这种把典型人物的思想行为与当前人们的实际需要结合起来的方式,实现了典型宣传和受众之间的价值认同,引起了群众的强烈共鸣。

正确价值观的形成非一朝一夕之功,也不是三年两载可成,而是一个长期积累和升华的过程。如果抓抓停停、"雨过地皮湿",势必事倍功半,甚至会产生反向效应。汪清坚持一张蓝图绘到底、一任接着一任干,连续多年宣传引导,最终铸魂、立根、夯基,成就了汪清"楷模现象"。

正面的宣传引导形成了浓厚的社会氛围,行善事、做好人,正在汪清大地形成风潮。"有名英雄"的背后涌现出无数的"无名英雄",越来越多的人跟随崇德向善的脚步坚定前行。

与此同时,汪清努力把公民道德建设融入经济、社会、生态文明和党的建设各领域,把道德的力量转化为促进各项事业加快发展的内驱动力。

启示之四,民族团结成为共同的价值追求。

民族团结是一种精神,是一种思想力量,是一种追求,它对凝聚人心、整合社会起着重要作用。没有民族团结,就没有社会的稳定;没有民族团结,就没有经济的发展;没有民族团结,构建社会主义和谐社会,全面建成小康社会就无从谈起。

汪清是多民族聚居、多宗教并存的地区,特殊的县情决定了民族团结工作的重要性。多年来,汪清努力做好民族团结进步工作,促进了县域发展和长治久安。

细数汪清的时代楷模金春燮、崔光日等,他们是各民族的先进典型代表,是推进民族团结工作的模范,他们每一个人的思想深处都闪耀着民族团结之光,他们用自己的行动诠释大爱,凝聚着民族团结的伟大力量。

汪清民族团结模范又是道德楷模,他们在平凡之中默默坚守,虽然没有豪言壮语和惊天动地的事迹,却用爱心和壮举提升了道德的高度、树立了德行的坐标,为全社会标明了道德追求的方向和刻度,为汪清创建民族团结进步地区作出努力。

民族团结犹如星星之火,焕发燎原之势,让更多汪清人汲取道德的养分,使全社会形成合力、张力,把社会主义核心价值体系建设进一步推向深入。

如今,在汪清这片热土上,汉族、朝鲜族、回族、满族等各民族群众同呼吸、共命运,一幅各民族相互团结、相互帮助、共同发展的美丽画卷壮丽延展。

启示之五,关注关爱让楷模活得有尊严。

在汪清,党和政府十分关心、关注道德模范,构建起帮扶楷模的长效机制,保障他们的切身利益,让"德"者有"得",在全社会倡导好人好报、争做模范的价值取向。

道德楷模被社会广泛关注关爱,掀起了一股崇德向善的社会暖流。道德模范本身的事迹就很感人,他们身上有着凡间烟火的味道,却又不同于单独的凡人,在他们的人生故事里,人生的长度与社会等同,但是人生的宽度却被无限拓展;道德模范本身是某一领域优秀品德的代表,诚实、勇敢、善良、忠诚……这些优良品质,闪耀着浓烈的道德光辉和人性光辉,让人不由自主地想去关注关爱。

让楷模得到社会关注关爱,更要让他们活得有尊严。每当有正能量人物和事件出现,汪清就营造模范人物受尊重、有尊严的氛围。汪清建立了道德模范回访和扶助长效机制,为生活困难的楷模提供政府救济和社会救助,在就业、生活保障、子女入学等方面给予照顾。这些有益尝试,如同社会的暖流包裹着汪清的道德因子,让人们学习楷模、支持楷模、认同楷模、尊重楷模,流淌汪清人独有的"道德血液",积淀汪清人深厚的道德高度。

原载于2016年1月11日的《延边日报》,本文与董乐平共同采写。

"爱民书记"林松淑：心中有党有民有责任

在延吉市公园街道园辉社区，有一位"爱民书记"：她是居民的"贴心人"，是外来打工者的"自己人"，是出国劳务者的"娘家人"，是留守儿童的"监护人"，是空巢老人的"赡养人"，是服刑人员的"帮教人"。这些身份，都是因为她深爱着社区和居民。15年来，她原本可以经商赚大钱、享受轻松的生活，但却选择了到矛盾多、治安差的社区工作，甘为弱势群体服务。为啥？因为她心中有党，有人民，有责任。

她叫林松淑，是延吉市公园街道园辉社区党总支书记。

"我母亲在社区工作了35年，我当了15年社区书记，侄女在社区干了8年，外甥女也在社区工作了3年，我们一家三代人为社区居民工作了60多年了。"5月6日，林松淑接受记者采访时说。

当选社区书记前，林松淑经营着一家私立幼儿园，收入丰厚且稳定。2001年，延吉市对原有的居委会进行改革，正式组建社区。园辉社区第一届社区书记人选成为居民心头的一件大事。林松淑的母亲曾担任了35年的园辉居委会主任，居民对她既信任又尊敬。很多人都去过林家，知道林松淑的品行极像母亲，大家商议后，决定动员老主任的女儿林松淑竞选这个社区书记。

林松淑很小就体会到母亲的不易。作为一名普通的居委会主任，母亲每天起早贪黑，总有忙不完的琐事。家中更是人来人往，求助的、闹纠纷的、上门找碴的，母亲都耐心地帮助居民解决难题，尽其所能让人满意。看着母亲辛劳了一辈子，林松淑更想走自己的路。她热爱幼教事业，所经营的幼儿园每月纯收入超过万元，既能奉养父母，也能让自己的小家过得宽裕舒适，所以当老居委会主任和居民代表来找她时，她婉拒了。

几个来登门动员的朝鲜族老人非常清楚林松淑的为人，没有因她的拒绝而气馁。她们语重心长地说："松淑啊，我们知道让你来竞选社区书记是为难你了。可你是一个共产党员，你公正善良、头脑灵活、做事有章法，居民佩服，大家都希望你能出来为群众做事啊。"这句话，深深打动了林松淑。"自己是一名共产党员，不能忘记对党应尽的义务和责任，应该忠于使命，甘于奉献，为群众谋利造福。"

林松淑最终参加了竞选，并不负众望高票当选为园辉社区第一任书记。原打算过个一年半载就卸任的她，却在社区书记的岗位上一干就是15年。

"金阿迈，您电话上已经设置了'一键通'社区电话，有急事一按就能找到我们了！"

"陈师傅，这周，老年协会党支部有活动，记得来参加啊！"

"李姐，你丈夫养老保险的事，社区开完证明了，明天把证件带齐了，我跟你一起去办！"

"小高，今天下午的'三点半课堂'是教孩子们做紫菜饭，把孩子们都集中到二楼会议室。"

一声声嘱托之后，林松淑总不忘加一句："有事来找我！"

林松淑就是这样一个人，在她心里："百姓的事再小也是大事"。怀揣一腔热忱做工作，用自己的真心真情感动社区居民，她被称为"爱民书记"。省、州领导这样评价她，她视居民为家人，用心用情做好社区工作，使居民群众切身感受到共产党员一心为民一心干事的好传统、好作风。

园辉社区是个老社区，空巢老人、留守儿童、失业、贫困、残疾等弱势群体比例高，社区每天要做的事情多而杂。为了不忘事，林松淑当选后不久开始记录"民情日记"。她把每天看到的、想到的、居民需要的以及服务居民的经验感受一一写进日记里。15年来，她的日记本一年比一年厚、内容一年比一年丰富，累计达35万字。翻到哪一页，林松淑都能如数家珍地讲起当天的故事。

2013年11月8日，林松淑作为吉林省唯一特邀列席社区书记代表，赴北京参加了党的十八届三中全会。时任中央领导李长春到吉林代表团慰问时，看到了林松淑写的"民情日记"，鼓励她继续为基层群众服务，并在"民情日记"上签名。林松淑说："那一刻，我再次感受到社区书记的责任和使命，庆幸自己选择了一条正确的路。"

对于林松淑来说，社区工作没有太深奥的门道，一颗真心、一腔热情比什么都重要。

在园辉社区外来务工人员中流传着一句顺口溜"城里人、外来人，住在园辉一家人"。15年前，舒兰县农民房庭宝只身一人来延吉市打工，人生地不熟，生活难以维持。林松淑知道情况后主动找到他，帮助这个"外来人"建起一家房屋装修维修部。凭着吃苦耐劳和心灵手巧，房庭宝很快在异乡立住了脚跟，不到10年时间，从赤手空拳的打工者到拥有两套住房、一间门市房的小老板。2015年，他经林松淑介绍光荣地加入了中国共产党。

翻开林松淑的日程表：清晨4时起床，为生活在社区留守儿童之家的6个孩子做饭；6时30分准时送孩子们上学；7时30分上班服务居民；17时与留守儿童之家的孩子们一起做运动或者交流情感，之后共进晚餐；22时睡觉并保持手机开机……据统计，园辉社区内就业人员、外出务工人员、外来劳务人员以及残疾、低保户中共有260名儿童，每个孩子身上承载着林松淑无尽的爱。在林松淑的努力下，园辉社区早在2002年成立了"保护儿童爱心协会"，并设立了专门场地，配齐了专门人员，建立了门户网站。她还为7名社区贫困留守儿童募集了每月200元到小学毕业为止的就学资助。

在园辉社区办公室里，放置着一个保险柜，里面放着一些社区内出国劳务人员的存折、房照、金银首饰及钱物等贵重物品。保险柜是林松淑自己掏钱买的。

2006年，一个准备到爱尔兰劳务的社区居民找到林松淑，想出国，但家里没有什么亲人，他以后的养老金没法交，就业补贴金也没法领取，为此感到很为难。为了帮助这些出国劳务的居民解决后顾之忧，林松淑自己出资购买了一个保险柜，将出国人员的存折、房照等贵重物品保管起来，并为他们缴纳养老保险、领取补贴等。10年来，有近百笔大额资金存入和支出，从没出现过一次差错。

走进园辉社区，一排排整洁亮丽的楼房，绿树成荫，花草点缀，俨然一幅美好的生活图景。然而，在15年前，园辉社区完全是另外一番模样：满眼老旧楼，房顶漏水，马葫芦被堵，墙皮满地，垃圾成山。

2011年，园辉社区正式启动了"暖房子"改造工程。"暖房子"工程对于每户居民来讲无疑是得实惠的大好事，但居民需要承担一部分费用。一些居民产生了抵触情绪。林松淑每天挨家挨户宣传"暖房子"工程，苦口婆心地给居民讲工程的意义，讲工程改造给大家带来的实惠。居民都很信任支持林松淑。一位83岁的独居老人，听到林松淑的动员，立即给在国外务工的子女打电话强调："赶快汇钱过来，你们不在时都是林书记在照顾我，为你们尽孝，这次我们不能拖后腿，不能影响其他人享受好政策。"经过几个月的努力，几百户居民中除5户出国务工人员联系不上外，其余的都同意了。有几户居民临时拿不出钱，林松淑就主动垫付了3万余元，让整个工程进展顺利。

原本需要两年才能完成的暖房子工程，园辉社区4个月就做成了。这4个月间，林松淑带领社区人员入户1.5万多次，代收工程改造费100多万元。在居民们的全力配合和支持下，没有发生一起纠纷，54栋老旧的火炕楼顺利改变成崭新的地暖楼。林松淑说："用15年的努力、付出，换回群众的信任，我觉得值了！"

林松淑常说：心中有党、有人民、有责任，做人做事才有底气。社区的共产党员，就是林松淑手上的又一张王牌。

近年来，党和政府越来越重视社区工作，林松淑特别注重抓党的建设。在她的倡议下，社区成立了巾帼、外来务工等7个党支部，14个党小组。在"两学一做"学习教育中，为把党组织作用发挥好，林松淑想了许多新点子，探索了许多新路子，形成了一套以社区党组织为核心、社区党员为主体、协会组织为平台的新型社区治理体系。

在林松淑的带领下，园辉社区管理有序、服务完善、文明祥和、平安和谐，荣获全国爱心社区、全国和谐社区等100多项荣誉。

原载于2016年5月20日的《延边日报》。

社区心理咨询：居民急需的"心灵驿站"

社会的进步和发展带来的竞争日趋激烈，导致人们所承受的身心压力与日俱增，进而对心理咨询服务的需求越来越大。记者通过调查了解到，我州目前的心理咨询服务还仅限于医院的心理咨询门诊、高校的心理咨询中心等，远不能满足大量人群解决心理问题的需要。我州的社区心理咨询服务正是在这样的背景下产生的。社区心理咨询室为方便、快捷、有效地解决居民心理问题提供了重要渠道，社区心理咨询室也因此成为居民的"心灵驿站"。

我州的社区心理疏导、心理干预工作近几年有了起色，以延吉市为例，目前各街道社区大都开设了心理咨询服务项目，有些还单独设立了心理咨询室，但同时也暴露了人才不足的问题。记者调查发现，我州当下在社区中从事心理咨询服务的人员大多不是心理专业出身，而是由从事其他工作的人员兼任，或是由其他专业的人员经过短期培训、自学等方式速成而来，这些人员基本上没有受过正规、系统的心理学教育，所掌握的心理知识还不足以达到解决他人心理问题的水平。

相比身体健康，人们对心理健康了解不多，重视程度不够，很多人甚至认为得了抑郁症等心理疾病是非常不光彩的事情。记者在采访中发现，不少市民把寻求心理咨询、心理诊治视作洪水猛兽。很多人认为，心理问题就是精神病；也有人对心理知识有一定了解，但碍于面子，羞于启齿，更不愿将心理问题吐露出来。正是基于此，在社区设立心理咨询室，既可让居民在家门口找专业心理咨询师聊天，一些问题可以尽早发现，避免恶化，又可减轻专门看心理医生的思想负担，更容易为大家接受，心理辅导的效果也会更好。

虽然目前我州的社区心理咨询室在居民中反响比较平淡，但记者发现，我州有部分县市的社区心理咨询服务做得比较有影响力，其成功经验让心理咨询跳出"高大上"的概念，展现出"接地气"的模样。

2012年，延吉市建工街道延春社区成立"社区心理健康服务室"，社区书记亓冬梅兼任心理辅导老师。心理咨询室成立后的第一件事就是为社区内 20 余名"空巢"老人做了一次集体心理辅导。"平时，社区为居家养老提供的服务主要是生活护理和家政服务，常常忽略了老年人对精神慰藉的渴望。考虑到一半以上的'空巢'老人有必要进行心理咨询，我们请专业心理咨询人员对他们进行了精神慰藉服务。"这项心理服务通过与"空巢"老人进行良好的沟通，有效缓解了他们的空虚寂寞。

我州不少社区工作者发现，建立心理咨询室，开展心理咨询服务，将成为开启社区人员心灵的一把钥匙。珲春市河南街道社会工作服务中心于 2016 年成立，下辖的心理咨询室在与社区人员共建精神健康方面发挥了重要作用。河南街道社区心理咨询室共有 3 名专业社工师、1 名国家二级心理咨询师、15 名志愿者。他们针对咨询对象自身特点，制定了与其心理、生理情况相适应的沟通治疗方法，帮助他们扫除了心理障碍，恢复了健康人格，提高了适应社会能力。

虽然社区心理咨询室在服务居民过程中起到了一定作用，但要成为居民的"心灵驿站"尚需时日。首先，社区心理咨询服务人员的能力亟待提升。从事社区心理咨询服务的人员必须具备良好的心理状态，掌握基本的心理咨询知识和方法，还要有一定时间的心理咨询、社会工作经验，这些都需要较长时间的学习和实践。另外，建议相关部门加大对社区心理工作的督导和管理，协调社区心理咨询服务与本地区的心理咨询服务技术力量较强的综合医院或专业机构建立联系，加强双方的合作和交流，组成心理服务网络，定期邀请医院或机构的专业人士到各社区心理咨询室督导工作，从而推进社区心理咨询人员为居民服务，使社区心理咨询室早日成为居民的"心灵驿站"。

原载于 2018 年 5 月 25 日的《延边日报》。

评论员文章、时评篇

让政策成为助推发展的"核弹头"
——论珲春国际合作示范区获批

3年间,国家相继出台《长吉图规划纲要》及批准设立珲春国际合作示范区,赋予延边先行先试权利,这犹如给延边参与图们江区域国际合作增添了"双翼",对延边"借梯登高""借力发展"必将产生深远的影响。

为支持珲春国际合作示范区建设,国家从财税、产业布局和投资、土地利用、境外基础设施建设、金融创新、海关监管及口岸建设、人才引进和培养、通关便利、专项资金支持等九个方面赋予了图们江区域特殊的支持政策。这如同给延边送来了"九块重量级金条",但最为关键的是我们如何用好、用活这些政策,让政策生出更多的"重量级金条",让政策成为助推发展的"核弹头"。

利用好国家赋予的优惠政策,是我们当前面临的重要课题。我们要把政策研究深、研究透、用好用足,确保政策落到实处。要积极挖掘、扩展和延续新的政策,培育新的能量。

利用好国家赋予的优惠政策,要大力推动基础设施建设。2012年至2015年,中央财政对珲春示范区建设给予支持,明确中央预算内投资加大对区内基础设施建设的支持力度。为此,我们要利用好这些政策,解决基础设施投入严重不足的问题,为延边开发开放提供良好的发展环境。

利用好国家赋予的优惠政策,要着眼生产要素聚合,鼓励出台发展人流、物流的政策。要利用好税收扶持政策、金融扶持政策,支持引进国内外各类金融机构,拓展国际金融业务。国家明确支持设立中国——东北亚投资合作基金和东北亚产业合作基金,支持在珲春国际合作示范区内具备条件的地区按照规定设立海关特殊监管区域,支持珲春铁路口岸列入煤炭进口口岸,鼓励推进吉林省内贸货物跨境运输试点。为此,我们要积极研究用好这些政策,使其成为推动发展的强大动力。

利用好国家赋予的优惠政策，要利用好产业发展及示范区可持续发展的优惠政策。要利用好国家在珲春国际合作示范区内重点安排布局的新能源、新材料以及装备制造业等产业项目，加强创新人才的引进和培养，为推进延边开发开放增添无限的动力。

原载于 2012 年 5 月 14 日的《延边日报》。

遏浪费之风 兴舌尖文明

中国人的餐桌消费惊人，浪费也惊人。有报道称，国人每年在餐桌上浪费的食物相当于 2 亿多人一年的口粮！因此，在全社会厉行勤俭节约，反对铺张浪费，很有必要从餐桌做起。

曾几何时，无论是亲朋好友团聚，还是公务商务接待，餐桌之上，总要七碟子八大碗点上一大桌菜，酒酣人散，剩下不少食物白白倒进泔水桶。这种餐桌浪费之风、奢侈攀比之风大行其道，暴露市民素质的不足，凸显城市文明的短板，如此，吃掉的不仅是美食还有文明。

不文明餐桌行为，与中华民族崇尚勤俭节约、以礼示人的传统美德背道而驰，与当前开展的"低碳""绿色环保"等理念相抵触，成为建设节约型社会的不和谐音符。在经济快速发展、物质生活丰富的当下，我们更要牢记"成由勤俭败由奢"的古训。

党的十八大后，新的中央领导集体践行中央八项规定，政坛清风令人耳目一新。习近平同志"浪费之风务必狠刹"的批示风劲弓鸣，带来了遏歪风、倡新风的热烈反响。我们要严格按照中央要求，大力弘扬勤俭节约、艰苦创业的精神，倡导积极向上、健康的餐饮消费观。如今，我州大力开展文明餐桌行动，显示出治理舌尖上浪费的决心。诚然，提升餐桌文明，注定是一场持久战。我们要多一点节俭意识，养成"吃不了兜着走"和适度消费的习惯；餐饮企业不要盲目追求利益，要引导消费者理性消费、绿色消费；管理部门应通过声势浩大的舆论宣传，逐步提高市民的文明消费意识和文明消费素质。

春节就要到了，让我们从现在开始，从这个春节的餐桌上做起，禁盘中浪费，兴舌尖文明，让勤俭节约在全社会蔚然成风。

原载于2013年2月4日的《延边日报》。

着力增进民生福祉
——论学习贯彻落实州委十届三次全会精神

注重保障和改善民生，着力增进民生福祉，对进一步解决群众关心的生活问题，促进我州经济社会又好又快发展，具有十分重要的意义。

着力增进民生福祉，要把解决人民群众最关心最直接最现实的利益问题摆在重要位置。要采取更加积极的就业政策，努力扩大就业，引导和促进中小企业、民营经济、各种服务业加快发展，创造更多就业岗位。要完善社会保障体系，提高社会保障水平，加大对低收入群众的帮扶救助力度，加强廉租住房等保障性住房建设。要优先发展教育，改善教育办学条件，促进城乡教育均衡发展。要大力发展文化事业和文化产业，把满足人民日益增长的文化需求作为扩大内需的重要组成部分。

着力增进民生福祉，既是眼下的工作重点，也是长期的目标任务。要坚持民生优先发展战略，集中力量抓好"六大民生工程"，州县联动办好百件惠民实事。在实施各项增进民生福祉事业的过程中，要根据人力、物力、财力等条件，统筹兼顾、突出重点，尽力而为、量力而行，把惠及民生的事情办好办实。

发展民生事业不仅关系到人民群众的生活、关系到经济平稳较快发展，而且是社会稳定的重要基石。我们要认识到，这不仅是一项重大的经济任务，更是重要的政治任务，意义非同寻常。

着力增进民生福祉，是人民幸福、社会和谐的标志。近年来，我州高度重视保障和改善民生，采取有力措施推动民生发展，社会保障能力快速提升，人民生活水平持续提高。但同时我们也清醒地看到，人民群众对物质生活的要求和文化利益的期待也在不断提高，要让人民更满意、更幸福，就必须付出更多的努力。为此，我们要把民生工作摆在更加突出的位置，牢牢把握保障和改善民生这一根本，采取有力措施切实保障和改善民生，让改革红利更多更好地惠及广大人民群众。

原载于2014年1月7日的《延边日报》。

伟大的抗联精神 伟大的历史功绩
——一论东北抗联精神

今年是中国人民抗日战争暨世界反法西斯战争胜利69周年。我们有必要重温那段血与火的悲壮历史，缅怀抗日先烈的丰功伟绩。

在这场波澜壮阔的战争中，中国人民英勇不屈，顽强抗争，不畏牺牲，与日本侵略者进行了坚决、持久的斗争，为中华民族的解放和世界反法西斯战争的胜利作出了重大贡献。在中国东北战场上，中国共产党领导的东北抗日联军在极端恶劣的条件下，同强大的日本侵略者展开了长达十四年艰苦卓绝、气壮山河的英勇斗争，直至抗战取得最后胜利。在这场战争中，东北抗日联军创造出永垂不朽的光辉业绩，谱写了可歌可泣、惊天动地的英雄篇章，铸就了光耀千秋、彪炳史册的东北抗联精神。

伟大的抗联精神，是中华民族的爱国主义精神在抗日战争中的锤炼和升华。东北抗联在中国共产党的领导下，团结一切力量，坚持抗战十四年，是抗日最早、坚持最久、条件最差的一支英雄队伍。东北抗联开辟的东北抗日战场是中国抗日战争和世界反法西斯斗争不可或缺的重要组成部分，它成为中国人民特别是东北人民抵御外侮的一面旗帜。以延边抗日武装为基础组成的东北抗日联军第二军，以延边各抗日游击根据地为依托，结成广泛的抗日民族统一战线，在延边大地上与日寇浴血奋战，为抗日战争的最后胜利作出了卓越的贡献。

伟大的抗联精神，蕴含着抗联将士百折不挠、奋斗到底的坚忍精神。东北抗联将士与日本侵略者的斗争是曲折、漫长而艰苦卓绝的。没有枪炮，就用大刀；没有粮食，就吃树皮；没有衣服，就赤膊上阵。无论条件怎样艰苦，都不能动摇抗战军民的战斗意志。他们为了美好的信仰，不惜舍弃小家；他们为了祖国的解放和人民的幸福，不向凶恶残暴的敌人低头；他们为了坚守正义，蔑视敌人，笑对死亡。抗联将士用鲜血和生命熔铸的高尚品格成为中华民族的巨大精神财富。

伟大的抗联精神，奠定了伟大的历史功绩。东北抗日战争所培育的伟大的东北抗联精神，体现了中国共产党人和东北人民在抗击日本侵略者的岁月中所形成的坚定的理想理念、浩然的民族正气、坚强的不屈意志和崇高的思想境界。东北抗联精神同井冈山精神、长征精神、延安精神、西柏坡精神和红岩精神一样，都是在艰苦斗争的年代诞生的，具有明显的时代感。东北抗联精神是在中华民族面临危亡之际，东北人民奋起抗击日本侵略者的奴役和压迫过程中形成的宝贵精神财富，因而在爱国主义精神中占有极其重要的历史地位。

原载于 2014 年 9 月 1 日《延边日报》。

中华民族精神的光辉典范

——二论东北抗联精神

东北抗联精神产生于20世纪三四十年代，那是世界反法西斯战争最严峻的岁月，是中国人民为了中华民族的解放而英勇抗击日本侵略者的重要时期，是中国共产党领导的东北抗日斗争最艰苦的历史时期。

东北抗联精神是一种坚贞不渝的爱国主义精神。它表现为高尚的爱国情操，勇赴国难的家国情怀，百折不挠的坚强意志。在抗日战争最艰苦的岁月里，东北抗日联军肩负着救亡图存的重任，在强大的敌人面前，不怕牺牲，前仆后继，英勇杀敌，血洒疆场，为民族的解放奉献出自己的一切。

东北抗联精神是一种坚不可摧的团结协作精神。它表现为万众一心的团结意识，生死存亡之际同仇敌忾共筑血肉长城。国难当头，抗联将士不仅加强党内和军内的团结，而且努力团结一切爱国者，形成最广泛的抗日民族统一战线，共筑民族正义长城，共同打击日本侵略者。

东北抗联精神是一种百折不挠的艰苦奋斗精神。它表现为最能吃苦、最能忍耐，生命不息、斗争不止，视死如归。东北抗日斗争的极端艰苦，在中国乃至世界战争史上都是极为罕见的。东北抗日联军不仅要同数倍、数十倍甚至数百倍于己的敌人殊死搏斗，还要克服许多常人难以想象的困难。许多抗联将士英勇牺牲在战场上，还有许多战士被严寒和饥饿无情地夺去了生命。在残酷条件下，他们英勇坚持了十四年，直至东北彻底解放。

东北抗联精神是一种坚定不移的必胜信念。它表现为对马克思主义的坚定信仰，对战胜日本侵略者的坚定信念，对实现中华民族伟大复兴的坚强信心。无论条件多么艰难，无论处境多么危险，抗联将士始终深信自己所坚持的反侵略战争，一定会赢得全国人民乃至全世界人民的支持，一定会迎来"高歌欢唱奏凯旋"的时刻。他们胸怀共产主义理想和信念，以当代人类最低的生存条件，进行着历史罕见的斗争。

抗联精神是中华民族伟大革命精神的光辉典范。弘扬抗联精神，就是要倍加珍惜和维护来之不易的和平，就是要从那段悲壮的历史中汲取伟大的精神力量，使之转化为抓住机遇加快发展的实际行动，全面推进建设中国特色社会主义的伟大事业，实现中华民族的伟大复兴！

原载于 2014 年 9 月 4 日的《延边日报》。

实现中国梦的强大精神力量
——三论东北抗联精神

抗联精神是这个时代宝贵的精神财富，我们要从那段凝重的历史中汲取伟大的精神力量，从那场悲壮的奋斗中获得深刻的警示与启迪，肩负起民族复兴的历史使命，实现中国梦。

抗联精神是东北抗联将士用鲜血凝聚的瑰宝，是东北抗联英烈用生命铸就的真魂，是中华民族精神宝库中的璀璨明珠，更是我们构建和谐社会的精神食粮。

我们要把抗联精神转化为热爱祖国的情怀。新的历史时期，实现中华民族的伟大复兴是每一位中华儿女义不容辞的职责，是历史赋予我们的神圣使命。我们要弘扬伟大的抗联精神，热爱祖国的大好河山，积极维护祖国的主权独立和领土完整；热爱祖国的历史和文化，提高民族自尊心和自信心；努力学习、认真工作，为创造更加辉煌的民族文化和实现中国梦而尽心尽力。

我们要把抗联精神转化为坚定的理想信念。实现中国梦和每个中国人的前途命运紧密相连，是全体中华儿女的人生价值、社会理想、责任所在。我们要把抗联精神转化为对共同理想信念的坚守，勇于担当起历史赋予的神圣使命，为建设富强民主文明和谐的社会主义现代化国家同心协力、真抓实干、改革创新、攻坚克难，让民族腾飞，梦想成真。

我们要把抗联精神转化为众志成城的力量。中华民族在追求中国梦的历史进程中，经过了一代又一代人的努力，付出了千百万人的生命，已经创造了无数的辉煌，现在正在一步一步地接近我们的宏伟目标，我们要继续为之奋斗。我们要传承抗联精神，齐心协力，汇集起不可战胜的力量。有了这种精神和力量，什么困难都能克服。

伟大的时代需要伟大的精神，崇高的事业需要榜样的引领。我们正站在新的起点上，朝着新的目标迈进，实现中华民族伟大复兴的中国梦，既需要夯实雄厚的物质基础，又需要构筑强大的精神力量。抗联精神就是这样一面旗帜，它向人民群众传播正能量，是实现中国梦无比强大的精神力量。

原载于 2014 年 9 月 5 日的《延边日报》。

学习礼仪 弘扬道德 建设美丽延边
——一论推动"旅游兴州"打造"礼仪延边"

延边是礼仪之乡，诚信知礼、与人为善既是延边人信奉的礼仪道德，也是我们引以为荣的优良传统。在推动"旅游兴州"战略过程中，打造"礼仪延边"是其中重要的一个环节。

《论语》云："不学礼，无以立。"一个人如果不学"礼"，不懂礼貌、不讲礼仪，那就无法立足于世。知礼、明礼，依礼而立是事关民族素质提高、民族精神弘扬的大事，是所有人的责任和使命。

学习礼仪，弘扬道德，也是建设美丽延边的重要内容。去年底，我州根据形势发展新变化新要求，提出了把旅游业作为引领全州经济发展龙头的产业定位，确定了"旅游兴州"的战略构想。发展全域旅游，实施"旅游兴州"战略，离不开延边人道德之美的建设。

学习礼仪，弘扬道德，要从每一位延边人做起。延边要发展要崛起，不能凭借少数人之力，礼仪的学习和道德的弘扬也不可能仅凭一个个道德楷模的力量来实现，需要200多万延边人上下一条心，拧成一股绳，通力合作完成。要充分利用传媒的力量，鲜明地展示美与丑、善与恶的事例，利用报纸、电台、电视台、网络新媒体等进行大力宣传，提高公众对道德的认识。

学习礼仪，弘扬道德，要加强在校园的宣传。学生是祖国未来的希望，学生时期可塑性强，此时最应加强礼仪道德学习，让礼仪学习深入校园课堂，帮助学生"修心"，修礼仪、道德之心。

学习礼仪，弘扬道德，要标本兼顾。要努力将语言美、行为美、仪表美和心灵美融合统一。要做到言谈举止文明礼貌，仪表整洁，着装得体，遵守社会公德。要努力创造良好的人际关系，提升合作意识。要坚持不懈做好宣传和教育工作，促使每一个公民都能够充分认识礼仪在开展和推进道德建设中的重要意义，以崭新的精神风貌投身于美丽延边的建设之中。

美丽延边，需要经济建设、政治建设、文化建设、社会建设、生态文明建设全面发展。学习礼仪，弘扬道德，将为延边的文明发展增添新的动力，这也是"旅游兴州"不可缺少的重要内容。

原载于2018年6月5日的《延边日报》。

用美言美行打造旅游环境塑造旅游形象
——二论推动"旅游兴州"打造"礼仪延边"

延边要发展全域旅游，实施"旅游兴州"战略，离不开山水风光的生态环境，也离不开文明礼仪的人文环境。遵守文明礼仪，美言美行，是每一个延边人义不容辞的责任。

礼仪，是一个人素质与修养的外在表现，体现为人的语言美、行为美，自觉遵守社会公德，为人处世符合社会文明规范，修身律己，尊重他人。我州正处在高速发展、阔步疾走的关键时刻，文明礼仪已经成为投资环境、地区形象、旅游发展的重要组成部分。

遵守文明礼仪，美言美行，要成为每个延边人的自觉行动。或许只是举手之劳，或许只是一念之间，那些不经意间发生的事情，都足以反映一个人的道德品质和文明礼仪。除了个人修养，我们还要遵守公共文明。公共文明是社会意识的一种体现，而公共文明又建立在个人的道德修养水平之上。公共文明必须先从自身做起，从身边做起。爱护环境、节约资源、互帮互助、礼貌待人、遵守纪律、不闯红灯、谈吐文明、文明上网……点点滴滴的和谐美好，都需要我们用实际行动诠释。

遵守文明礼仪，美言美行，要成为每个延边人的良好习惯。一次文明之举，一时礼貌言语，不能代表什么，需要我们坚持培养一种文明礼仪的习惯，让文明礼仪成为自然而然的行为。我们要努力做到言谈举止知礼明德、公共场所知礼明耻、行路驾车知礼明行、诚信创建知礼明信、窗口行业知礼明义、旅游观光知礼明责、志愿引导知礼明矩、网络行为知礼明纪、农村移风易俗知礼明俗、文明街路知礼明容。

我州要发展和繁荣旅游经济，除了市民要讲文明守礼仪，还需要整个城市提供优质完善的服务。从机场车站到饭店旅店，从公共交通到商业服务，从景观景点到生活设施都要满足游客的需求。只有时时处处站在游客的角度思考、做事，才能真正满足游客的需要。人文环境与硬件设施两者互相促进、相得益彰，才能有效催生我州旅游经济的内生动力，实现我州旅游业的可持续发展和繁荣。

原载于2018年6月7日的《延边日报》。

让全民守礼内化于心外化于行

——三论推动"旅游兴州"打造"礼仪延边"

推动"旅游兴州",打造"礼仪延边",需要每一个延边人将"礼"内化于心外化于行,使全民守礼成为展示全域旅游发展的一张靓丽名片。

要做到全民守礼,需要人人践行、各界参与。要着眼"小"字,以社会的每个细胞为载体,将文明礼仪落到每个单位、每个家庭、每个市民身上,使人人学礼、家家有礼、行行讲礼。要着眼"细"字,将文明礼仪深入到延边社会生活的各个层面,渗透到衣、食、住、行、游等方方面面以及政务、商务、医务、教务、税务、劳务等各个领域,使礼仪无所不在,无时不有。着眼"实"字,把文明礼仪建设纳入延边精神文明创建范围,作为文明城市、文明村镇、文明单位、文明家庭、文明校园创评的重要指标,处处贯穿礼仪,传递文明。

要做到全民守礼,需要教化和学习。文明礼仪不是天生的,必须从小抓起,父母要言传身教,老师可循循善诱、谆谆教导,使孩子在成长过程中自发地近君子、远小人,懂得并践行文明礼仪。

要做到全民守礼,舆论宣传要先行。文明礼仪,看似很空泛,其实就体现在我们的日常生活中。一句简单的"谢谢",不制造噪声,公共场合不抽烟,这些都是文明道德礼仪的体现。文明礼仪,完全可以从微末的生活细节入手,聚沙成塔,水滴石穿,由量变到质变。

要做到全民守礼,需要责任心。只有每个延边人都参与进来,才能为文明礼仪锦上添花。君子"敏于行",大家行动起来,对文明礼仪的理解会更深,在心中会生根发芽,进而融入生活理念,知行合一,从而让文明礼仪蔚然成风。

我们欣喜地看到,当前,热心公益、奉献爱心,已成为延边人的自觉行动;与人为善、通情达理、知礼向善,已成为延边良好的社会风气;崇德守法、文明有序，已变成延边人的自觉追求。让我们乘着学礼、守礼、践礼的东风，撑着文明小舟笑纳八方来客，展现着"礼仪延边"的风采，使全民守礼之花在延边大地开得更艳丽。

原载于2018年6月11日的《延边日报》。

有感于"泥瓦匠"挣钱多

笔者近日与朋友闲谈，朋友称装修工人不好找，特别是"泥瓦匠"，日工资已涨到300元，言称这不是最高的，好工匠工钱要到400元呢。"白白读了十几年书，挣不过泥瓦匠。"朋友很感叹。

其实不只是泥瓦匠，仔细算算，我们身边的木工、电工、油漆工的"工资表"，都会令很多非农民工群体"失色"。市场经济的基本逻辑是供求决定价格，现在的年轻人有几个愿意从事又苦又累的装修工作？年老的装修师傅们一批批退休，"泥瓦匠"自然供不应求，工资大涨。

稍有生活常识的人都知道，"泥瓦匠"做的活儿，别说300元一天，就算翻番上涨，有几人能吃得了那份苦、受得了那份累？另一方面，薪资固然馋人，但要真正把这些工资拿到手，着实不易。背井离乡后，起早贪黑，其中酸楚，非旁人能懂。

民工兄弟的这份辛苦钱，分分厘厘都是劳动价值，辛勤付出的体现。与民工比工资，不如和他们比付出，想想为什么民工挣得比自己多。如果骨子里认定民工就是社会的最底层，挣的就不该比自己多，那就是一种矫情和所谓"精英"的自负。

原载于2014年5月29日的《延边日报》。

为少年扶跌倒老人点赞

6月24日下午，12岁的延吉市东山小学5年级3班学生李佳成放学离校时，看到一位身有残疾的耄耋老人跌倒在地。李佳成立刻上前搀扶起老人，把他扶到轮椅上。老人记不清家庭住址，这名机智的小学生一面打电话报警求助，一面推着轮椅将老人送到附近的社区……

近年来，人们一直在为"扶不扶"而纠结，认为做好事不仅会增添麻烦，还有可能给自己带来损害。当老人倒地后，很多人冷眼旁观，不敢上前扶助。这位12岁的少年却用实际行动践行信任与助人不需要犹豫与顾虑，因为他知道，自己亲人若是倒地就该这么做。"老吾老以及人之老"，这个少年扶起了老人，社会公德随之站起来。我们为少年扶跌倒老人点赞！

原载于2014年7月8日的《延边日报》。

占道经营：城市管理的一道难题

最近一周内，本报记者接到多个投诉占道经营的民生热线：安图县某主要街道商铺将冰饮摊摆在盲道上，图们市中心市场早市商贩占道售卖，延吉市人民路龙华尚城南区小市场西瓜车占道，汪清县中心市场正门的车道被卖货人霸占……

占道经营是城市管理的一大难题，我州也不例外。各县市对商铺占道经营、乱摆卖开展过多次专项整治，但每次整治不久便会卷土重来。如果要举例说明占道经营的危害，估计每个人都能说出一二，妨碍通行、破坏环境、影响卫生、妨碍市容……但也有人会说，占道经营者，不少是下岗职工、外来打工者，他们无一技之长，需要解决生活问题。

每个城市都有这样的共性问题，无法回避。正因如此，对于占道经营，对于一时无法改变的大多市民的购物心态，对于城市低收入阶层的生活现状，我们只能从管理方面入手——给占道经营开剂巧药。比如，抓住堵和疏两方面，禁止非法占道经营，设定经营时间段，规划建立"公益市场"等，既要让道路通畅、城市美起来，也要让这些人员有经营场所。

面对占道经营这一城市管理的难题，单项措施和运动式整治确实难以奏效，必须采取多项措施，实行综合治理，尤其要尽快从过去主要依靠突击整治向建立长效机制、实行常态化管理转变。

原载于2014年7月23日的《延边日报》。

自助餐的浪费让人心疼

上周末，记者在延吉市某自助餐厅就餐时看到，一些消费者毫不节制地拿取食物，对于吃不完的食物，处理方法花样百出：或丢在烤盘上，或故意洒落在桌上或垃圾盘里，还有人用纸巾、瓜皮等将吃不完的食物盖住……

自助餐本是一种节俭的用餐方式，却因价格固定，取食不限，成了餐饮浪费的"灾区"。记者调查了解到，许多消费者存在"吃够本"的心态，认为反正自己花了钱，即使吃不完也要拿够，绝不能让商家占便宜，最后吃不了扔掉。

吃喝之事非小事。餐饮是社会共有资源，任何浪费都在消耗社会财富。我们虽然不再为温饱而发愁，但没有理由浪费，更何况不少人是经历过饥饿年代，对饥饿有过刻骨铭心的痛苦记忆，更应该敬畏粮食，杜绝浪费。作为商家应该在醒目位置贴出提示语，及时提醒消费者，避免造成浪费。值得欣慰的是，一些商家为约束消费者浪费正在积极行动，或推出"光盘"奖励办法，或采用比较大、重的自助餐盘，希望这样能让消费者每次取菜"量力而行"。

节约是每个人都应该遵循的美德，浪费是不道德的行为，应该引以为耻。

原载于 2014 年 7 月 24 日的《延边日报》。

劝君莫让水长流

"在浴池里贴再多'请节约用水'的宣传标语也没用，同样是水，在家里洗过菜后拖地、冲马桶用，但在浴池却任由其自流，一点儿也不珍惜。"近日，一名浴池老板在接受记者采访时无奈地说，很多市民在洗浴时不注意节约用水，每年浴池里浪费掉的水难以计数。

不仅是浴池，我们经常会在洗车店、游泳馆等公共场所的卫生间里看到水长流的情景。有专家提出，如果一个龙头一秒钟漏一滴水，一年便会浪费掉 360 吨，据此推算，日常生活中水资源浪费触目惊心。

比起无意识的浪费更可怕的是，公民节俭意识的缺失。我国的水资源不丰富，人均水资源占有量仅列世界第 88 位，但大多数国民的节水意识并不强，还有一些人，在家用水比较节约，一到浴室、游泳馆等公共场所，用起水来就变得"大手大脚"。

节约用水是每个公民的责任和义务。作为公民，要有忧患意识，要深知我们的国家是个"穷水国"，是一个发展中国家，不能再白白浪费水资源。只有每个人都养成从我做起、从身边做起、从点滴做起、时时处处注意节约用水的良好习惯，再配以先进的节水技术，有效的节水方法，我们才能真正实现"长流水，不断水"。

原载于 2014 年 7 月 30 日的《延边日报》。

根治个人信息泄露"痼疾"

"买了房子还没装修，中介短信和电话就一个接一个打了过来""前脚在保险公司留下电话，后脚卖基金的广告短信就找上门了……"在日常生活中，有如此遭遇的人不在少数。近日，笔者接到延吉市一家健身中心的"邀请"，体验健身项目。健身中心的工作人员不但知道笔者姓名、年龄、职业，甚至所在单位部门都一清二楚。这些涉及隐私的个人信息，商家何以能拿到？

随着公众在日常生活中对个人信息的频繁使用，个人信息遭泄露的可能性也越来越大。维护公民个人信息安全，已成为全社会必须重视的一件大事。前一段时间出现的快递倒卖运单事件中，邮政管理部门要求圆通快递彻查，但除了向公安部门报案、倒卖网站关停外，不见真正实质性的制度完善，圆通方面也没有受到任何惩处。

根治个人信息泄露的"痼疾"，必须确立相关法律保护体系的震慑力，不仅让贩卖个人信息者受到严惩，也要让医院、保险公司、快递公司等拥有海量个人信息的企事业单位，切实承担起保护客户信息安全的重大责任。只有这样，各行各业才会努力采取各种先进的技术手段、管理手段防范客户个人信息泄露。

原载于 2014 年 10 月 31 日的《延边日报》。

让清雪成为习惯

大年初六，一场大雪不期而至。上班第一天，面对厚厚的积雪，全州多数企事业单位和商家都组织员工清理，但也有很多街路、临街商铺以及小区积雪清理得不尽如人意，给市民出行带来很大不便。

走在冰雪的路面上，人们难免心惊胆寒，更让人心寒的是对"以雪为令"不以为意的态度。我州各县市都出台过各类"扫雪令"，无论是责任主体还是标准要求都十分详细。甚至，对不能按时完成扫雪任务的，还规定了明晰的处罚措施。也许因为春节长假刚刚结束，人们还没从放松的状态中恢复，一些单位和市民对这场突降的春雪表现出的懈怠虽可理解，却不可纵容。

一场雪，让我们看到很多人对"自扫门前雪"还没有成为习惯。自觉清扫"门前雪"，看似一个小小的举动，反映出的却是一个城市、一个单位、一个人的做事态度和精神。文明的城市是我们共同的家，也是每个市民的骄傲。就自觉清扫"门前雪"而言，既是建设文明城市、爱护环境的需要，又是市民修养和素质的一种体现。如果每个市民都对自己赖以生存与发展的城市充满爱心和责任，那么就会形成一种积极向善、宽容友好、仁爱有礼、诚信有义的城市文化，营造出崇德向善、见贤思齐的良好氛围，传递更多的正能量，使社会更加和谐文明。

原载于2016年2月18日的《延边日报》。

从天而降的垃圾

近日，延吉市公园街道司法所调解了一起邻里纠纷。住在高层的居民从窗口往下扔垃圾，虽然未砸伤人，但将楼下的阳台棚顶损毁，腌臜之物散落一地。这袋从天而降的垃圾引发了邻里纠纷，最终以抛物者赔偿百元维修了结。

懒惰是人的天性，但不是不文明、素质低的借口。打开窗户，探出头去，楼下没人，垃圾直接飞出窗外，确实省事。不管是果皮纸屑，还是瓜子壳、口香糖，体积再小都是垃圾，这就是不文明的行为。在丢垃圾的同时，也丢掉了做人的"素质"和社会"文明"。常言道，"勿以善小而不为，勿以恶小而为之"，越是细节越能体现一个人的素质。从窗户丢垃圾的时候，即使没人看见，别忘了还有自己的良知。

我们都希望自己生活的城市是一座宜居城市。优美的环境、洁净的空气和完善的公共设施……但宜居不只是体现在硬件上，还体现在软件层面。如果市民公德缺失，乱扔杂物就成了家常便饭，何谈宜居？

城市文明建设是一项系统工程，内外两方面都需兼顾。如果说"牛皮癣"小广告屡禁不绝，乱扔垃圾、污物横流的现象不断，那么这些少数市民缺乏公德的行为，就是城市的"暗疮"，它让人忧虑，需要猛药医治。物质文明发达，精神文明滞后，城市文明建设就会崴脚。

做好城市文明这篇大文章十分不易，须从一人一事的点滴行为始变。今天，我们并不缺少法律，也不缺少制度规范，但缺少的是如何使规范贴地而行。不妨自问，生活在这座城市里，我们有没有不文明的行为？看到不文明行为，我们有没有制止？"城市是我家，爱护靠大家"，如果只是流于口号，并不把她当家，一切都是"白搭"。

原载于2016年3月18日的《延边日报》。

从老党员交党费说起

3月17日，延吉市公园街道园月社区的老党员金贞顺，从韩国通过微信转账的方式向社区党总支交齐了180元全年的党费。这位76岁、有着51年党龄的朝鲜族老人虽然身在异国，多年来从未拖欠过一分钱党费，每年初都让子女或是汇款或是转账，提前向党组织交齐党费。

60年前，作家王愿坚曾写过《党费》一书，共产党员黄新在牺牲前交党费的故事让人记忆犹新。黄新牺牲前，把一筐腌咸菜、丈夫留下的一块银元和党证交给交通员，作为党费上交党组织。时至今日，共产党人在腥风血雨中用实物交党费的战争年代早已远去，但他们对党的忠诚仍发人深思。

交党费是党员用实际行动诠释对党的忠诚和对革命的信仰。与老党员金顺贞相比，我们身边有些党员的行为让人汗颜：不交党费、拖欠党费……看似小事，其实不然。交党费从来不是一件微不足道的"小事"，它直接反映出党员的意识，体现了对党和组织的忠诚感、敬畏感、使命感。

"祸患常积于忽微，智勇多困于所溺。"实践证明，作风问题都是从一件件小事开始的。一分一角的党费背后，体现的是党员的组织意识、党性观念。做一名合格的党员，不在于喊多么响亮的口号，而是首先要用党章约束自己，从主动、定期、足额交党费这样的小事儿做起。

"海不辞水，故能成其大；山不辞土石，故能成其高。"严肃的党内政治生活从无小事。

原载于2016年3月22日的《延边日报》。

孩子咋能"圈养"？

珲春市一市民近日打通本报热线倾诉烦恼，"孩子正在上小学，班主任课间不让他们出去玩耍，怕孩子出去后学校给班级扣分……玩是孩子的天性，如果一天都被'圈'在教室里，如何保证他们健康成长？"

对于我们很多人而言，课间十分钟承载着学生时代最欢乐的记忆。近年来，在课间被"放出鸟笼"的十分钟里，人们很难再看到孩子们在操场上蹦蹦跳跳的场景，"只能休息不能活动"的"课间圈养"成为普遍模式。国内很多城市的小学甚至规定，"课间不能上操场"，"课间除了喝水和上厕所，学生不可以出教室"，等等。校方的理由听起来很充分：怕学生受伤，怕承担责任。去操场容易发生安全事故，活动带来的冲撞是受伤的"罪魁祸首"。既然是"危险地带"，那就索性划定"禁区"，课间只休息不活动了。如此一来，学生似乎"安全"了，学校的麻烦也减少了。难怪家长们认为，学校把孩子们"圈"在教室里，不是为省钱，就是为省事。

笔者认为，课间活动，不应该当作可有可无的"牺牲品"被轻易放弃。孩子天性喜动，在教室里板板地坐了 40 分钟，课间跑跑跳跳，既能伸展肢体，避免变成小眼镜、小胖墩，也能醒脑提神，为下节课调整出好状态。学校出于安全考虑，把学生"圈"起来。这种做法看似解决了所谓的安全问题，但从长远来看得不偿失。

孩子是祖国的花朵也是未来，他们的健康成长关系着国家的命运。学校方面与其从管理方便和"安全"出发，扼杀孩子们的天性和活动的需要，不如以孩子们的普遍健康为前提，在科学管理和安全保障上多想办法。让我们的"花朵"不再被"圈养"，早日回归操场，该跳的时候跳，该跑的时候跑。

原载于 2016 年 3 月 29 日的《延边日报》。

出租车"宰客"让文明失分

4月2日,延边富德队主场大战北京国安队。州内各县市球迷及省内部分地区爱球人士汇聚延吉人民体育场,与火热的比赛场面相比,一些不文明现象让外地球迷备感不爽。

和龙市球迷李文德一行7人当天开车来延吉看球,按照规定将车停在市内区域后,乘公交车到延吉人民体育场看球。球赛结束后,一行人在大千家具广场下了公交车,欲打车到延吉市医院取车返程。让他们糟心的是,不足4公里的路程,出租车司机张口就要50元。附近待客的出租车司机众口一词,态度蛮横:不打表,不讲价,少了50元不载。李文德最后只好请朋友从市内打车来接,往返计价不足15元。李文德对出租车司机的服务态度极为不满,认为其宰客行为给州府城市抹了黑。

出租车虽不代表城市的整体形象,但也是城市的一个窗口,出租车司机的不文明举动直接影响城市形象。多年来,延吉市出租车行业投诉不断,曝光不断,主管部门的整治也不断,可机场、火车站、高铁站等地出租车"宰客"的现象至今难以根除。一些出租车司机,只盯着钱,不按计价器收费、绕道行驶、"一口价"、乱拼客……严重损害了城市形象,破坏了公平竞争。

建议出租车管理部门,不定期开展整治出租车"宰客"专项行动,教育司机遵守职业道德,提高司机的职业素养,倡导司机凭勤劳挣钱,不投机取巧牟利。主管部门应增加监管人员,多搞明察暗访,对于一贯宰客者、乱改车辆计价设施牟利者,要让其下车"脱产学习",并视情节轻重给予经济处罚,将其中的害群之马清出出租车司机行列。

延边足球火了,外地的游人多了,不能让个别人的不良行为给我们的城市抹黑,让文明失分。

原载于2016年4月12日的《延边日报》。

拆除的不仅仅是"违章墙"

上周,延吉市铁南中成公寓2号楼的一堵"违章墙"被有关部门拆除,居民拍手称快。

这堵高2.5米、长40多米的水泥砖墙于2007年建成,将小区分隔出近百平方米的空地。开发商原计划用这块空地做车库,后因居民强烈反对未果。近年来,围墙内的空地被部分居民占用,有人堆放杂物,有人饲养鸡鸭,有人放置生活垃圾。春夏之际,臭气熏天,老鼠出没,附近居民无法开窗通风,怨声载道。居民及社区工作人员多次与物业沟通,最终在相关部门的干涉下,将这堵心的墙推倒。

"违章墙"倒了无疑令人叫好,但细细想来,居民业主的权益被侵占的何止这一堵墙?小区电梯间的镜框广告、道路两旁的广告灯箱以及地上停车位……这些属于业主公摊面积的收益都进了谁的腰包?

有人说,业主被侵权是因其缺乏维权意识,其实不然,业主不是不想争,而是维权成本实在太高。即便业主委员会出来维权,起码也得经过较长时间的拉锯战,弄不好还得上法院解决。

"违章墙"的拆除源于行政主管部门的调解,也给了我们一个借鉴与启示。其实,只要行政管理机关不是踢皮球、不作为、推诿扯皮,而是积极作为,为业主维权,许多投诉是可以通过调解或行政手段解决的,而不必走诉讼渠道。

家庭是每个人的港湾,只有千千万万的和谐家庭方能构建和谐的社会,让公民们住得安心、暖心是政府的责任与义务。

原载于2016年4月26日的《延边日报》。

多给老人细致入微的帮助

4月26日,延吉市公园街道园月社区组织青年志愿者帮助辖区内的老年居民网上代购。在他们的帮助下,老人们购买到打折的生活日用品、物美价廉的服饰及米面粮油牛奶等食品。

时代在跑步前进,老人却手慢脚慢,注定被落下。他们不会网络预约挂号,不会用手机支付,不会用"打的"软件,不会抢"红包"享受商家优惠……

社会进步的红利应该让每一个成员分享。对于许多老人来讲,学习速度跟不上信息技术发展和社会变革的脚步,这就需要我们周围的人拿出耐心和爱心来帮助他们。老年人曾为社会创造物质和文化成果,为抚养儿女忙碌操劳,理应享受社会经济发展成果,得到社会尊敬和关爱。让老年人老有所养、老有所乐,不仅是子女的义务,也是全社会的责任。社区组织青年志愿者为老人代购正是这种关爱的表现。

另一方面,老人也需要有跟上时代的勇气和心态。有了这样积极的心态就要开始着手学习,从触屏手机开始到接触移动互联网世界,慢慢跟上社会的节奏。作为子女、志愿者要乐于帮助老人跨过这些难关,手把手带他们接触这个新鲜世界,让他们不至于在生活中遭遇现实的冷漠。

原载于2016年4月29日的《延边日报》。

让"陌邻"变"睦邻"

上周,延吉市公园街道园辉社区举办首届楼院邻里文化节,小区居民踊跃参加,欢声笑语气氛融洽。

俗语说得好,"远亲不如近邻。"二三十年前,在张家蹭个饭,李家喝口汤,吃个饭跑好几家的事再正常不过了。随着时代的发展,社会的进步,高楼大厦迭起,邻里之间越来越疏远。"睦邻"变成了"陌邻",邻里面对面不相识成了正常现象。

邻里关系是传统社会关系的重要组成部分,这种基于空间的社会关系在传统社会中,承载着情感沟通和社会支持的重要功能。就此来说,政府部门应当提倡和谐的邻里关系,以及通过各种活动载体来推动营造邻里和睦。近年来,州内各县市开展了一系列诸如"邻里节""邻居节""百家宴""美食宴"等活动,为邻里之间文明交往搭建了舞台,让冷淡的"陌邻"向温馨的"睦邻"转变。

创建文明和睦的邻里关系,是构建和谐社会的重要组成部分。在构建和谐社会的进程中,我们的政府、社区,以及每个公民、每个家庭都应为营造团结、和睦、和谐的邻里关系而努力。

原载于 2016 年 5 月 24 日的《延边日报》。

为公交司机三次停车叫好

"48 路公交司机好样的,他的细心与热心让乘客们暖心。"延吉市民赵淑贤近日到本报反映了一件暖心的小事。6 月 2 日下午 3 时 20 分,48 路公交车行驶至延吉市公园小学站点时，突然下起了大雨。当时乘客上下车已经结束，公交车开始起步。这时，一位老人从站点里蹒跚地追出来赶车，司机师傅立即踩刹车、开门等老人上车。当车第二次启动时，大雨已经倾下，车后追来3名小学生和1位老人。此时公交车已经驶离站点六七米，司机师傅再次停车，一直等几个人上车后才发动。赵淑贤说，这位司机师傅三次停车等人的行为，让乘客非常感动。

　　世界之大，我们身边总有一些人需要帮助，只要我们如同善良的公交司机那样，"善小而为"就会成为常态，感动也会常在。古人云："不积跬步，无以至千里。"积德行善，崇德尚善，我们抓住了身边的"小"，涓涓细流的善会成为爱的江河湖海。善是会传播的，今天你做到了，明天我也积极帮你，这才是真正为善创造氛围，为善聚力加油！

原载于2016年6月7日的《延边日报》。

为延边女性喝彩

　　又是一年"三八"妇女节。

　　有人说，女人是不分季节绽放的花朵，清香淡雅，妖娆多姿。女人是拼杀在职场上的铿锵玫瑰，巾帼不让须眉；女人也是乖巧的女儿、贤惠的妻子、慈爱的母亲，是每一个家庭的灵魂。

　　在延边，女人能顶半边天。仔细观察一下我们的身边，就会发现有很多平凡而闪光的美丽女人。她们虽然没有值得炫耀的荣誉，没有响亮的称号，但她们或创业致富，或忠于职守，或默默奉献，或乐善好施……她们既平凡又耀眼，用质朴和勤劳把我们的生活和城市装饰得分外美好。

在延边，有一些非常优秀的女性。她们在社会上找到自己的位置，自强不息，努力拼搏，顽强竞争，获得了丰碑式的人格、价值、尊严，令人肃然起敬。更多的女性是脚踏实地的平凡女性，她们在自己的岗位上默默工作、任劳任怨、朝气蓬勃。

纵观延边社会发展的历程，女性始终是一支重要的推动力量。占全州人口近一半的延边女性，她们有着无穷的智慧和力量。她们身上既秉承着勤劳勇敢、吃苦耐劳的传统美德，又展现出"自尊、自信、自立、自强"的时代精神。她们勇立时代潮头，为推动我州发展和社会进步发挥着不可替代的作用，也在这个过程中实现着自己的美丽人生。

当我们纪念"三八"妇女节的时候，请由衷地为每一位延边女性骄傲和自豪！让我们携起手来，用自己的汗水使世界更繁荣，生活更美好。

原载于2017年3月7日的《延边日报》。

每个人都有向善的能量

3月16日，延吉市民张女士深夜打车回家，遇到一位好心的出租车司机。张女士所居房屋位于市郊，与主干道间有数百米长的崎岖不平的土路，土路两旁无路灯，夜晚难行且危险。她每次乘坐出租车，司机大都将她卸载至主路，不愿前行。当晚那位好心司机不但将车开进支路，还在张女士下车后，一直开启夜灯为其照亮，直至她走进自家院落。这位司机的温暖之举令张女士深受感动。

也是在同一天，延吉市进学街道向阳社区联合善聚延边公益协会，为四川大凉山地区的黎族贫困儿童捐赠了千余件衣物。社区工作人员为了做好这件事，忙碌了一周。他们将爱心居民捐赠的衣物分类清洗、消毒、烘干、熨烫、打包装车，为远方的孩子送去春天的温暖。

人是向善的主体，心是向善的动力。

其实，每个人都有向善的能量，每个人都有发挥善心的道德意愿，不同之处在于，这种朴素的情感有没有被发扬出来。向善就是愿意做对他人有益的事情，它是人内在的最高的道德品质，是一种不折不扣的正能量。我们为什么要坚守向善的信念？因为我们相信这个世界有爱，有坚强，有正义，这个世界值得我们去爱，去坚守善良，去传递社会正能量。

时代进步需要健康向上的道德风尚来引领。当今，我州正在大力宣扬和报道感人的故事，同时也传递着一种又一种的道德风尚。其实，感动就在我们的身边，感动就在我们的眼前。

原载于2017年3月28日的《延边日报》。

单行线逆行凸显文明短板

近日，延吉市有市民致电本报民生热线，反映延边医院东门对面北兴糕点厂街路由西向东设为单行线，但有名无实，部分驾驶员将其视为摆设，随意逆行。

近年来，延吉市为缓解道路交通拥堵，在市区内新增了多条单行线。利用好单行线，可以减少堵车、尾气排放、喇叭噪声等诸多难题，在一定程度上可以改善主城区居民的居住环境。这些优点都基于单行线车辆通行情况良好的前提，就怕那些不守规矩者任意违规。本来就比较狭窄的单行线，如果有车辆逆行驶入，将严重扰乱道路行车秩序，甚至有可能造成拥堵或事故。

好处如此之多,但单行线违规逆行现象却屡禁不止,很多是因为司机想抄近路而无视交通标志。逆行大多出现在上下班高峰期车流量比较大的时候,司机图方便,不愿绕路。以往民警现场执法,不仅工作量大,而且无法做到全天候查纠,只好借助摄像设备来辅助执法。

话说回来,交通体系、智能交通系统设计得再完美,都需要人这个主体来支持并遵守。只有不断提高大家的交通文明行为,城市的交通体系才能更有序、更高效。很多司机朋友都在抱怨城区越来越堵,那就从自身做起文明驾驶,只有大家都遵守规则,才能实现交通文明。

原载于2017年4月21日的《延边日报》。

做担当有为的"大市民"

人们通常把那些对公共事务漠不关心、眼里只有一己私利的人称为"小市民"。"小市民"之所以"小",在于他们缺乏公民意识和主人翁的责任感。与之相反的"责任市民",则是具有高度责任感、热心公共事务且勇于担当的"大市民"。

上周,延吉市相关部门与154家临街单位、门店签订或补签了"门前四包"协议。所谓"门前四包"主要是包环境卫生、包城市市容、包公共秩序、包公用设施,目的是让每个部门、每位市民都承担起关心城市公共事务的责任。"门前四包"的签订,让临街单位、门店,包括临街住户都清楚意识到,城区环境向好与每一位市民息息相关。它是一种责任,一种担当,应当成为每位市民的自觉行为。

如果把一座城市比作一个人,那么城市的主干道好比大动脉,"门前四包"

这项工作，所承担的就是疏通、清理毛细血管的过程。环境是一座城市的重要名片，其好坏，事关城市的经济社会发展，事关市民的生活质量。

我们要做"大市民"，必须要有"市民责任"意识。这是践行"人人为我、我为人人"的社会主义核心价值观的具体体现。从另一个方面来看，只有临街的单位、门店、住户自觉承担主体责任，管好一亩三分地的同时，将触角延伸至公共区域，积极主动参与到城市管理中来，才能提早享受到城市文明发展带来的红利。

原载于2017年5月12日的《延边日报》。

"广场舞"不该成为"扰民舞"

随着天气转暖，广场舞再次成为市民谈论的话题。过去一周，和龙市民拨打本报民生热线称，南门广场跳广场舞的音乐声扰民；延吉市昌盛市场附近居民称，小区楼下跳广场舞的人多且嘈杂，影响孩子写作业；安图兴华社区居民称，有人在附近跳广场舞跳到晚上9点也不结束，影响休息……

跳舞健身，缓解疲劳，调整心情，本无可厚非。可如今，在很多人眼里，"广场舞"成了"扰民舞"，甚至是城市管理的"顽疾"，需要城市管理者出手"禁止"。

如何治理广场舞扰民？其实是有法可依的。《中华人民共和国环境噪声污染防治法》第四十五条明确规定："禁止任何单位、个人在城市市区噪声敏感建筑物集中区域内使用高音广播喇叭。在城市市区街道、广场、公园等公共场所组织娱乐、集会等活动，使用音响器材可能产生干扰周围生活环境的过大音量的，必须遵守当地公安机关的规定。"那么，既然有法可依，广场舞扰民缘何屡禁不止？其关键还在于监管不力、执法缺位。

由此可见，制止广场舞扰民，需要的不是因噎废食的禁止，而应当是因势利导的规范。我们可以通过对广场舞者订立公约，对其活动作出时间区间、地点划定和音量控制等方面的行为规范，引导跳舞者提升公德意识和自身素质；同时对于不服管理、不听劝阻、恣意扰民者，则必须严格依法查处，不能姑息迁就。我们相信，只要合理引导、强化监管、严格执法，广场舞扰民现象是可以杜绝的。

原载于2017年5月16日的《延边日报》。

把群众放在心上当亲人

近日，延吉市民、古稀老人崔今淑家的几件烦恼事得到圆满解决。门前坑洼不平的巷路铺上了漂亮的地砖，漏雨的棚顶被重新加盖了一层，不怕刮风下雨了。崔今淑说："政府部门办事效率高，把群众冷暖放在心上，这样的政府部门我们打心底里爱戴。"

6月19日，延吉一个体工商户到延吉市国税局西市分局办理申报手续。他不懂税法，此前未能按时申报，成了非正常户。在办税窗口，一位崔姓工作人员耐心向他讲解税法，主动打电话与其他部门沟通，帮助解决问题。这位个体工商户激动地说："我非常感谢203号'崔税官'，她工作认真细致，真正把群众放在心上！"

"民有所愿，我有所为"。不论是党委政府，还是基层窗口，只有把群众放在心上，群众才会把我们放在心里当亲人。

随着社会的发展，群众利益多元化趋势加剧，群众工作出现了一些新情况、面临着一些新问题，处理新情况、解决新问题，群众是最好的老师，只有真诚倾听群众呼声，真实反映群众愿望，真情关心群众疾苦，人民群众的各项权益才能得到切实维护和保障，才会凝聚起进一步发展的强大合力。

多年的发展经验告诉我们，来自人民、植根人民、服务人民，是我们党永远立于不败之地的根本，是我们党的成功之所在。为人民服务，不是锦上添花，更不是哗众取宠。我们把群众放在心上，群众就会把我们放在心里。

原载于 2017 年 6 月 23 日的《延边日报》。

让"文明停车"成为习惯

"延吉人民公园东门前由南至北的人行道上，每天都停满各色汽车，人行道成了停车场，往来行人却要在车行道上冒险行路。乱停车是城市文明的大敌，也是市民素质低下的表现……"近日，延吉市民致电本报民生热线称，延吉市中心区域有多处人行道被私车"抢占"，成为城市发展的不文明、不和谐"风景"。

乱停车阻碍交通，本质上是一种不文明行为。人行道非机动车道，是为行人出行便捷而设立的，怎可被汽车"霸占"？某些车主随意停车于人行道的行为，确实方便了自己，但是建立在不方便他人的基础上的，把"快乐"建立在别人"痛苦"上的行为是自私的，有损公共文明。

文明停车，看似一件微不足道的小事，却能检验一个人的素质，反映出一个人的人品。车辆如果随意停放在人行道上，过往行人只能绕行，有的甚至要绕到其他车道，增加了交通风险，这种损人利己的行为，是对他人权益的侵占。

文明是城市的软实力，城市因文明而美丽。这种美丽，不仅在于城市外表的光鲜，更在于每位市民的文明举止。良好的交通秩序，需要每个市民的努力。

从身边的点滴小事做起，把文明停车当成一种习惯，并把这样的理念传递给身边的人，从而与人方便也与己方便。

原载于2017年6月27日的《延边日报》。

让斑马线成为安全线

行人过马路，机动车不减速、不停车、按喇叭催促，怎么安然通过？人行道亮红灯，机动车正常行驶，路人扎堆穿行，人车混行，如何保障安全？

近日，延吉市公安局交警大队开展"礼让斑马线，文明交通我参与"宣传教育活动。数十名文明交通志愿者，在城区交通示范路口开展文明交通劝导服务，劝导车辆礼让行人。交警部门表示，今后将加强对城区主干道、重点人行横道和重点车辆的管控，强化对不文明礼让斑马线的机动车驾驶人的劝导教育和处罚，对于发现人行横道前未停车让行的车辆，将对其抓拍取证，进行曝光。

之所以把礼让斑马线提到如此高的高度，是源于斑马线上曾经有着沉痛的教训。近些年，我州发生的道路交通事故中，有很多是发生在斑马线上的恶性交通事故，如果司机养成了在斑马线上礼让和慢行的习惯，斑马线上的交通事故就可避免。

礼让，是一种风度，更是一种生活态度，前提是彼此尊重和遵守规则。有人形容城市交通是一个生态系统，良好的交通生态需要全体驾驶人和行人的共同维护。要实现"车让人"和"人让车"的合二为一，需要每一位交通参与者的努力，从我做起，从现在做起，让出一份文明，让斑马线成为文明线、安全线。

原载于2017年6月30日的《延边日报》。

从不乱扔垃圾做起

7月17日，延吉市进学街道旭阳社区联合延吉市环卫处，对"水畔名居"小区的生活垃圾进行了彻底清理。烈日炎炎下，大家挥汗如雨，干了3个多小时，清理了整整9大车生活垃圾。面对居民的感谢，旭阳社区负责人说："小区是大家的，希望每个人都爱护它，别再乱扔垃圾了！"

提到垃圾问题，人们往往把责任推给环卫部门。环卫部门当然责无旁贷，但市民也很有必要自我反思一番。例如，有的居民每天倒垃圾时，明明离垃圾桶不过几步之遥，却把垃圾随手倒在楼门前、路旁，或扔在垃圾桶外；还有高楼层的个别居民，随意从窗口向外扔垃圾……

乱扔垃圾是一项违背公德的陋习。是否乱扔垃圾，体现的是一个人的文明素质，拿老百姓的话讲，就是守不守公德。没有人会把垃圾丢在自己家的客厅、卧室里，自己的一亩三分地总是要打扫得干干净净。道理谁都懂，可有些人却不爱护小区居民共同的"客厅"。有了垃圾，随手一丢，潇洒得很，但影响很坏。

乱扔垃圾是与文明城市格格不入的行为。近年来，延吉市在创建文明城市过程中投入颇多，取得效果也好，这是市民喜闻乐见的。但还是有人，执意要做一些与文明城市背道而驰的事。你即便没有感受到环境一天比一天好，环卫工人辛苦的身影、社区志愿者劳累的汗水总不能熟视无睹吧！你将垃圾随手一丢，可曾想过要有多少人为此付出更多的劳动？如果，真当自己是城市的"主人"就该懂得，权利与义务是对等的，爱家与爱城同等重要。要知道，我们有维护小区环境卫生的义务，没有丁点破坏城市文明的权利。

原载于2017年7月21日的《延边日报》。

让"寒冬送温暖"更有温度

新春将至,我州各级党委、政府、机关、企事业单位,一些社会爱心组织等部门深入基层,看望慰问困难群众,帮助解决生活难题,让他们分享改革发展的成果,感受社会大家庭的温暖,度过一个欢乐、祥和的春节。这是一件暖人心、解民忧的好事,深受广大群众欢迎。

每个人的人生中,都可能遭遇无法预料的困厄,需要社会给予温暖。送温暖所体现的,正是社会成员彼此间的关怀和真情。对于生活举步维艰的人来说,一次慰问如同冬日里的一抹暖阳,驱散生活中的阴霾,让他们对未来有盼头。

送温暖活动,也是党员领导干部体察民情、了解群众疾苦的重要渠道。进了困难群众的家门,不妨坐下来谈谈心,更多了解群众的生活情况,唤起他们战胜困难的勇气和信心,让"寒冬送温暖"更有温度。

困难群体的情况千差万别,"一袋米、两桶油"固然是雪中送炭,同时更需要"授之以渔"的帮扶。比如送政策、送岗位、送技能、送服务,满足困难群众所需。社会上拥有"温暖"的家庭越多,需要送"温暖"的家庭就会越少,建设和谐延边的进程就会越快。

原载于 2018 年 2 月 6 日的《延边日报》。

不妨把民俗文化当作旅游发展的"破题点"

旅游是一种经济活动,更是一种文化活动。一次难忘的旅游,必定是一次文化之旅、精神之旅。人们到北京登长城、看故宫,品味中华文化的悠久与醇厚；去海南畅游，领略椰岛风光，回味天人合一的心灵感悟。那么，到延边旅游看什么？除了看优美的自然生态风光，还要看独具特色的朝鲜族民俗风情。

节庆饮食、民族歌舞、礼仪服饰等构筑了延边朝鲜族魅力非凡的民俗风情画卷，这是吸引游客的独特旅游资源。龙井市近年来的旅游发展思路之一就是打造民俗文化品牌，通过举办"中国朝鲜族农夫节""琵岩山花海节""辣白菜文化旅游节"等一批特色鲜明的民俗文化旅游节庆活动，极大提高了知名度和影响力。

事实证明，民俗文化是吸引游客的重要因素之一。笔者建议，我州在发展旅游产业时，相关部门不妨充分利用民俗文化元素。龙井市通过"以节扬名，以节促旅"的方式加快旅游业发展，取得了良好的经济效益和社会效果。举办的民俗文化活动集中在旅游旺季，参与者众多，影响面大，加之多种媒体的全方位宣传，使得独具特色的朝鲜族传统民俗文化，以不同的形式闪亮登场，受到游客青睐。

如今，民俗文化旅游正进入发展快车道。丰富多彩的民俗文化节庆活动有效激活了民俗文化旅游市场，提升了民俗文化特色旅游产业的整体竞争力。龙井市把民俗文化当作旅游发展的破题点，依托朝鲜族传统节庆活动与旅游产业相结合，在传承和保护传统文化的同时，打造出民俗特色旅游的"吸金石"。这种旅游发展思路不仅适合龙井市，也值得州内其他县市借鉴。

原载于2018年4月12日的《延边日报》。

发展乡村旅游大有作为

思路决定出路。一个地区的发展，关键要有符合区域实际和特点的科学发展思路。

安图县近年来树立"经营资源"理念，以"旅游+休闲农业"推进旅游与农业的融合发展，把旅游更多融合在农业中，促进当地农民脱贫致富。红旗村是安图县推进"旅游+休闲农业"的试点，集中了集生态观光、民俗体验、农事体验、乡村休闲等多种形式于一体的旅游新业态。今年，安图县计划再建成20个省级乡村旅游示范村。由此可以看出，安图县正从"农业引领旅游"向"旅游引领农业"发展转型。

发展乡村旅游，安图县不缺资源，关键是如何把资源优势转化为产业优势。这需要政府因地制宜，解放思想，以市场化机制引导农户完善乡村旅游建设；相关部门应强化市场机制，有意识引进社会机构或创意团队，对现有从事旅游产业的村庄进行二次开发和创意塑造，打破原先各自为政的格局和小农经济方式，立足独有的特色农业和民俗文化基础，着力提升内涵，用新颖的展示形式，有序的人性化服务，推动乡村旅游产业升级。

实践证明，乡村旅游大有潜力，大有作为。乡村的自然景观、乡村的民俗习惯、乡村的田园风味是发展乡村旅游最好的也是独一无二的资源，只要注意开发、利用现有资源，搞好项目运作，就会获得不菲的效益。安图县大力推进乡村旅游发展，不断拓宽农民脱贫致富奔小康的思路和做法值得提倡。它的结果是，使农业成为一个好产业，农村成为一个好地方，农民成为一个好职业，乡村旅游成为一种好生活。

原载于2018年4月19日的《延边日报》。

假日旅游市场要打好"提前量"

"五一"小长假临近,我州旅游市场将迎来旺季热潮。州内各县市景区、商家信心十足,想大赚一笔。假日期间的旅游市场无疑是一块大蛋糕,旅游企业、商家动心思并不奇怪。不过,即便蛋糕再诱人,也应该取之有道。

每年"五一""十一"等假期,有关旅游的话题很多,也常会曝出负面舆论,管理部门接到外地游客的各种投诉,诸如商家擅自加价、不按合同履行约定、未按时发货等诸多问题。这些问题不解决,必然会在今后的旅游接待中持续放大矛盾,有损旅游行业形象。

小长假来临之际,笔者建议我州旅游部门打好"提前量"。不妨节前约谈旅游企业和商家,重申行业规范,提醒其既要抓住眼前利益,充分利用好小长假的商机,也要放眼长远,通过优质的服务与诚信的经营赢得游客的信赖。任何"宰客"行为,都是不可取的短视行为,也必将遭到严厉惩处。

记者认为,我州各县市旅游管理部门与其"事后算账",不如提前"布局",未雨绸缪,预先防范,把问题解决在萌芽状态,把风险防控在一定范围内,不仅能大大节约行政成本,也能提高游客的舒适度和好感度。

原载于2018年4月26日的《延边日报》。

借生态文明建设东风发展旅游更有利

在日前召开的全国生态环境保护大会上,习近平总书记指出了生态文明建设的重要性。我州在"十三五"旅游产业发展规划中曾明确提出,依托我州国家生态文明先行示范区建设，打造全国少数民族边境旅游示范区，把安图、汪清建成生态养生旅游强县的目标。

生态环境是旅游赖以发展的基础和内在动力，良好的自然环境是吸引旅游者前来的主要因素之一。我州有丰富的生态旅游资源，森林覆盖率达80%以上，林地面积达350多万公顷，森林生态系统完整。登山、滑雪、探险、森林氧吧等森林游憩，是我州传统的生态旅游产品。近年来，珲春敬信、敦化雁鸣湖湿地开发出一系列诸如漂流、垂钓等生态旅游新产品。良好的生态环境，让我州旅游口碑更加响亮。旅游业资源消耗低，就业机会多，综合效益好，是典型的资源节约型、环境友好型产业，将成为推动我州生态文明建设的一大助力。可见，旅游发展与生态文明建设本质上是一致的。

生态文明建设是旅游业可持续发展的前提和基础。我州生态文化旅游融合发展的总体布局是"一个跨境生态文化旅游中心、五大生态文化休闲旅游体验区、三条生态休闲旅游带和两大生态休闲旅游环线"的发展框架。通过生态文明建设，我州开辟了旅游业发展更广阔的空间，促进了旅游业向更大的规模和更高的水平发展。我州要想发展旅游必须要保护建设好生态环境，为天空添蓝，为大地添绿，为江河添清，为游客提供安全、安心、安逸的观光休闲环境，借生态文明建设东风，强力推进我州旅游产业发展。

原载于2018年5月31日的《延边日报》。

盯准家庭旅游市场这块蛋糕

家庭是社会的"基本细胞"，对社会和谐与进步有着重要影响。2016年12月12日习近平总书记在会见第一届全国文明家庭代表时强调："国家富强，民族复兴，人民幸福，最终要体现在千千万万个家庭都幸福美满上。"在所有消费形态中，旅游最能体现人们的生活心态。

如今，家庭旅游逐渐成为一个值得关注的市场，也将是一个越来越庞大的市场。我州旅游企业不妨关注这块日渐成形的蛋糕，推出更为精准丰富的产品和服务，满足人民日益增长的美好生活需要，推动家庭旅游向高水平、高质量发展。

家庭旅游的意愿日益强烈，无疑为旅游市场发展开辟了一个新渠道。就目前来看，我州能够满足家庭旅游需求的产品和服务依然比较"稀缺"，尤其是高质量的家庭旅游服务还很欠缺。比如，海兰江滑雪场、金达莱民俗村及近年来新建的和龙青龙渔业景区、龙井市裕龙湾等风景区，虽然兴建初衷也是瞄准家庭旅游市场，但在经营中存在的问题逐渐凸显出来，许多旅游产品设计大多只针对个体化的旅游服务，缺少家庭化旅游的项目和服务。同质化严重和性价比较低等也是困扰和制约我州家庭旅游兴旺的一个现实问题，特别是家庭旅游产品的亲情主题不突出，除了游山玩水之外，缺少有内涵的文化元素和教育引导意义，使家庭旅游存在着不满足、不尽兴、不完美的情况。

家庭旅游是未来旅游市场发展的趋势之一，越来越多的家庭会加入到旅游的行列中来。倡导和推动家庭旅游，还需不断深入挖掘旅游市场潜力，通过创新思维和方法为家庭旅游提供更多的选项和更好的服务，满足家庭旅游的新需求。各旅行社和景区景点不妨针对家庭旅游的兴起，创新思维和方法，推出适合家庭旅游的新产品、新服务，丰富家庭旅游的内容和方式，推动我州旅游市场的健康和谐发展，让家庭旅游成为我州旅游市场的生力军。

原载于 2018 年 6 月 7 日的《延边日报》。

"抓牢"游客需塑造整体旅游形象

在个性化旅游大行其道的今天，单一的旅游产品已经不能如从前那般牢牢地吸引住游客。鉴于此，我州旅游的未来发展方向也是需要寻找一条主线，将吃、住、行、游、购、娱有机串联起来，同时整合更多的旅游资源，打造出鲜明的整体旅游形象。

虽然我州的自然景观丰富，生态旅游优势明显，但在游客量、知名度方面不高。归其原因，是我州的旅游形象比较单薄，旅游吸引物较为单一。游客旅游，除了观赏自然美景外，还要品人文、赏民俗、尝美食、住民居，甚至到附近街市逛一逛。如何提升我州旅游的整体形象，吸引更多的外地游客，是我们要思考的问题。在以游客体验为导向的旅游市场竞争中，旅游部门应该意识到，只有更有针对性、更深入、更多元地推广我州的旅游产品，才能更有效地吸引游客的关注，在与诸多旅游目的地的竞争中赢得游客的心。

自然景观是"天生的"，给游客的印象是固有的。但旅游形象可以策划。我们可以通过整治环境，制定合适的观赏路线、位置，达到对旅游形象的再造和重塑。只要深入挖掘旅游资源和特色文化，我州的旅游等级是可以提高的。另外，软件因素是旅游品牌形象的精神支撑，它由旅游企业管理人员和服务人员的思想觉悟、观念意识、文化修养、专业技能、精神风貌等构成。要有一个好的旅游品牌形象，旅游服务质量也必须提高，吸引更多的外地游客，打响延边的旅游知名度。

原载于2018年6月14日的《延边日报》。

相互礼让彼此尊重

今年 5 月末，延吉市正式启用机动车不礼让行人电子抓拍监控，对在人行横道前不礼让行人的机动车进行电子抓拍。时隔一个月，记者发现，礼让行人的驾驶者越来越多，文明行驶渐成风气。

我州目前正在推动"旅游兴州"战略，打造"礼仪延边"，需要驾驶者和行人都能文明礼让，相互尊重。为此，延吉市提出"行人优先"的理念，通过执法手段为行人通行安全保驾护航，实乃为民之举。

车让人是文明，人让车也是文明，只有互相礼让和尊重，才能形成社会文明之风。我们发现，以往车不让人的现象除了与驾驶员的规则意识有关，也与行人的规则意识有关。一些行人对车不让人的行为已司空见惯，到斑马线前即使有个别车辆慢下来也不敢贸然走过，直到车辆距离足够远时才会选择过马路。当然，还有不少行人或无视车辆行驶状况随意过马路，或当驾驶员停车礼让时，低头玩手机慢悠悠地走过，甚至贪图少走几步不走斑马线。这些举动，在驾驶员眼中，其实就是一种对"停车礼让"的不尊敬，导致驾驶员出现"我偏不让"的心理，从而不让人先过。

礼让的尊重是相互的。车让行人要落实到位，除了加大《中华人民共和国道路交通安全法》的宣传与执法力度，行人的文明出行也至关重要。在有交通灯时不闯红灯；对于不清楚是否会让人的车辆，千万不要"理所当然"抢道而过；不着急过马路时可以摆手示意车辆先走；对于让人先通过的车辆，不妨点头表达感谢之意等。行人能对驾驶者报以礼貌，驾驶者也会对行人报以礼让，从而营造出文明、和谐、安全的交通氛围。

原载于 2018 年 6 月 26 日的《延边日报》。

延边开发消夏避暑旅游产品正当时

每年进入七八月份,全国多地开启"烧烤模式",凉爽的气候条件成为延边不可多得的避暑资源。一边是高温酷暑,一边是凉爽宜人,两种温差催生了延边全新的消夏避暑旅游市场。

延边属于中温带大陆性季风气候,最热的7月份平均气温也只有23摄氏度。气候资源为延边暑期旅游增添了"底气"。从目前来看,延边最具市场潜力和开发前景、也是最受游客欢迎的消夏避暑旅游尚处于初步发展阶段,尚没有形成成熟的、可推向市场的消夏避暑旅游产品系列。随着全球气候变暖,消夏避暑旅游必将成为新兴的庞大市场,这是值得州内相关部门关注和思考的问题。

即将开幕的东北亚(中国·延边)国际文化旅游推介周,将给延边一个难得的机遇。经过紧张筹备、策划,为期一周的延边消夏旅游活动被设计得丰富多彩,将让国内外游客及媒体体验到在延边消夏的清爽魅力。

延边拥有得天独厚的旅游资源。近年来冰雪节的成功举办,使延边冬季旅游火爆起来,已成为一张城市名片。相比之下,夏季旅游市场的培育和开发却显得冷落。建议借助此次国际文化旅游推介周,下大力气展示延边的旅游品牌,通过国内外媒体进行宣传,提高延边消夏避暑旅游资源的知名度,从而招揽大批游客来消夏避暑。

可以想见,延边的消夏避暑旅游一旦火爆起来,势必会进一步带动传统的观光游和民俗游,也会带动本地丰富土特产品和旅游纪念品的销售。届时,延边的旅游产业将会增加不少增长点。

原载于2018年7月5日的《延边日报》。